LE SECRET DES CHÊNES

SYLVIE ANNE

LE SECRET DES CHÊNES

PRESSES DE LA CITÉ

ISBN 2-266-10430-6

1

Voutezac, avril 1895

Assis derrière la table, Martial observait Jeanne. Au-dessus d'elle, l'aube se détachait par le carré de la fenêtre et faisait miroiter les toits du bourg. Sans la quitter des yeux, il se mit à fredonner l'une de ses chansons préférées :

Lo cocut chanta va,
L'amor agacheva...

Elle savait ce que cela voulait dire et se figea. A presque cinquante ans, cette force de la nature qui persistait en lui l'étonnait toujours.

« Chez nous, répétait-il, les Pérol résistent à tous les froids et à tous les vents de la Corrèze ! » Depuis vingt ans qu'elle était à son service, elle avait appris à se taire et à lui obéir. C'est tout ce qu'il lui demandait. En se levant, il s'étira comme un chat. Lorsqu'il la saisit par la taille, la chanson mourut d'elle-même au bord de ses lèvres. Il connaissait bien celle qu'il étreignait ainsi. Il ne voyait plus l'empâtement de son corps ni ses cheveux à présent grisonnants. Au fil des jours, elle s'était fondue dans le décor de cette maison qui avait abrité trois générations de Pérol, tous artisans tonneliers comme lui.

— Tout doux ! Tout doux ! murmura-t-il dans son cou en remontant sa longue jupe.

Sans s'en rendre compte, il employait les mots dont il se servait pour flatter son cheval.

Avec un petit rire de gorge, elle se pencha puis serra les dents sous la douleur. Comme toujours, le désir de Martial l'emportait sur toutes les fatigues, les usures de sa vie. Elle n'aurait jamais osé lui dire qu'elle n'aspirait plus qu'à l'apaisement des jours, qu'aux habitudes d'un quotidien auquel elle s'était soumise comme les eaux assagies de la Loyre et de la Vézère, quand elles entrent dans les gorges qui bordent leur pays. Non, Jeanne ne prononça pas un mot et le laissa faire jusqu'à ce que son souffle rapide se terminât sur un cri rauque. Alors, il s'écarta, claqua la main sur sa peau nue.

— T'es une bonne fille !

Puis, il reboutonna son pantalon.

Comme si de rien n'était, elle reprit la vaisselle qui traînait sur l'évier.

— Les ouvriers ne vont pas tarder, fit-il, je vais faire un tour jusqu'à la fabrique.

Elle l'entendit se diriger vers la porte, puis un peu d'air froid entra dans la pièce avant qu'un bruit sec ne l'avertisse qu'il était dehors.

« Aujourd'hui, pensa-t-elle, ce sera une belle journée pour eux et pour lui. » Elle avait déjà oublié la douleur, le plaisir qu'elle ne partageait plus depuis longtemps. Les années qu'elle avait passées ici l'avaient forgée à cette discipline. Dès le début, elle s'en souvenait, alors qu'il l'avait choisie puis embauchée sur l'une des foires de Brive, elle avait compris ce qui se passerait. Parmi les autres servantes qui attendaient, tout de suite, elle avait capté son regard puis remarqué sa haute stature, son visage aux traits froids, sa moustache épaisse et brune. D'emblée, il avait tendu son index vers elle : « Vous ! »

Les grincements et les cahots d'une carriole sur les routes pierreuses avaient bercé leur voyage. Assise près de lui, elle était restée silencieuse et inquiète jusqu'à ce qu'il dise seulement : « C'est ici. » Alors, Voutezac, dans sa beauté austère et sauvage, l'avait saisie comme un grand souffle. Accroché à l'extrémité d'un plateau, avec ses toits d'ardoise à quatre pans et ses pierres grises, l'impressionnant village semblait imposer sa loi sur les vallées boisées et les gorges qui l'entouraient.

Elle soupira, ajusta une mèche de son chignon. Le temps courait si vite... Aujourd'hui encore, il filerait du jardin au lavoir, à la soupe à préparer et au dîner prévu avec les enfants. Par la fenêtre, de l'autre côté du jardin, une partie de la tonnellerie émergeait dans le jour naissant. Elle aperçut Martial qui ouvrait la lourde porte et se détourna.

Chaque matin, l'artisan inspectait les bois empilés qui séchaient à l'air libre puis se tenait immobile sur le seuil de sa fabrique. Cette bâtisse aux murs recouverts de crépi, dont la charpente aux poutres apparentes soutenait un toit en tôle, résumait toute sa vie. Avant l'arrivée de ses ouvriers, Jules, Louis et Martin, l'apprenti, il aimait se rengorger devant le fruit de son travail obstiné. Lui, le maître tonnelier, régnait ici comme l'un des derniers monarques de son terroir. Les mains dans les poches de son pantalon, bien campé sur ses jambes écartées, il se répétait que tout cela lui appartenait.

Il s'avança dans la salle encore froide, compta les rangées de fûts qui allaient recevoir leur cerclage de bois, vérifia quelques rabots et marteaux et découvrit des cendres mêlées à des copeaux qui restaient sur le sol. Il avait beau sermonner Martin, un jour sur deux le garçon oubliait les consignes de propreté. Pourtant, il savait que sa négligence pouvait déclencher l'une de ces formidables colères dont Pérol avait le secret. Pas un habitant de Voutezac ne se souvenait de l'avoir vu abattu ou prostré. L'unique fois où il s'était courbé remontait à la mort de sa femme, voilà presque dix-huit ans.

Le soleil se montra au-dessus de la tour carrée de l'église. Par la vitre de l'atelier, Martial le vit luire sur les toits des maisons voisines. C'était le signal. Tout à coup, les pas des ouvriers et leurs voix résonnèrent dans la cour. Les trois hommes le saluèrent avant d'enfiler leurs grands tabliers.

Depuis vingt-cinq ans qu'il travaillait ici, à force de le côtoyer, Jules savait quand l'artisan avait quelque chose d'important à lui dire. Ce matin, en le voyant tourner autour de lui avec une mine joviale, il ne put retenir sa question :

— De bonnes nouvelles, patron ?

Le tonnelier se pencha vers lui.

— Hier, raconta-t-il à voix basse, dans l'auberge du père Reynal, j'ai fait une belle rencontre… Un certain François Guéret, originaire de la Creuse. Ce n'est qu'un jeune homme de vingt-trois ans mais il m'a confié qu'avec l'argent d'un héritage il se rendait à Brive pour y acquérir un commerce de vins. Je l'ai invité à venir dîner ce soir… Si je manœuvre avec habileté, une association ne me paraît pas impossible…

Satisfait, il se rapprocha de Louis, qui s'affairait sur les bases d'un tonneau, et, dans un geste protecteur, lui tapota l'épaule.

— C'est bien, c'est bien, fit-il, tout haut.

L'ouvrier ne broncha pas. D'un œil dubitatif, il suivit son trajet jusqu'à la sortie puis s'adressa à Jules :

— Pourvu que ça dure !

Une par une, Jeanne s'empara des pièces de linge qu'elle avait lavées durant tout l'après-midi. Un petit vent frisait le ciel de nuées blanches. « Avec un peu de chance, estima-t-elle, dès demain, tout sera sec. »

Du jardin où elle se tenait, elle percevait les coups répétés des marteaux, les frottements des jabloirs et des rabots. Ils rythmaient les heures aussi sûrement que la forge et l'enclume du forgeron ou la scie du menuisier dont l'écho arrivait jusqu'à leur maison. Elle accrochait le dernier drap lorsqu'elle remarqua la silhouette et la chevelure noire de Mathilde qui dépassaient du muret d'enceinte. Sur les épaules de la jeune fille, s'étalait un châle qu'elle ne lui avait jamais vu. L'étoffe soyeuse aux couleurs vives chatoyait sous le soleil qui déclinait.

« Encore un achat ! » pensa-t-elle en imaginant déjà les reproches de Martial : « C'est le patrimoine que tu dilapides ainsi ! » Combien de fois n'avait-elle pas assisté à cette scène, qui se terminait toujours par le même revirement et la même phrase : « Elle est superbe, ma fille, non ? »

Elle ramassa sa corbeille. D'ici une petite heure, Guillaume, le frère de la jeune fille, viendrait à son tour.

Ses yeux fixèrent une partie du plateau qui s'étalait au loin, par-dessus le toit de la tonnellerie. Bientôt, les tiges et les feuilles des chènevières l'envahiraient. A chaque saison, ce pays, qui était devenu le sien, ajoutait un peu plus de gris à ses cheveux mais elle s'était faite à son âpreté comme elle s'était faite à Martial et à ses enfants. Ils se confondaient pour diriger sa vie. Des corbeaux survolèrent le jardin. Elle écouta leurs cris aigus se perdre dans le ciel qui s'assombrissait. Autrefois, n'affirmait-on pas qu'au début du printemps le passage de ces oiseaux annonçait de terribles épreuves ? Pour conjurer le mauvais sort, elle ferma les yeux et se signa trois fois.

— Pardonnez-moi, madame, fit à ce moment une voix derrière elle, je cherche Martial Pérol...

De la route qui longeait le jardin, un jeune homme l'interpellait. Son élégante redingote et son pantalon de ville évoquaient ce fils de notable dont lui avait parlé Martial. Elle s'empressa :

— Il ne va pas tarder, monsieur, voulez-vous entrer en attendant ?

Avant de la suivre, il jeta un coup d'œil sur la façade de la maison et l'escalier en pierre qui montait à l'étage. Puis, il ôta son chapeau et franchit la porte d'entrée. Une vaste salle occupait tout le rez-de-chaussée ; dans un coin, Mathilde était assise et lisait.

— François Guéret, se présenta-t-il en s'inclinant. Sans doute êtes-vous mademoiselle Mathilde ? Votre père m'a parlé de vous...

Timide, elle lui tendit la main. Son visage aux traits réguliers, ses bonnes manières et sa distinction lui plaisaient. Il était bien tel que son père l'avait décrit.

— Soyez le bienvenu ! dit-elle.

Quand le tonnelier les rejoignit, il était accompagné de son fils et de sa bru, croisés en chemin. Le soir voilait d'ombre les allées du jardin mais, à l'intérieur, Jeanne avait allumé deux lampes à pétrole dont les lueurs se mêlaient à celles du feu qui flambait dans la cheminée. Tout de suite, l'artisan proposa de trinquer avec un vin élevé et bonifié dans l'un de ses tonneaux.

— Tu vas me dire ce que tu en penses !

En connaisseur, Guéret le fit tourner lentement dans son verre puis l'exposa à la lumière pour juger de sa transparence. A ce moment, son regard surprit le profil de Mathilde, qui s'était accroupie devant la cheminée. La masse étonnante de ses cheveux bruns, attachés et relevés, soulignait la finesse de son visage et le délié de son cou. Elle était occupée à activer les flammes sous le chaudron pendu à la crémaillère, tandis que Jeanne faisait des allers et retours entre le fourneau et l'évier.

— Alors, qu'en penses-tu ? insista Martial.

Il n'obtint pas de réponse.

Muet, François gardait les yeux rivés sur la jeune fille. Lorsqu'il s'en rendit compte, les paupières de Pérol se plissèrent comme celles d'un renard qui sent la présence d'un chasseur. « Tiens, tiens », marmonna-t-il entre ses dents.

Tout au long du dîner, Guéret raconta ses rendez-vous et ses visites chez les notaires de Brive. Placé à la droite de Martial, qui siégeait en bout de table, il n'avait même pas le temps d'intercepter les gestes répétés de son hôte, qui remplissait son verre à la moindre occasion. Il livra enfin qu'il s'était décidé à acheter une maison à deux étages, située près de l'église Saint-Martin. Martial avait déjà son plan en tête. Depuis tout à l'heure, une idée avait germé dans son esprit ; il voulait la réaliser coûte que coûte.

Après le fromage, Jeanne apporta un clafoutis tiède et parfumé qu'elle posa au centre de la table. En passant près de Guillaume, elle se pencha vers lui.

— Je l'ai fait pour toi...

Contrairement à son père, le jeune homme paraissait renfermé et parlait très peu. François essaya de l'interroger :

— Et vous, Guillaume, vous travaillez aussi à la tonnellerie ?

Le rire de Martial éclata comme un coup de tonnerre.

— Mon fils n'a jamais rien su faire de ses dix doigts ! railla-t-il.

Gêné, François baissa le menton tandis que Jeanne essayait de protester :

— On ne lui a pas donné le choix !

Mais il était déjà trop tard. Piqué au vif, le jeune Pérol se redressa.

— Personne n'est éternel, gronda-t-il, un jour j'hériterai aussi !

De colère, il jeta sa serviette sur la table et ordonna à sa femme de sortir. Puis, sans un mot, il claqua la porte derrière lui.

— Il reviendra, commenta froidement Martial. Je paie assez cher pour ça !

Et, comme si rien n'avait eu lieu, l'artisan enchaîna sur un ton guilleret :

— Alors ? On le mange ce dessert ?

Mais Mathilde repoussa son assiette.

— Je crois que je n'ai plus faim, s'excusa-t-elle.

En face d'elle, François l'imita :

— Je vous demande pardon, mais moi non plus je n'ai plus faim.

Dans le silence, Pérol se força à avaler quelques bouchées ; puis il posa la main sur le bras de son nouvel ami.

— La soirée est belle, si nous allions nous promener ?

Il voulait faire diversion, rattraper ce qu'il venait de gâcher et dont il ressentait une vague culpabilité.

Au-dehors, son large chapeau sur la tête, il se mit à contempler les étoiles qui clignotaient dans le ciel dégagé. Sa veste était entrouverte, il glissa ses pouces autour de ses bretelles et se dirigea vers la route.

— Viens, l'invita-t-il, marchons un peu, nous serons plus tranquilles pour parler.

A l'étage, Mathilde fermait les volets de sa chambre. Un bref instant, François la vit apparaître puis il ne resta plus que les lueurs des lampes à pétrole qui éclairaient la salle. A cette heure, les bruits habituels du bourg avaient cessé. On n'entendait que le vent dans les arbres et, bien plus loin, le ronflement sourd des eaux de la Vézère. Quelque chose d'inquiétant et de mystérieux émanait de cette nature faussement assoupie. Malgré lui, François frissonna. Le pressentiment que sa vie se nouait ici le fascinait et l'effrayait tout à la fois. Mal à l'aise, il montra un vieux tronc d'arbre qui émergeait des herbes humides.

— Asseyons-nous ! fit-il.

Martial se laissa tomber à ses côtés. Il paraissait vieilli et son dos se voûtait.

— Tu dois me trouver dur, n'est-ce pas ?

Il n'osait pas se tourner vers son ami et ses yeux fixaient le chemin de terre qui débouchait devant eux.

— Je me suis battu toute ma vie, reprit-il, et pas un de mes enfants ne pourra reprendre mon affaire.

Il serra les mâchoires avant de continuer :

— Mon père est mort de la crise du phylloxera qui a ravagé nos vignes. Chaque pied qui se desséchait sur place, comme rongé par un mal obscur, était une blessure supplémentaire. Petit à petit, miné par ce feu qui dévorait tout, il a sombré dans le désespoir. A l'époque, il y a douze ans de cela, il n'avait que ses mains et les miennes pour fournir des tonneaux aux vignerons de la région. Quand il a compris qu'il n'y aurait bientôt plus rien à faire et que le destin allait le broyer, un matin, il m'a appelé pour m'annoncer qu'il était ruiné. Le soir même, on l'a retrouvé pendu sous un pont.

Martial s'arrêta de parler. Le vent accentuait sa course dans les arbres et, dans le lointain, des jappements furieux se mêlaient à ses plaintes. Le tonnelier se mit debout et tendit le doigt vers sa fabrique, qu'on distinguait de l'autre côté de la route.

— Si je disparais demain, ajouta-t-il, personne ne me succédera. Guillaume est incapable de reconnaître un bon bois. Pourtant, j'ai tout essayé, il n'est pas digne d'être un Pérol !

Son bras retomba.

— Mon atelier est tout ce qui me rattache à la vie. Celle qui l'avait compris était Julie, ma femme. Maintenant, je suis seul.

Toujours immobile, sans prendre garde au froid qui le gagnait, François restait assis. Il ne pouvait qu'écouter sans intervenir. A quoi bon des mots face à ce qu'il découvrait de cet homme et qui le pétrifiait ?

— Nom de Dieu ! jura soudain l'artisan en se reprenant. C'est que ça me ferait plaisir de t'avoir pour gendre ! Elle te plaît, Mathilde ?

Guéret fut content de la nuit qui les enveloppait. Elle cacha la brusque rougeur de ses joues.

— Rentrons ! conseilla alors Martial. Il est tard et le vent fraîchit. Demain, nous reparlerons de tout cela.

Quand François ouvrit les yeux, un petit jour gris filtrait à travers les rideaux de sa chambre. Du dehors, lui parvenaient les voix des ouvriers qui se rendaient à l'atelier. Après une rapide toilette, il descendit dans la salle, où l'attendait Mathilde.

— J'espère que vous avez bien dormi, s'enquit-elle, Jeanne est allée au marché, c'est donc moi qui garde votre soupe au chaud.

Tandis qu'il s'attablait, elle versa deux grandes louches dans son assiette et coupa une large tranche de pain de seigle dans une tourte à peine entamée. Elle s'empressait autour de lui et le tissu de sa longue robe bruissait dans l'air comme de la soie. Pendant qu'il mangeait, elle prit place en face de lui et le détailla à la dérobée. Son visage à l'expression presque noble, sa fine moustache lissée avec soin et l'impeccable mise de ses cheveux bruns l'attiraient et l'intimidaient tout à la fois. Il possédait la distinction de cette classe sociale à laquelle elle avait toujours souhaité appartenir.

« Lo Moussu », répétaient les paysans d'ici lorsqu'ils désignaient ces notables avec lesquels il fallait compter. La veille au soir, avant d'aller dormir, son père lui-même l'avait évoqué : « Tu rêves toujours de la ville ? »

Ebahie, elle l'avait regardé s'asseoir sur le bord de son lit :

« Que voulez-vous dire, père ?

— Je te verrais bien vivre à Brive auprès d'un mari négociant en vins… »

Elle avait émis un petit rire confus avant de s'inquiéter :

« Il est peut-être amoureux d'une autre ?

— Fais-moi confiance ! avait insisté Pérol. Je m'en occupe ! »

— Vous allez donc repartir vers la Creuse… fit-elle sur un ton triste alors que le jeune homme terminait son repas.

— Pas pour longtemps, je dois encore régler quelques affaires. Je compte m'installer à Brive dès le mois de juin et sans doute m'associer…

Il posa sa cuillère.

— Cette soupe m'a fait du bien. Grâce à vous, je suis prêt à reprendre la route.

Avant de s'en aller, il assura qu'il donnerait de ses nouvelles et s'éloigna vers l'auberge où il avait laissé son attelage. Dans ses oreilles, la dernière phrase de Martial résonnait encore : « Ma fille est pour toi, si tu le veux. »

Malgré son premier mouvement de joie, une crainte surgissait. Autour de lui, sous le ciel bas, les maisons, avec leurs murs de pierre, lui semblaient menaçantes. Pourquoi avait-il peur ? Quel présage se dissimulait derrière ces fenêtres dont les rideaux se soulevaient sur son passage ?

Quand il retrouva son cheval, pour se rassurer, il caressa sa crinière et sentit alors que quelqu'un l'épiait. A travers l'une des vitres de l'auberge, un homme dardait sur lui un étrange regard fixe. C'était Guillaume, le fils de Martial.

2

Deux jours plus tard, une lettre postée de la Creuse arriva. Comme elle ne savait pas lire, Jeanne la tourna plusieurs fois entre ses mains et décida de la porter à la tonnellerie. Il était encore tôt mais, en traversant la cour, elle aperçut le soleil qui perçait les nuages. Le long des allées du jardin, des narcisses et des renoncules dressaient leurs têtes fleuries et, dans les champs, des hommes s'affairaient déjà.

A peine entra-t-elle dans l'atelier qu'elle comprit que quelque chose de grave venait de se produire. Une atmosphère tendue envahissait les lieux. Dans un coin, Martin et Jules faisaient semblant de s'activer autour d'un fût tandis qu'à l'opposé Louis, les bras ballants, gardait la tête basse devant le visage décomposé de Martial.

— Personne ne t'a demandé de venir ! lança ce dernier.

Impressionnée par le ton vindicatif, Jeanne rangea la lettre et fit demi-tour. Dans son dos, l'artisan hurla de nouveau.

— Deux tonneaux qui fuient, c'en est un de trop ! Et je t'avais prévenu, c'est moi qui les éprouve et qui les signe !

Elle se crispa. A coup sûr, Louis allait être renvoyé. Elle se revit, la veille, sur le chemin qui montait jusqu'à la ferme de Guillaume et de Marie. Après avoir longtemps parlementé et discuté, elle avait réussi à obtenir l'assurance qu'ils reviendraient chez leur père. A chaque fois, elle s'épuisait à vouloir réparer, raccorder. C'était comme un grand drap qui se trouait et qu'il fallait sans cesse repriser. Pourquoi s'obstinait-elle ainsi, sinon pour recréer un peu de cette chaleur familiale qu'elle n'avait jamais connue ? Elle s'appuya contre l'un des murs de la fabrique. Pour Louis, elle en était sûre, elle ne pourrait rien sauver.

Jusqu'au soir, personne ne revit Martial. Quand il poussa la porte de la maison, Jeanne et Mathilde avaient déjà dîné. Il s'attabla. A la vue de son visage fermé, elles n'échangèrent qu'un bref regard.

— Après le bouillon, dit Jeanne, je vous ai gardé du pâté de pommes de terre comme vous aimez…

Elle respectait toujours ses consignes : jamais de tutoiement devant les enfants. Même si ceux-ci n'étaient plus dupes, Martial désirait ainsi préserver la mémoire de leur mère dont la dernière photo était mise en évidence sur le bahut de la salle, un ruban noir autour de son cadre.

D'un geste prompt, il ôta les tranches de pain qui tapissaient son assiette et versa une grande rasade de vin dans son bouillon.

— Je n'ai pas faim, commenta-t-il avant de s'emparer de la lettre placée en équilibre contre son verre.

Il jeta un coup d'œil sur l'enveloppe et la glissa dans la poche de son gilet, puis il se tourna vers Mathilde :

— Qu'as-tu donc fait aujourd'hui ?

— Avec Jeanne, répondit-elle, nous avons imaginé que cet été, nous pourrions organiser quelque chose pour mes vingt ans…

Il parut réfléchir puis palpa la poche où se cachait la lettre.

— Peut-être qu'à la place nous célébrerons tes accordailles ? Qu'en penses-tu ?

— Ce serait une belle fête, dit seulement Mathilde.

Elle ne se rebellait jamais. Souvent, il arrivait à Martial de la comparer à son frère. Plus les années passaient, plus il aimait retrouver chez elle les traits de Julie.

Parfois, elle lui ressemblait tant qu'il en ressentait un malaise. Alors, il se détournait ou s'efforçait de raconter l'une de ses blagues favorites, qui déclenchait le rire dont il avait besoin.

Jeanne lui proposa du fromage de brebis qu'il refusa.

— Pas ce soir, fit-il, je dois encore me rendre chez Pierre.

Il se leva, ajusta son chapeau et souhaita bonne nuit à sa fille qui rejoignait l'étage. Ce n'est que lorsqu'il entendit la porte de sa chambre se refermer qu'il livra :

— J'ai renvoyé Louis, annonça-t-il, dès demain, je le remplacerai moi-même à la tonnellerie.

Debout, les mains jointes sur son long tablier, Jeanne demeurait silencieuse. Il tenta de la faire réagir :

— Tu as bien quelque chose à dire là-dessus !

— Je pense à sa femme et à ses deux enfants.

— Il n'y aura pas de bon à rien dans ma fabrique ! s'emporta-t-il. J'y suis le maître ! Jamais je ne faillirai à mon devoir. Chacun de mes fûts contient l'honneur des Pérol !

Il se redressa de toute sa hauteur et, sûr de lui, se dirigea vers la porte.

— Tu n'as pas lu ta lettre… lui rappela Jeanne au moment où il sortait.

La nuit était tombée et des gouttes de pluie commençaient à voler. Martial marcha vers la remise où se trouvait la carriole. Pour aller chez Pierre, son ami menuisier, il devait parcourir une assez longue distance. Un instant, la main sur la clenche en métal, il hésita puis s'empara de la lampe tempête accrochée à un rivet. Et là, à l'abri sous un auvent, il déchira enfin l'enveloppe et se mit à lire sous la faible lumière.

François écrivait qu'il était occupé à vendre ses derniers biens avant de quitter Malval, ce petit village où il ne voulait plus passer le reste de ses jours. Il racontait aussi combien il aimait Brive et sa lumière et combien il avait hâte, maintenant qu'il était seul, de se bâtir une autre vie ailleurs. Il remerciait chaleureusement Martial de l'avoir accueilli et aidé, et terminait en lui demandant officiellement la main de Mathilde et la permission de lui écrire. « Je ne rendrai jamais assez grâce à la Providence, concluait-il, de t'avoir rencontré. Je suis certain que notre association portera ses fruits, en tout cas, je ferai tout pour qu'elle réussisse. » Martial replia la feuille et se mit en route. « Voilà une affaire rondement menée », pensa-t-il. Les bienfaits de cette union lui paraissaient évidents. Ainsi qu'il avait déjà marié Guillaume à Marie Gouzon, une héritière d'un hameau voisin, choisie pour sa douceur et son intéressante dot, il réitérait pour Mathilde la même démarche en y ajoutant un projet personnel. Ce jeune François lui semblait posséder un caractère malléable et discipliné. Quant à son futur commerce, il apporterait bien des avantages à la tonnellerie. Voilà qui suffisait. Cette heureuse conclusion rachetait sa dure journée et le renvoi de Louis.

Il descendit quelques ruelles et fit un détour le long des champs de tabac. L'obscurité s'intensifiait mais la pluie, qui avait cessé, ne gênait plus sa marche. Après avoir dépassé la maison du charron, il accéléra l'allure ; c'est alors qu'il sentit une main le retenir par le bas de sa veste.

— Monsieur Pérol, monsieur Pérol ! supplia une voix de femme.

Surpris, il leva la lampe pour éclairer le visage de celle qui l'arrêtait ainsi. Tremblante, sans même un châle sur les épaules, Anne, la femme de Louis, le regardait. Le vent soulevait des mèches de ses cheveux et ses mains se serraient l'une contre l'autre.

— Que me veux-tu à cette heure ?

Cela faisait bien vingt ans que Martial la connaissait. Il l'avait presque vue naître et grandir. Quand elle s'était mariée avec Louis, il avait été convié à leur noce. Il se souvenait de tout comme il se souvenait de sa promesse d'embaucher Louis dès qu'il le désirerait.

— Je sais pourquoi tu es là, continua-t-il, mais je ne peux plus rien pour lui, il a trahi ma confiance.

— Je vous en prie, supplia-t-elle de nouveau, mon salaire de fileuse ne peut nourrir nos deux enfants. Donnez-lui une autre chance !

Les yeux brillants, elle se tenait si près de lui qu'une gêne le troubla. Il se représenta ces femmes qu'il avait vues sur les marchés de Tulle ou de Brive et qui vendaient leurs cheveux pour deux ou trois sous. Peut-être serait-elle obligée d'en faire autant ?

— Martial, souffla-t-elle en se collant à lui, tout le monde dit que vous êtes vaillant ; en échange, si vous le souhaitez, je vous offrirai quelques instants de bonheur…

Il sentit une odeur d'alcool s'échapper de ses lèvres et se cabra :

— Va-t'en ! Va-t'en ! ordonna-t-il.

Mais elle ne bougea pas et le désespoir presque farouche qui se lisait sur son visage avait quelque chose d'insupportable. Il comprit que c'était lui qui devait partir, s'éloigner de cette vision qui l'écœurait et le blessait tout à la fois. D'un seul coup, il tourna les talons et s'enfuit à grands pas. Quelle réputation avait-il donc pour qu'elle se jette ainsi à sa tête ?

Lorsqu'il frappa à la porte de son ami, malgré le froid, des gouttes de sueur perlaient sur son front.

Pendant plusieurs jours, cette image l'obséda. Elle effaçait la lettre de François et sa demande officielle. Du matin au soir, sans articuler la moindre parole, il travaillait aux côtés de Jules et de Martin. De temps à autre, entre deux ordres, un bref soupir témoignait de son tracas. Dans ces moments-là, Jules savait se taire. Il attendait l'éclaircie comme les paysans d'ici guettent la fin de l'hiver.

En prenant la place de Louis, Martial trouvait un exutoire. Jamais il n'avait tout à fait abandonné le métier. Bien sûr, il préférait diriger et contrôler mais souvent, c'était plus fort que lui, il reprenait un maillet, un rabot et s'attelait à la tâche. Ce bois, qu'il fallait choisir, préparer, façonner, faisait chanter sa vie. Son odeur, son écorce réveillaient en lui des forces vives. Il avait une façon particulière de le caresser, de le flatter, comme il l'aurait fait pour une femme. Combien de fois Jules ne l'avait-il pas suivi chez les fendeurs qu'abritaient les bois environnants ? Pas un d'entre eux n'ignorait son œil averti et sa manière de sélectionner les meilleurs merrains.

Un matin, il s'éveilla plus tôt que d'habitude. Jeanne n'était plus à ses côtés. Selon les conventions qu'il avait établies, quand il avait satisfait son désir, elle devait aller dormir dans une autre chambre, au bout du couloir. La place qu'il gardait vide auprès de lui appartenait à celle qui portait son nom pour l'éternité. En ouvrant les yeux, il écouta le chant du coq qui montait comme un appel, puis descendit dans la salle. Un petit feu agonisait dans l'âtre ; il se dirigea vers la fenêtre et rabattit les volets. Le beau temps persistait. Quelques brumes nappaient çà et là les champs mais l'on devinait déjà le soleil sur les vergers fleuris et les coteaux verdoyants. Il admira la beauté calme du paysage qui s'offrait à lui. Seuls, au fond de la vallée, des tintements de clochettes se mêlaient aux braiments des ânes qui transportaient des sacs ou des bidons de lait. Il avait faim de cette vie qui revenait en lui, des projets qu'il avait mûris en secret ces derniers jours. Il ouvrit le vaisselier, où Jeanne abritait les provisions, et s'installa. Les tartines avaient encore le goût des braises sous les tranches de lard. Quand Jeanne apparut, il replia son couteau et, d'un revers de manche, essuya sa large moustache.

— J'ai écrit à Guéret, fit-il, nous allons célébrer les noces le plus tôt possible. Après, j'engagerai un autre ouvrier pour remplacer Louis.

— Il faudrait peut-être attendre, conseilla-t-elle en se penchant vers le feu, ils ne se connaissent pas beaucoup. Mathilde est fière et exigeante…

— Guillaume a toujours été ton préféré !

— Depuis la mort de sa mère, reprit-elle, il ne m'a pas quittée. Mathilde, elle, n'a d'yeux que pour toi, tu le sais bien !

Le tonnelier eut un petit rire d'homme comblé.

— Qu'importe, acheva-t-il, ce sera une belle noce !

3

Mathilde ne dormait pas. Plusieurs fois, elle se leva pour aller vers la fenêtre ouverte respirer l'air parfumé de la nuit. Un vent doux agitait les arbres du jardin, et des odeurs de terre fraîchement remuée se mêlaient à des senteurs vivaces de fruits et de fleurs. D'ici quelques heures, ce 1er juillet lui apporterait le mari dont elle avait toujours rêvé mais qu'elle connaissait à peine. Elle se souvenait de ses rares promenades avec François, le long des gorges du Saillant. Ensemble, ils avaient admiré le château, les collines boisées, les vallons où les trembles côtoyaient les aulnes au feuillage cendré. Même si des frôlements de mains et quelques baisers les avaient troublés, leurs yeux s'étaient évités avec soin, comme si l'évidence de leur prochaine union était trop forte. Mathilde savait seulement qu'il avait perdu ses parents et qu'il espérait reconstruire une autre famille avec elle.

Lorsqu'elle descendit dans la salle, Martial était occupé à compter les paies de ses ouvriers. En la voyant, il rangea l'argent dans l'une de ses poches et se leva pour l'embrasser.

— C'est un grand jour pour toi, fit-il, belle comme tu es, tu vas devenir l'une des femmes les plus en vue de Brive…

En peu de temps, la maison s'emplit d'effervescence et de bruits. Une couturière vint aider Mathilde à revêtir la longue robe en drap fin, brodée de velours, qu'elle avait commandée. Fermée au cou par une rose et rehaussée d'un collier d'argent qui avait appartenu à sa mère, elle soulignait sa taille élancée et dégageait son port de tête. Le plus délicat fut la pose de la coiffe. Il fallut d'abord tresser et attacher les longs cheveux bruns avant d'y fixer la grande mousseline traditionnelle qui devait garder sa place tout au long du jour.

Dix heures sonnaient quand la carriole enrubannée où se tenaient les jeunes époux entama un tour triomphal dans tout le bourg. Derrière elle, dans une autre voiture, réconciliés en l'honneur de l'événement, Martial et Guillaume étaient assis côte à côte. Selon les vœux de l'artisan, la tradition devait être respectée mais pas à n'importe quel prix.

A la sortie de l'église, un coup de fusil tiré en l'air et la voix tonitruante du tonnelier eurent raison des habituels plaisantins.

— Il n'y aura pas de farces grivoises, s'écria-t-il, la dignité de ma fille passe avant tout !

Quand les joyeux fêtards déguerpirent aussi vite qu'un vol de buses hors d'un champ, il prit le marié à témoin :

— J'avais caché le fusil dans le fond de la carriole…

En entrant dans le jardin, où les tables avaient été dressées pour le repas, les invités en riaient encore. Applaudissements, cris et chants accompagnés par deux violoneux commencèrent à se faire entendre à presque une lieue à la ronde. Martial ne voulait pas être en reste.

— Tu entres dans ma famille, dit-il à François, tu te souviendras de ce beau jour !

A cause de la chaleur, le jeune homme desserra son nœud lavallière et ôta le haut-de-forme qui le coiffait. Aussitôt, les hommes dégrafèrent les cols de leurs chemises tandis que Martial, entouré du maire et de sa femme, donnait des ordres aux servantes.

Par précaution, on avait installé le curé loin du tonnelier. Si les deux hommes ne faisaient pas bon ménage, Martial n'avait jamais empêché sa fille de se rendre à l'église. L'abbé lui en savait gré.

La ronde des plats fit succéder les confits de canard et d'oie, préparés par Jeanne et d'autres cuisinières, aux poissons frais pêchés dans la Vézère et aux pâtés parfumés dont les croûtes dorées sortaient chaudes du four. Après des cahors rouges, dont les corps vigoureux et la cordialité furent salués par tous les participants, Martial demanda le silence pour apporter lui-même ce qu'il considérait comme le bijou de sa réserve : des bouteilles d'un château-lascamps blanc de 1890. D'abord savourée avec recueillement, la fraîcheur du vin délia les jambes. D'autorité, le maire enlaça la mariée, et les couples se formèrent. De temps à autre, entre les danses, comme s'il voulait lui montrer qu'il ne devait rien regretter, François réussissait à s'isoler avec Martial pour parler de leur association : « J'ai l'intention de me rendre à Libourne et à Bordeaux, racontait-il, j'y choisirai des pomerols et des saint-émilion élevés dans les fûts que tu livreras. A nous deux, nous écraserons la concurrence... » Avec la musique, ces mots-là entraient en Martial comme les promesses d'un avenir sans nuages. Tenant son gendre par les épaules, il brandissait son verre et buvait à la réussite de l'entreprise sans faire attention à son fils, qui, de loin, ne les quittait pas des yeux.

Ce n'est qu'à la tombée du soir que les rires et les chants faiblirent. Des lanternes s'allumèrent. Quelques enfants s'endormirent, le front contre leur bras replié. Epuisés, les violoneux ne jouaient plus que par intermittence. Après avoir goûté aux merveilles, ces beignets aux fruits servis en dessert, l'abbé prit discrètement congé. Martial avait prévenu qu'il n'y aurait pas de repas du lendemain ; les jeunes époux devaient rejoindre Brive et leur nouvelle maison. Le quotidien reprenait ses droits, et les affaires leur importance. Chez les Pérol, il en avait toujours été ainsi et le jeune négociant l'avait déjà bien compris.

Quand la dernière farandole s'élança, elle ne réunit que ceux qui possédaient assez d'énergie pour s'amuser encore. Mathilde prit François par la main mais, trop essoufflé, il dut abandonner et s'affala sur un monticule de terre à moitié recouvert par les herbes. Un tourbillon s'agitait en lui. De sa rencontre avec Martial à ce mariage, le temps l'avait emporté comme ces courants que les navigateurs redoutent et désirent tout à la fois. L'impression que sa vie lui échappait le plaçait à l'écart des derniers soubresauts de la fête. Pensif, il restait là, un peu perdu, quand la sensation d'une présence l'obligea à se retourner et à scruter la pénombre. Dès qu'il reconnut le fils de Martial, il voulut se mettre debout mais une main appuyée sur son épaule le força à rester par terre.

— Ecoute-moi bien, entendit-il, celui qui héritera, c'est moi !

D'un geste brusque, le jeune Pérol l'attrapa par le col de sa chemise pour le relever. Plus mince et plus petit, Guéret ne pouvait lutter.

— Lâche-moi ! Lâche-moi ! protesta-t-il.

Mais l'autre le secoua avec violence.

— Maintenant que tu as la fille, tu penses avoir l'argent sans doute ? Avant de l'obtenir, tu me trouveras toujours sur ta route !

Après une dernière secousse, il le repoussa et, sans autre commentaire, disparut derrière une haie.

Choqué, François s'appuya contre un arbre. Devant lui, la farandole se dispersait et les violons se taisaient. Il aperçut Martial qui taquinait Jeanne et tous deux avaient du mal à réprimer leurs rires. L'intimité de leur relation lui sauta aux yeux. Lui, qui avait été fils unique, découvrait les failles et les mystères d'une famille à laquelle il se liait pour toujours. Pour effacer son désarroi, il éprouva le besoin de se rapprocher de Mathilde et se dirigea vers les tables où papillotaient les lumières des lampes à pétrole. Assiettes et verres vides jonchaient les nappes froissées. Il la découvrit là, assise et fatiguée.

— Il faut aller dormir, conseilla-t-il en étreignant ses mains avec tendresse, dans quelques heures à peine, nous serons sur la route de Brive.

Câline, elle passa son bras sous le sien. Désormais,

François était le gardien de son rêve. Elle lui devait obéissance et fidélité.

Le jour éclairait le haut plateau quand la tonnellerie rouvrit ses portes. Autour d'une assiette que Jeanne leur avait mise de côté, Jules et Martin parlaient encore de la noce. Eux aussi avaient participé à la fête mais en bout de table, loin du maire et de la famille. Après quelques petites heures de sommeil, leurs jambes ankylosées par les danses et leur esprit étourdi par les rires et les chansons refusaient la réalité du travail. Les paupières encore lourdes, ses cheveux roux en désordre et sa moustache à peine lissée, Jules s'efforçait de se réveiller. Les ablutions d'eau froide sur son visage n'avaient pas suffi. Il enviait la force jeune de Martin et sa facilité à s'atteler à la tâche. Enfin, la dernière bouchée avalée, il s'étira et, sans conviction, s'empara d'un rabot. Au-dehors, les nuages qui s'accumulaient à l'horizon signalaient une prochaine pluie. Le temps luimême n'était plus aux réjouissances.

— Ils ont eu de la chance, s'exclama-t-il en commençant à polir un bois, à un jour près, c'était fichu…

Une averse creva le ciel au moment où Mathilde et François sortaient de la maison. Par la fenêtre de l'atelier, les yeux de Jules s'attachèrent à la silhouette de la jeune épousée. Sous le grand parapluie noir que tenait son mari, elle marchait, le bras serré sous le sien, la tête inclinée vers le sol. Il pensa que le fait de partir d'ici, de quitter cette maison où elle avait passé son enfance et son adolescence, la chagrinait. Alors, il sortit pour lui adresser un signe et leurs regards se croisèrent. En un éclair, il la revit petite fille, courant du jardin en fleurs à la tonnellerie. « Regarde ! lui disait Martial en le détournant du travail d'un bois. Ma fille est plus vive et plus claire qu'un torrent de montagne ! »

Dans un sourire, elle répondit à son geste puis monta dans la voiture à cheval qui l'attendait. Longtemps, jusqu'à ce qu'elle ne fût plus qu'un point sombre, Jules resta sur place pour la suivre des yeux. Quand Martial vint vers lui, il tourna la tête et se dépêcha de rentrer.

En se frottant les mains, l'artisan se mit à arpenter sa fabrique :

— Nous allons avoir des commandes supplémentaires, se réjouit-il, peut-être même que nos fûts iront vers le nord de la France et la Belgique…

Grâce à ce gendre providentiel, il ne se lassait pas d'échafauder de nouveaux plans. Ses joies gravitaient toujours autour des mêmes choses : un bois aux veines souples, à l'aubier tendre, son plaisir d'homme satisfait ou des perspectives d'agrandissement pour son atelier. A force de côtoyer la rudesse de sa terre, il ressemblait à ces châtaigniers qui se nourrissent de peu mais qu'aucune tempête ne parvient à abattre.

— Et Mathilde ? demanda seulement Jules.

— Elle va bien, affirma-t-il. Maintenant, elle est heureuse.

— Tout à l'heure, je l'ai trouvée pâle…

Pérol éclata de ce rire dont il ne se départait jamais :

— Une nuit de noces, ça fatigue, pas vrai, Martin ?

La plaisanterie fit glousser l'apprenti. Seul dans son coin, Jules s'abstint de réagir.

— De toute façon, conclut Martial en caressant du plat de la main le ventre d'un tonneau ouvert, c'était quand même une belle noce !

4

Partout, dans les champs de blé et de seigle, les moissons battaient leur plein. Hommes et femmes courbés sous la chaleur du mois d'août coupaient et liaient les gerbes avant de les empiler dans des charrettes attelées. Assis à l'écart sur l'une des pentes qui rejoignaient la plaine, Guillaume les regardait. Chaque année, il se mettait ici pour observer ses parcelles de céréales où s'activaient les deux journaliers embauchés pour la saison. Il essayait d'évaluer la production de ses terres quand, plus loin, son troupeau de vaches paissait tranquille. Il aurait pu joindre ses bras à ceux qui peinaient ainsi, besogneux et acharnés, sous l'ardent soleil. Mais à quoi bon ? L'année dernière, en lui faisant épouser Marie, son père avait été fidèle à lui-même : « Elle va t'apporter des terres et des vignes, avait-il dit. Grâce à ce que je vous donnerai, tu pourras continuer à te tourner les pouces ! »

Guillaume le savait, jamais il ne lui pardonnerait de ne pas être tonnelier. Dès son enfance, alors que sa mère vivait encore, son père avait essayé de l'intéresser au métier. A chaque saison, quand les arbres changeaient, il avait pris le soin et le temps de l'emmener dans les bois, de s'arrêter devant les châtaigniers, les bouleaux ou les chênes. Et là, il touchait, palpait, sentait. « Tu vois, expliquait-il, ce chêne-là est nerveux avec ses gros grains ; si je surveille bien son séchage, il aura un tanin hors pair… » De sa poche, il sortait une craie et traçait sur l'écorce la croix que le fendeur allait repérer. « C'est ton grand-père qui m'a appris à choisir, racontait-il, il m'a révélé son secret : si l'on veut qu'un bois vibre et s'embellisse en vieillissant, il faut le traiter comme une belle femme et s'en occuper tous les jours… »

Mais Guillaume n'avait rien senti, rien reçu. Après quelques années d'école, il n'avait fréquenté la tonnellerie que pour faire plaisir à ce père qui ne le comprenait pas. A cette époque, maintes fois il avait pleuré devant sa mère : « Je ne peux pas, je ne peux pas… », hoquetait-il tandis qu'elle se dépêchait de tremper dans l'eau froide ses doigts éraflés par le maniement maladroit des bois. « Ce n'est rien, calme-toi ! consolait-elle. Il n'est pas méchant, il ne sait pas, c'est tout ! »

Plusieurs fois, le manège avait cessé puis repris jusqu'à la veille de ses seize ans. Ce jour-là, employant exprès ce parler que ses ouvriers pouvaient comprendre, Martial, excédé, l'avait renvoyé de l'atelier : « No luro[1] ! », avait-il hurlé et, de son doigt, il avait désigné la porte ouverte.

Ces souvenirs avaient marqué Guillaume d'une empreinte indélébile. A la mort de sa mère, il s'était tourné vers Jeanne pour retrouver le soutien qu'il perdait.

L'angélus se mit à sonner. Il vit les moissonneurs ôter leurs chapeaux et poser leurs faux pour se signer. Les femmes, qui apportaient les repas enveloppés dans de grands torchons, baissèrent la tête pour prier aussi. Puis les bavardages reprirent, entrecoupés du cliquetis des couteaux ou des cuillères contre les bols. Guillaume abandonna la pierre où il était assis. Après tout, sa vie lui ménageait du bon temps. Marie s'occupait volontiers des affaires courantes. Au fil des jours, elle avait su remplacer l'image de ces femmes dont il avait toujours eu besoin.

Une dernière fois, il risqua un coup d'œil vers les

1. Bon à rien !

grands arbres qui s'élevaient en bordure des champs. Journaliers et moissonneurs étaient regroupés à l'ombre de leur feuillage. Parmi eux, il aperçut la femme de Louis qui versait du vin dans les gobelets. Sans doute s'était-elle louée pour lier les javelles ? Depuis le renvoi de son mari, ne disait-on pas qu'elle frappait à toutes les portes pour chercher du travail supplémentaire ? A nouveau, une poussée de colère contre son père le saisit. Il pensait à tous ces ouvriers qui n'avaient pas trouvé grâce à ses yeux. A part Jules, pas un n'avait franchi le cap des deux années consécutives dans la tonnellerie. Qu'espérait-il donc ? Pourquoi cette volonté de perfection ? Il avait beau mériter sa réputation de meilleur tonnelier de la région, son caractère dur et entêté ne le ferait regretter de personne.

Un moment, des nuages plus épais que les autres obscurcirent le ciel. Cette succession d'ombre et de lumière lui rappela la carte de Mathilde qu'il avait reçue le matin même. Dans sa nouvelle vie, elle aussi semblait osciller entre les joies et les soucis du quotidien.

Il contourna quelques buissons et s'apprêtait à prendre un raccourci pour rejoindre ses vignes, quand un long hurlement s'échappa de la plaine, suivi d'un bruit de bois cassé et de hennissements affolés. Il se précipita vers l'endroit qu'il venait de quitter. Au bord d'un champ de seigle, gesticulant et criant, tous les moissonneurs étaient rassemblés autour d'une charrette renversée. Certains essayaient de calmer le cheval qui se cabrait tandis que d'autres s'arc-boutaient pour relever la voiture. Des femmes se tordaient les mains et gémissaient. Sans prendre garde aux ronces, Guillaume dévala la pente qui le séparait du champ. A peine en bas, il comprit qu'un terrible accident venait de se produire et se faufila à travers les rangs qui s'étaient formés. Des hommes avaient réussi à écarter la carcasse de la charrette, dont le chargement s'était répandu sur la terre.

Une roue arrachée gisait plus loin, mais le plus pénible était la vision de ce corps inerte qu'on avait dégagé. En s'approchant, Guillaume reconnut le visage tuméfié d'Anne, la femme de Louis.

— C'est Anne Dumont ! répéta-t-il, hébété.

Ceux qui avaient conjugué leurs efforts pour repousser la voiture s'épongeaient le front.

— On n'a rien pu faire, se lamentèrent-ils, la charrette a glissé sur le terrain en pente…

D'autres étaient déjà partis chercher le curé. Guillaume s'agenouilla auprès de la femme du sabotier qui appliquait un linge mouillé sur le front de la malheureuse :

— Anne ! appela-t-il.

Et, comme il ne savait plus que dire, il tenta de la rassurer :

— Je vous promets que nous aiderons Louis et vos enfants…

Elle eut encore la force de tourner vers lui un regard apaisé, puis sa tête retomba sur le côté et ses yeux se voilèrent.

— Elle est passée, fit l'épouse du sabotier.

Les hommes enlevèrent leurs grands chapeaux et les femmes se mirent à genoux tandis que la silhouette replète du curé se profilait sur le chemin.

Bien après qu'on eut emmené le corps, Guillaume demeura au même endroit, son chapeau entre les mains.

— Allez ! l'encouragea l'un de ses amis qui avait repris sa faux. Ce genre d'accident est fréquent, tu n'y peux rien !

Mais il ne cessait de penser à Louis, à son père et au serment qu'il avait fait.

— Elle laisse des bouches à nourrir, répondit-il, et je me sens coupable d'être le fils de celui qui en est la cause…

Le moissonneur se tut. Tous ici avaient une autre version de l'histoire. En attendant mieux, Louis servait de valet d'écurie dans une ferme de Ceyrat, un village du fond de la vallée. Mais il racontait partout qu'il avait dû quitter la tonnellerie Pérol le jour où l'artisan avait voulu abuser de sa femme sur l'un des chemins escarpés qui menaient au bourg.

Le surlendemain du drame, sous un ciel mitigé, des voisins portèrent le cercueil jusqu'à l'église, qui fut bientôt comble. Exhortant ses fidèles à se tenir prêts, le curé évoqua l'imprévisible dessein de Dieu.

— J'en connais, déclara-t-il, que leur métier érige en despotes ou en juges impitoyables et qui vivent du matin au soir dans le péché…

Du haut de sa chaire, ses sourcils se froncèrent en regardant Marie qui se tenait coite sur un banc. Elle comprit qu'il parlait de Martial et de Guillaume, absents, et baissa le front. Dans le cimetière, tandis que les prières se mêlaient aux fumées des encensoirs, plus d'une fois les hommes levèrent les yeux vers les nuages qui s'amoncelaient au-dessus des champs. Les moissons n'étaient pas finies et, malgré le passage du bedeau qui avait agité une clochette pour écarter le mauvais temps, beaucoup redoutaient de prochaines pluies. Quand le fragile cercueil en sapin disparut dans la terre, Louis ne semblait plus que l'ombre de lui-même. Des bras amis le soutinrent pour l'aider à marcher jusqu'à l'auberge où la tradition voulait que tous se regroupent pour boire. C'est alors que la pluie commença de tomber.

Jusqu'au soir, elle tissa un rideau fin et ténu de grisaille qui drapa le bourg et ses environs. Lorsqu'elle s'arrêta, la nuit commençait à gagner sur le jour. Après un dîner frugal, Martial en profita pour sortir.

— Je n'en ai pas pour longtemps, précisa-t-il à Jeanne.

Toute la journée, pour satisfaire les commandes de son beau-fils, il avait travaillé dans son atelier. Bientôt, des fûts partiraient par le nouveau chemin de fer qui reliait Limoges à Brive. Il suffisait de les transporter en charrette jusqu'à la gare d'Objat où s'effectuaient les chargements. En attendant d'embaucher un autre ouvrier, qu'il désirait féru du métier, il redoublait ses efforts pour être à la hauteur de sa réputation. Evitant le centre du bourg, il emprunta des ruelles dont la montée l'obligea à souffler. De temps à autre, l'image de Marie revenait le tarauder. Dès la sortie du cimetière, elle était venue plaider avec ferveur la cause de Louis. Il l'avait d'abord écoutée d'une oreille distraite, puis, en apercevant ses yeux brillants de larmes, il s'était interrogé. Le visage d'Anne s'offrant à lui sur la route s'était superposé aux pleurs retenus de Marie. D'ailleurs, toutes deux se ressemblaient : petites et brunes, avec le teint bis de ces femmes qui ne rechignent pas aux travaux extérieurs.

« Je suis le seul à décider ! » avait-il déclaré pour couper court à cette visite qui l'embarrassait. Elle avait alors prononcé cette phrase qui le hantait encore tandis qu'il approchait de son but : « Pour une fois, soyez humain ! Dieu vous le rendra. »

Après avoir franchi une venelle, il se retrouva devant une petite maison aux pierres disjointes et aux huisseries mal entretenues. Par la fenêtre, il entrevit la lueur d'une bougie ou d'une lampe à huile.

Il tambourina contre la porte :

— C'est moi, Pérol ! cria-t-il. Ouvre, Louis !

Comme la porte restait close, il insista :

— Ouvre donc ! Je ne te veux aucun mal, je suis là en ami.

Il allait frapper au carreau quand la porte s'ouvrit enfin. Louis apparut dans l'embrasure, ses deux jeunes garçons derrière lui.

— Pourquoi êtes-vous venu ? demanda-t-il d'une voix sèche. Je n'ai pas besoin de vous.

— Laisse-moi entrer, répondit Martial, j'ai une proposition à te faire…

Mais l'ouvrier le défia :

— Après avoir essayé d'abuser d'elle, vous voulez m'abuser d'une autre façon ?

Sous l'affront, le sang de l'artisan se glaça et son poing se leva. Comment laisser passer une telle calomnie sans réagir ? Seule la vue des deux enfants terrorisés qui se serraient l'un contre l'autre le désarma.

— Bon Dieu ! jura-t-il. Tu m'auras possédé jusqu'au bout !

Il fouilla l'intérieur de sa veste et en sortit une liasse

de billets pliés qu'il plaça d'office dans la main d'un garçonnet.

— J'avais prévu ton refus, lâcha-t-il.

Puis, il se détourna et s'éloigna à grands pas.

Un long moment, la tête vide, il erra au hasard des ruelles. Quand onze heures sonnèrent au clocher de l'église, il eut l'envie soudaine de monter jusqu'au cimetière. Voilà bien longtemps qu'il n'avait pas revu la tombe de Julie. Ce soir plus que d'autres, elle lui manquait.

En dépit des années, jamais il ne s'était tout à fait remis de sa disparition. Quand cette affreuse fièvre l'avait emportée, il s'était renfermé sur sa douleur et endurci comme ces morceaux de bois qui occupaient toute sa vie. A personne il n'avait soufflé mot de la révolte qui l'avait embrasé. Du jour au lendemain, il avait juste décroché tous les crucifix de la maison et les avait brûlés avec leur buis. « Pour permettre ça, avait-il déclaré, le bon Dieu n'existe pas ! »

« Il ne faut pas lui en vouloir, avait dit Jeanne, comme pour l'excuser, c'est le chagrin qui le rend fou… »

Lorsqu'il parvint devant l'entrée du cimetière, la lune répandit une lumière blanche sur les croix dressées et les ifs alignés. C'est à cet instant qu'il remarqua une silhouette de femme près du mur. Elle semblait le guetter.

— Qui est là ? demanda-t-il, surpris.

La pluie de la journée avait rafraîchi l'air. Frissonnante, un châle autour de ses épaules, elle s'avança vers lui. Quand elle s'arrêta, la faible clarté de la lune éclaira ses traits.

— Mathilde ! s'écria Martial. Que fais-tu ici ?

Dans un premier temps, elle parut chercher à se contenir, puis, à bout de résistance, se jeta contre lui :

— Père, supplia-t-elle, je voudrais revenir ici !

5

Martial écarta Mathilde avec douceur.

— Viens, encouragea-t-il, nous serons mieux chez nous pour parler de tout ça.

De son bras, il entoura ses épaules, et tous deux descendirent ainsi le long de quelques rues salies par les pluies et le passage des charrois. De nombreuses flaques d'eau et des brins de paille tombés des charrettes jonchaient le sol. En relevant le bas de sa jupe, Mathilde s'efforçait de les éviter.

Lorsqu'ils entrèrent dans la maison, la salle était vide. Le tonnelier ranima la flamme d'une lampe à pétrole.

— Si nous prenions un peu de bouillon ?

Comme elle n'avait pas le courage de le préparer, elle attendit que ce soit lui qui approche les gobelets fumants. Martial ne savait comment aborder un problème qui le déroutait.

— Dis-moi donc ce qui ne va pas, finit-il par demander.

Mathilde avait à peine touché au liquide chaud. Ses yeux fixaient ses mains posées sur sa jupe que la boue avait tachée par endroits. D'une voix lente, elle raconta qu'elle s'était décidée à prendre le train ; puis une carriole avait accepté de la conduire jusqu'à l'entrée du bourg. Elle avait choisi de revenir ici, disait-elle, parce qu'elle était sûre d'y être comprise.

— Tu n'es pas heureuse ?

Un instant, elle leva les yeux vers lui puis les baissa de nouveau.

— François part de si longs jours. Parfois, je reçois une carte de Bordeaux ou du Nord, il écrit que tout va bien et qu'il m'embrasse. Puis, plus rien. Jusqu'à une brève apparition et un autre départ.

— C'est toujours comme ça au début. Il faut aller démarcher dans les provinces, choisir les bons crus. Plus tard, il aura quelqu'un pour l'aider...

Pérol quitta sa chaise et se dirigea vers la cheminée. Sa journée pesait encore lourd et sa visite à Louis n'avait rien arrangé. Il n'était même pas persuadé d'avoir bien agi. D'un air résigné, il haussa les épaules et contourna la table pour se rapprocher de sa fille.

— Demain, pour te changer les idées, je te raccompagnerai et nous irons à la foire aux oignons, place de la Guierle.

— Demain, oui, demain, reprit Mathilde.

Elle sentait qu'il n'avait plus envie de prolonger la soirée et se leva. Avant de s'engager dans l'escalier qui menait à l'étage, elle le regarda une dernière fois.

Martial écouta le son de ses pas décroître sur les marches de bois qui craquaient. Quand un léger claquement de porte se fit entendre, il comprit qu'il était le seul à veiller encore et s'assit devant l'âtre où rougeoyaient des braises. Au petit matin, Jeanne le découvrit endormi à la même place. Pour le réveiller, elle le toucha au bras. La lumière du soleil, déjà haut dans le ciel, le fit cligner des yeux. Il s'étonna d'être resté là une si grande partie de la nuit.

Inquiet de ne pas le trouver à la tonnellerie, Jules frappait déjà à la porte. Quand il vit son visage noirci de barbe, ses cheveux en bataille, l'ouvrier le dévisagea avec surprise.

— Je me suis endormi devant le cantou, expliqua Martial avant de l'inviter à partager la soupe que Jeanne avait réchauffée. Tout à l'heure, poursuivit-il en prenant place à table, je vais me rendre à Brive avec Mathilde.

— Tiens ! fit Jules. Elle est donc ici ?

L'artisan échangea un long regard avec Jeanne.

— Je crois qu'elle s'ennuie, son mari voyage beaucoup.

— Il lui faudrait un enfant !

La remarque de Jules fut suivie d'un silence. Mathilde descendait l'escalier.

— J'ai une commande à finir, je dois me dépêcher, s'excusa l'ouvrier en remettant sa casquette.

Il remercia pour la soupe et s'échappa. Au-dehors, sous un ciel dégagé, une journée chaude et ensoleillée s'annonçait. Il se dirigea vers la fabrique.

« Une femme qui s'ennuie comme ça, pensa-t-il, n'est pas amoureuse… » En s'emparant de son maillet, il se demanda seulement comment le faire comprendre à Martial.

— Pourquoi ne manges-tu pas ?

Depuis toujours, l'artisan n'aimait pas voir ses enfants rechigner devant les plats que Jeanne leur servait. Le manque d'appétit de sa fille l'agaçait.

— Je ferai marende[1], assura Mathilde. Pour le moment, un peu de pain me suffit.

Il grimaça. Toute la nuit, avant de s'endormir d'épuisement, il avait retourné le problème dans sa tête. Les commandes, qui arrivaient régulières et précises, intensifiaient l'activité de son atelier.

Son beau-fils lui envoyait des lettres qui le mettaient en contact avec des viticulteurs de Bordeaux et de ses environs. Il aurait eu de quoi se réjouir si l'ennui et la tristesse de Mathilde n'étaient pas venus tout contrarier.

— Bon, trancha-t-il. Il faut y aller. Je crois que nous aurons du beau temps.

Il sortit pour apprêter la carriole et Bacchus, le cheval qu'il avait acheté à l'une des foires de Pompadour. Après avoir fait quelques recommandations à ses deux ouvriers, il aida sa fille à s'installer et mit la carriole en route. C'est à ce moment qu'un jeune homme coiffé

1. Repas de midi.

d'un large chapeau, un balluchon sur l'épaule, surgit devant lui.

— Vous êtes bien Martial Pérol ?

Aussitôt, l'artisan arrêta son cheval.

— C'est moi. Que puis-je pour vous, monsieur ?

Le jeune homme ôta son chapeau. Sous le vent, ses cheveux mi-longs, épais et bruns, se soulevèrent. Il leva vers Martial un visage ouvert où brillait un regard franc et vif.

— On m'a dit que vous cherchiez un ouvrier pour votre tonnellerie.

Du plat de la main, il caressa le flanc roux de Bacchus.

— Belle bête ! murmura-t-il.

Son allure désinvolte et sa façon de parler surprirent le tonnelier.

Combien déjà en avait-il vus défiler, la tête basse, la casquette à la main, presque tremblants ou obséquieux ? Quand leurs regards se croisèrent, l'inconnu soutint l'échange avec une telle intensité que Martial détourna la tête le premier.

— Je me rends à Brive pour y conduire ma fille, fit-il sur un ton sec, pouvez-vous revenir demain ?

— Entendu !

L'inconnu se rangea sur le côté pour laisser passer la carriole.

— A demain, alors ! reprit Martial.

Tandis que le cheval commençait à trotter, il eut juste le temps de remarquer le bâton sur lequel l'ouvrier s'appuyait. C'était une canne torsadée dont le pommeau avait la forme d'un petit fût.

— Nom de Dieu ! jura-t-il, admiratif. C'est un compagnon !

Derrière eux, le jeune homme regardait la carriole s'éloigner. Mathilde agita la main pour lui dire au revoir mais un nuage de poussière brune porté par le vent le dissimula presque aussitôt.

— Il reviendra demain, dit-elle, j'en suis sûre.

Bacchus prit rapidement son pas cadencé. Absorbée par la contemplation du paysage, Mathilde se taisait.

Elle regardait défiler les hameaux nichés au creux des collines avec leurs maisons de grès rouge et leurs toits d'ardoise qui paraissaient flamber sous le soleil. Parfois, ses yeux s'attardaient sur les coteaux où des arbres fruitiers et des plants de vignes balançaient leurs feuilles ; mais pas un mot ne sortait de sa bouche.

— Tu ne dis rien ! finit par constater Martial.

— Nous allons bientôt arriver, n'est-ce pas ?

— Regarde ! fit-il. On aperçoit déjà la ville.

Autour d'eux, rendant l'accès difficile, des charrettes et des voitures à cheval se pressaient sur une chaussée où affleuraient des galets. Quelques mulets, le dos chargé, longeaient les bas-côtés.

Martial dut mettre son cheval au pas pour se faufiler jusqu'à l'octroi. Des odeurs d'oignons frits et de marrons grillés leur parvenaient déjà. Chaque année, la foire attirait une multitude de chalands et d'acheteurs de bestiaux. Placée sous la protection de saint Antoine, elle se déroulait toujours fin août, après les foires franches. Comme il n'avait rien à vendre, Martial laissa Bacchus attaché à un arbre puis il entraîna Mathilde dans la foule bigarrée qui se répandait sur la place. Ils circulèrent parmi les étals de légumes et les stands qui proposaient tourtous[1], beignets ou galettes aux châtaignes, arrosés de cidre ou de vin. Porté par les échos de la fête et les bouteilles débouchées dans l'allégresse, l'artisan joignit bientôt son rire à celui de ses amis et oublia Mathilde. Lorsqu'il voulut lui parler, il eut beau retourner sur ses pas, scruter les attroupements, elle avait disparu. Inquiet, il décida de quitter la place et de se rendre chez elle. La force de son chagrin le dérangeait. « Les sentiments viennent avec le temps, avait-il toujours dit à ses enfants. C'est par la patience que votre mère et moi, nous sommes devenus comme le cep et la vigne. »

Pourquoi donc s'obstinait-elle à tout compliquer ?

Il la retrouva un peu perdue, devant la porte de sa maison.

1. Galettes de sarrasin.

— Entrons ! dit-elle seulement.

Ils traversèrent le jardin avant de pénétrer dans l'une des pièces du rez-de-chaussée. Martial cherchait des mots, des phrases, mais il ne se souvenait que des paroles de Jules :

— Il te faudrait un enfant, répéta-t-il, et ta vie se remplirait d'un seul coup !

Que pouvait-il inventer d'autre, lui qui n'avait que la futaille et le vin en tête ?

Elle ne répondit pas et posa son front contre le montant en bois de la fenêtre qui s'ouvrait sur le jardin. A quelques pas, un noyer agitait ses feuilles sous le vent tiède. Le visage de la jeune femme parut se contracter puis elle se mordit les lèvres avant d'articuler à voix basse cette incroyable phrase qui cloua son père sur place :

— Je ne suis pas sa femme. Il ne m'a jamais touchée.

6

Sur le trajet du retour, Martial ne desserra pas les dents. Assis à ses côtés dans la carriole, Auguste Moussour, l'un de ses amis viticulteurs, n'en finissait pas de bavarder. Venu à Brive par le chemin de fer, il avait préféré repartir à Voutezac en compagnie du tonnelier. Encore sous le choc des paroles de Mathilde, Martial l'écoutait à peine.

— T'as pas l'air gai ! remarqua Moussour.

Le tonnelier lui jeta un coup d'œil distrait. A qui pouvait-il se confier ? Il essaya de s'excuser.

— J'ai des soucis.

Au-dessus d'eux, des nuages gris s'accumulaient dans le ciel ; le vent s'orientait à l'ouest. Il secoua plusieurs fois les rênes pour encourager son cheval à forcer l'allure.

— Nous arriverons avant la pluie, commenta-t-il.

— C'est à Guillaume que tu penses ? insista Moussour.

— C'est ça !

— Et Mathilde ? Il paraît qu'on l'a vue hier à l'entrée du bourg. Elle était sans son mari.

— Tais-toi ! gronda Martial. Est-ce que je m'occupe de tes affaires ?

Le ton agressif alerta le vigneron. Quelque chose se préparait. La mère Duroy, qui tenait l'épicerie au bas de la côte, l'avait bien dit : « J'ai vu passer la fille Pérol, elle était seule et semblait toute triste. »

— Je l'ai toujours trouvé bizarre, ton Guéret, continua Moussour. Même à la noce, il parlait beaucoup d'argent et peu de sa femme !

Dans un mouvement brusque, Martial lâcha les rênes pour le saisir par les bords de sa veste. Déséquilibrée, la carriole fit une embardée et s'immobilisa en travers de la route.

— C'est ta faute ! hurla-t-il. Descends de là !

Placide, le vigneron quitta son siège et se posta sur l'un des accotements de la route.

— Il n'y a que la vérité qui blesse, pas vrai ? Je te connais trop, Pérol, pour ne pas savoir ce que tu ressens. Après tout, cette bonne affaire, c'est toi qui l'as voulue !

Il enfonça sa casquette sur sa tête et s'en fut le long d'un champ tandis que des gouttes de pluie commençaient à tomber.

Martial redressa la carriole et mit Bacchus au trot. Devant lui, sur une hauteur, les premières maisons de Voutezac apparaissaient. Bientôt, Moussour allait colporter partout ses ragots malfaisants. Il regrettait déjà d'avoir cédé à la colère, mais comment aurait-il pu résister à cette violence qui n'avait fait que grandir durant tout le voyage ?

Dès qu'il aperçut l'auberge du père Reynal, il arrêta sa carriole. Cet endroit méritait bien un détour, François et lui s'y étaient rencontrés pour la première fois. Lorsqu'il poussa la porte, la salle regorgeait d'habitués qui s'entretenaient bruyamment. Son entrée attira tous les regards.

— C'est moi qui régale ! cria-t-il à la ronde. Allez ! Un bon vin de Branceilles pour tout le monde !

Des bravos enthousiastes accueillirent ses propos. Il jeta un billet et des pièces sur le comptoir avant de brandir son verre :

— Buvons au bonheur des uns qui fait le malheur des autres !

Pas un de ceux qui trinquèrent avec lui ne comprit ce

qu'il voulait dire. A l'autre bout de la salle, seul un jeune homme regardait la pluie tomber. C'était l'ouvrier compagnon qui l'avait abordé le matin même.

Quand le tonnelier rentra chez lui, la nuit était fort avancée. Il ne pleuvait plus mais une odeur persistante de feuilles et de terre mouillée parfumait les ruelles. Il détela son cheval, le nourrit, puis rejoignit la grande pièce déserte.

A tâtons, il ranima la flamme d'une lampe à pétrole et, la tête encore pleine du brouhaha de l'auberge, s'affala près de la table.

Quand quelque chose le préoccupait, il aimait être ici, entouré des murs qui lui renvoyaient ses souvenirs. Au fil des ans, même s'il avait transformé cette modeste maison vigneronne en une demeure plus conforme à ce qu'il désirait pour lui et ses enfants, son passé s'y accrochait. Ses yeux firent le tour de la pièce avant de s'arrêter sur le bahut où la photo de Julie luisait dans la pénombre. Qu'aurait-elle fait ou dit à sa place ? Ce soir, il ne s'agissait plus de prospérité ni d'affaire florissante. La lutte qu'il avait menée pendant des jours et des jours, son acharnement à éliminer les tonnelleries concurrentes jusqu'à les obliger à fermer les unes après les autres s'évanouissaient sous le poids du doute.

Il se leva pour se diriger vers le meuble sur lequel se trouvait la photo et ouvrit un tiroir. Après avoir écarté des papiers, il s'empara de la dernière lettre de François, postée de Bruxelles. Une commande de sept fûts l'accompagnait. Guéret parlait de la production qu'il vendait jusqu'en Belgique. Des beauregard-pomerol, des château-latour-ségur et des sainte-croix-du-mont qui nécessitaient les meilleures douelles de chêne. En recevant cette commande, Martial avait senti un frisson lui parcourir le dos. Le temps où son père fabriquait des tonneaux pour des petits vins de pays lui avait semblé bien révolu.

— Tu ne dors pas ?

La voix de Jeanne le fit sursauter. En chemise de nuit, un simple châle de laine grise sur les épaules, elle se tenait à mi-hauteur de l'escalier et l'observait. Martial reposa la photo qu'il avait prise entre ses mains et se retourna.

— J'ai trop à faire, tenta-t-il d'expliquer, il me faut un autre ouvrier.

— Tu penses à Mathilde, n'est-ce pas ?

Elle descendit les marches jusqu'au bas de l'escalier. Sur la table, la flamme de la lampe vacillait, dessinant des ombres aux formes étranges. Avec le vent qui sifflait au-dehors, quelque chose d'inquiétant s'annonçait. Un instant, Jeanne tendit l'oreille puis elle pointa son doigt vers la fenêtre.

— Ecoute ! dit-elle. Il paraît qu'au Saillant on a surpris un loup.

Pendant un moment, Martial ne bougea plus.

— Non, fit-il enfin, il ne s'agit pas d'un animal, c'est l'orage qui arrive.

Il se dépêcha d'aller vérifier les fermetures des portes et des fenêtres.

— Pourvu qu'il n'y ait pas de grêle sur les vignes ! Va dormir, conseilla-t-il, je vais rester un peu.

Au petit matin, un air plus frais et gris succéda au mauvais temps de la nuit. De bonne heure, Martial se rendit à l'atelier. C'était jour de marché et des carrioles venues des environs rejoignaient le centre du bourg. Il entendit des bêlements lointains et des tintements de clochette. Tout à l'heure, Jeanne irait choisir les choux et le salé qui lui serviraient à mijoter ces plats qu'il aimait tant. « Encore un peu, pensa-t-il, et la saison des truffes reviendra avec celle de la chasse. » Il s'imaginait déjà guettant l'aube pour se précipiter vers ces petits marchands qui possédaient « le secret », comme ils disaient. Plus âgés que les autres, leur blouse salie et leurs sabots usés, ils vendaient leur marchandise encore tout humide des senteurs de la forêt. Comme pour le bois, Martial examinait, humait, puis, après quelques tractations, les billets passaient de main en main. L'évocation de ces images le fit saliver. Il s'arrêta.

— Je suis venu comme vous me l'aviez demandé, fit alors une voix derrière lui.

Fidèle au rendez-vous, le compagnon dardait sur lui un regard tranquille. Martial hocha la tête en silence et montra les bois qui séchaient :

— J'aimerais savoir lesquels sont utilisables.

La mise à l'épreuve était claire. L'ouvrier posa son balluchon par terre et commença de détailler les pièces les unes après les autres. Pour s'aider, il glissa sa main entre les interstices qui facilitaient l'aération.

— Pour les douelles de châtaignier, commenta-t-il, l'empilage trop serré n'a pas permis une bonne dessiccation. Il faut patienter encore... Par contre, les douelles de chêne ont dû sécher leurs trois années, elles sont bonnes à être travaillées.

Sur le seuil de la fabrique, Jules, qui n'avait rien perdu de la scène, eut une moue admirative.

— Comment t'appelles-tu ? demanda alors Martial.

Le jeune homme le fixa bien en face :

— Antoine Charroux, compagnon tonnelier du Devoir, dit « Limougeaud l'Ami fier ».

Impressionné malgré lui, Pérol tendit la main.

— Tu es des miens, déclara-t-il, suis-moi ! Je vais te faire visiter l'atelier.

Le hangar résonnait déjà du grincement des scies et des coups de marteaux. Avant d'y pénétrer, Martial indiqua l'enseigne qui coiffait l'entrée.

A chaque nouvel arrivant, il prenait soin de résumer l'histoire de sa tonnellerie avant de brosser à grands traits les portraits de ses ancêtres. Mais cette fois, son bras retomba :

— Charroux, Charroux, répéta-t-il, songeur. J'ai déjà entendu ce nom-là !

L'ouvrier, qui avait repris sa canne et son balluchon, ne disait plus rien. Avec le bout de son sabot, il s'amusait seulement à pousser quelques cailloux. Le visage de Martial s'éclaira :

— Il y a longtemps, j'ai dû avoir un ouvrier qui s'appelait ainsi.

— C'est un nom très répandu dans nos provinces.

La remarque du compagnon fit sourire Martial.

— Tu as raison, les Charroux sont légion et, d'ailleurs, celui dont je te parle ne m'a pas laissé de grands souvenirs !

En riant, il le prit aux épaules et le poussa à l'intérieur de l'atelier :

— Entre ! Tu vas faire connaissance avec Jules et Martin.

7

Plusieurs fois, Guéret retourna la lettre entre ses mains. Les roulements du train et ses crachats de fumée noire semblaient s'éterniser. Après sa nuit sans repos, l'inconfort de ce voyage le terrassait de fatigue. Même les lignes tracées sur le papier dansaient sous ses yeux.

Il regarda par la fenêtre : ce mois de septembre gardait encore les couleurs de l'été. Au loin, Brive s'étalait sous un voile de brume. Il replia la lettre qu'il tenait et la rangea dans l'une de ses poches. Pourquoi Martial lui donnait-il ce rendez-vous sans délai ? « Dès demain, écrivait-il, je t'attends à Voutezac. Nous devons nous parler. » Le train ralentit. Sur le quai, des gens groupés attendaient les voyageurs. François se pencha pour essayer de voir si Mathilde était là. Il la découvrit dans un coin isolé, son ombrelle refermée à la main. Un soleil ardent baignait encore la ville et ses environs ; il s'étonna de le retrouver aussi haut et vif alors que, durant des jours, ses yeux s'étaient heurtés au ciel bas des Flandres.

Les wagons se vidèrent les uns après les autres. Il descendit parmi les derniers et se dirigea vers Mathilde pour l'embrasser sur le front.

— Vous avez l'air fatigué, lui dit-elle.

Il ne répondit pas et la prit par un bras.

— Si nous marchions jusqu'à la maison ?

Elle ouvrit son ombrelle et lui emboîta le pas. De

temps en temps, elle le fixait puis se détournait comme si une peur la retenait.

— Quelque chose ne va pas ? finit-il par demander.

— Hier, j'ai eu la visite de Mme Thyroux…

Il sursauta avant de s'inquiéter :

— Que voulait-elle ?

— Vous le savez bien !

— Chut ! ordonna-t-il alors en regardant autour de lui. On peut entendre !

De nombreux passants les croisaient. En les reconnaissant, quelques-uns les saluèrent. Mathilde avait du mal à contenir la colère qui montait en elle. Arrivés dans la rue des Echevins, elle referma son ombrelle d'un geste brusque et se dépêcha d'ouvrir la porte de leur maison. Derrière elle, François avait un visage couleur de cire. Lorsqu'il entra dans le couloir qui menait à la salle à manger, il fut surpris par le désordre qui l'encombrait. Une malle, des vêtements et quelques sacs s'éparpillaient au milieu.

— Pourquoi ces bagages ? questionna-t-il.

Mathilde lui fit face.

— Je pars, François, ma décision est prise. Deux mille francs de dettes, c'est trop !

Aussitôt, il chercha à se défendre comme il pouvait.

— Mais c'était un pari. Le fils Thyroux et moi, nous étions d'accord : j'ai perdu…

Mathilde ne bougeait pas. La rancœur et la déception accumulées depuis le lendemain de leur mariage déferlaient en elle comme des vagues puissantes.

— C'est une dette de jeu ! s'écria-t-elle. Je le sais !

Et sans même se rendre compte de ce qu'elle faisait, elle se rua sur lui et s'agrippa aux bords de sa veste :

— Je n'en peux plus ! hurla-t-elle.

Puis elle glissa sans force vers le sol. Guéret se pencha. Elle pleurait comme une enfant battue, le visage enfoui entre ses mains. Un instant, il hésita puis caressa ses cheveux noirs qui se dénouaient lentement.

— Je sais que je suis incapable de vous rendre heureuse, Mathilde. Comment le pourrais-je ? Moi-même je ne l'ai jamais été.

Elle tourna vers lui ses yeux sombres.

— Pourquoi ne m'avez-vous rien dit ?

— Parce que je vous trouvais belle et que j'avais besoin d'une nouvelle famille. Votre père est venu vers moi. C'est lui qui m'a tendu cette main que je n'ai eu qu'à saisir.

Il se releva, esquissa quelques pas vers la porte.

— Maintenant, c'est trop tard. Il n'y a plus de rêve...

Il laissa passer un temps avant de poursuivre.

— Vous ne partez que demain, n'est-ce pas ?

Mathilde se remit debout et tira sur sa robe.

— Je n'ai rien dit sur la dette de jeu, fit-elle comme si elle cherchait à le rassurer.

Puis elle lui confirma qu'elle prenait bien le train du lendemain et que sa décision était irrévocable.

Il sortit pour ne rentrer qu'à la nuit tombée. Le ciel clignotait d'étoiles et Mathilde ne parvenait pas à dormir. Dès qu'elle reconnut ses pas, elle se précipita en haut de l'escalier.

— J'ai dîné, dit-il, ne vous inquiétez pas ! A quelle heure est votre train, demain ?

— Sept heures.

Un moment, il parut réfléchir puis annonça qu'un voiturier viendrait la chercher avec ses bagages.

— Je ne resterai pas non plus longtemps ici, précisa-t-il, je dois retourner vers Bordeaux.

Comme elle gardait la main sur la rampe sans répondre, il lui souhaita bonne nuit et se dirigea vers sa chambre.

— François !

Dans la pénombre, il eut le temps d'apercevoir son visage qui se tendait vers lui pour l'appeler.

— Si j'avais été une fille, souffla-t-elle, l'une de celles que l'on rencontre la nuit dans les cabarets ou les salles de jeu, m'auriez-vous touchée ?

La précision brutale de la question le laissa pantois.

— Dites-le-moi ! insista-t-elle. Je vous en prie ! Il faut que je sache...

Guéret baissa d'abord la tête. Il pensait à la visite de Mme Thyroux. Qui d'autre aurait pu parler ?

— Demain, je ne serai plus ici, supplia de nouveau Mathilde, j'ai besoin d'entendre la vérité, votre vérité !

Avec lenteur, il redressa la tête.

— Oui, lâcha-t-il enfin, je ne peux pas désirer d'autres femmes.

Au petit matin, Mathilde quitta Brive. Avant que la voiture et son cheval ne l'emmènent jusqu'à la gare, elle aperçut la main de François qui écartait le rideau d'une fenêtre ; mais elle n'eut pas le courage de faire signe.

Elle n'avait qu'une idée en tête : retrouver la maison qui avait bercé son enfance et son adolescence. Là-bas, elle en était certaine, le temps effacerait la blessure. Elle se tassa sur son siège et ferma les yeux.

Quelques heures plus tard, à l'arrivée du train, elle reconnut Jeanne qui la guettait sur le quai. Elles s'embrassèrent et portèrent ensemble les bagages jusqu'à la carriole arrêtée devant la gare.

— Tu comptes rester ? demanda Jeanne.

— Oui, répondit seulement Mathilde, qui n'avait pas envie de parler.

Docile, Bacchus se mit à trotter sous le soleil. Il était un peu plus de midi lorsqu'elles entrèrent dans le bourg. Une chaleur sèche pesait sur les ruelles et lustrait les flancs du cheval de fines gouttelettes. De loin, elles virent les hommes qui partageaient leur repas, assis en rond devant la tonnellerie. Placés à l'ombre, Jules et Martin faisaient face à Martial. Les trois hommes riaient et s'esclaffaient tandis que Charroux, un peu à l'écart, se taisait. A l'approche de la carriole, Martial se leva.

— Voilà ma fille ! s'écria-t-il.

Mathilde descendit la première. Il la serra contre lui avant de l'entraîner vers ses ouvriers.

— Viens ! Je vais te présenter notre nouvelle recrue !

Comme Mathilde tendait la main, le compagnon ôta son chapeau et s'inclina.

— C'est madame Guéret, madame François Guéret ! précisa soudain Martial.

Un court instant, son regard aigu scruta le visage de Charroux.

— Bon, coupa-t-il ensuite, il est temps de se remettre au travail !

Longtemps après le départ de Mathilde, Guéret resta derrière la fenêtre à regarder la rue. Elle ne reviendrait pas ici, il en était sûr. Alors, il arpenta les pièces vides comme s'il cherchait encore des traces, des marques qu'elle aurait pu y laisser. Enfin, il s'assit à son bureau et tenta de mettre ses papiers en ordre. Par hasard, au milieu des bons à payer et des commandes, il découvrit une lettre de son ami Lucien Thyroux. Elle contenait une photo qui s'échappa lorsqu'il déplia le feuillet. La photo montrait Lucien en compagnie d'une femme aux formes épanouies. Assis dans l'herbe, le couple fixait l'objectif avec un sourire figé. Au dos, une seule phrase était écrite : « A François, en souvenir de la belle Mimi. »

Guéret reposa la photo. Presque un an s'était écoulé depuis. Douze mois de silence après des nuits et des jours de parfaite complicité où les escapades, les fugues s'étaient enchaînées aux plaisirs et aux fêtes. Il passa la main sur son visage. Soudain, la dernière image de Lucien lui brûla les yeux. Il le revoyait sous la lumière d'un réverbère, pressant son bras : « Je ne peux pas te donner plus, je n'ai plus rien. » Le laissant là, il s'était alors enfoncé dans une nuit chaude d'octobre où quelques insectes voletaient encore. « Je te rendrai tout ! avait crié François derrière lui. Je te le promets ! Patiente jusqu'à Noël ! » Mais la disparition de sa mère et son désir de fuir la région l'avaient empêché de tenir ses promesses. Par chance, il y avait eu sa rencontre avec Martial.

François Guéret quitta son bureau. D'un regard, il fit le tour de la pièce ; par la porte entrouverte, aucun bruit ne lui parvenait. Cette maison s'emplissait déjà d'un silence de mort. Il descendit vers la salle à manger, ouvrit le buffet et sortit la bouteille de cognac dont il porta le goulot à ses lèvres. Qu'allait dire Martial de ce rendez-vous manqué ? Quel plan envisageait-il pour l'avenir ? Comme une ronde, les questions défilaient dans sa tête sans qu'il puisse les arrêter. Il but une autre rasade puis enfonça le bouchon d'un coup sec avant de remettre la bouteille à sa place. D'ici peu, il serait sans doute obligé d'avouer au tonnelier que cette maison ne lui appartenait pas non plus. Jusqu'à ce jour, il n'avait réussi à rembourser que quelques échéances sur l'emprunt contracté. Une sueur glacée perla sur ses tempes ; il chancela et s'appuya contre un mur avant de s'affaler sur une chaise. Sa seule satisfaction venait de ses ventes de vin. Depuis des mois, leur chiffre progressait et rien ne prédisait une chute des commandes.

Il s'efforça d'inspirer avec calme puis décida d'écrire un mot à Lucien. « Ça le fera patienter », estima-t-il intérieurement.

Au-dehors, le jardin brillait encore sous une rosée tardive. En le regardant, il se représenta Mathilde dans la maison paternelle. Comme à chaque fois lorsqu'elle était loin, il sentait naître un désir qu'il repoussait aussitôt. Demain, Bordeaux et ses adresses secrètes l'accueilleraient. « Le beau François », le surnommait-on. De l'Aquitaine aux Flandres, en passant par la Bretagne, il avait appris à parfaire son double aspect : celui d'un marchand émérite à l'impeccable mise et celui plus insoupçonnable de joueur impulsif et passionné. A le voir ainsi, qui pouvait s'en douter ?

A la fin de cette journée, après le départ de ses hommes, Martial rejoignit Jules sur la route. Depuis la veille, ce dernier pressentait quelque chose. Le mutisme de l'artisan, la barre qui marquait son front, ses invectives réitérées, tout évoquait chez lui une période difficile.

— Ecoute, fit-il sans chercher à dissimuler plus longtemps la vérité, j'ai des soucis en ce moment…

Jules remit sa casquette en place. Des mèches

rebelles de ses cheveux roux glissèrent sur le côté ; il les écarta d'un geste.

— Je ne peux pas te parler ici, tu comprends ? continua Martial. Allons plutôt à l'auberge.

En silence, ils marchèrent côte à côte le long de quelques rues.

Lorsqu'ils entrèrent dans la salle, de nombreux habitués trinquaient déjà dans le bruit et la fumée. Le tonnelier dut d'abord répondre à tous ceux qui le saluaient, improviser une phrase ou un mot gentils, avant de réussir à s'isoler dans un coin plus tranquille. En s'asseyant, il questionna Jules sur Charroux :

— As-tu appris quelque chose ?

— Non, il ne dit pas grand-chose mais pour le travail c'est un as ! Je ne sais même pas où il habite. Il raconte qu'il loge au Saillant, chez un vigneron.

— Je vois, fit seulement Martial.

Il approcha de ses lèvres le verre d'eau-de-vie que l'aubergiste venait de leur servir et goûta. La chaleur de l'alcool lui donna l'impulsion qu'il espérait. Il se pencha vers Jules et commença de se confier.

Les traits figés par la surprise, l'ouvrier l'écouta sans parler. Pas un instant il n'aurait pu imaginer la faillite de ce mariage. Quand Pérol s'arrêta, la bouteille d'eau-de-vie était toujours à portée de sa main ; d'un geste prompt, il remplit à nouveau son verre.

— Qu'en penses-tu ? demanda-t-il. Que ferais-tu à ma place ?

Jules hésitait. Encore célibataire à trente-huit ans, il n'avait vécu que sous la domination d'une mère exigeante, disparue l'année d'avant. Depuis, ses rares sorties l'avaient mené aux bals ou aux foires mais on ne lui avait jamais connu de vraie liaison. Les questions de Martial le laissaient perplexe.

— Il vaudrait peut-être mieux les éloigner l'un de l'autre, se risqua-t-il à conseiller.

— Mais les commandes ?

Martial s'obstinait. La peur de voir faiblir l'activité de son atelier le hantait. « Je ne suis pas un homme du passé, répétait-il, je préfère l'avenir. »

Jules haussa les épaules. Que pouvait-il ajouter ? L'entêtement du tonnelier l'avait toujours décontenancé. Ce soir encore, il n'écoutait que sa propre voix. L'aubergiste, qui les observait depuis un moment, profita de leur silence pour se rapprocher d'eux. D'office, il s'assit à leur table.

— Alors ? Comment trouvez-vous cette prune ?

— Elle est bonne, reconnut Martial sur un ton distant.

Cela faisait plus d'une heure que l'angélus du soir avait sonné et la salle se vidait peu à peu. L'aubergiste regarda autour de lui pour s'assurer qu'il n'y avait pas d'oreilles indiscrètes et s'adressa au tonnelier :

— Il paraît que ta fille est revenue…

D'un seul coup, le visage de Martial se ferma.

— C'est Moussour qui te l'a dit ?

Devant son ton irrité, l'aubergiste tenta de le calmer.

— Tout le monde a droit à l'erreur. Ce n'est pas ta faute !

— Les remarques des uns et des autres, je n'en ai rien à faire ! tonna Martial.

Son agressivité n'augurait rien de bon. Prudent, l'aubergiste remit sur son épaule le torchon qui ne le quittait pas et se leva.

— Pourquoi t'énerves-tu ? Guéret est un étranger, on ne l'aime pas ici.

Il fit mine de s'en aller puis se ravisa.

— Ton Charroux non plus, on ne l'aime pas. Je l'ai vu qui lorgnait sur ma fille… Tu vas les chercher trop loin, Pérol. Louis, c'était un bon gars !

Sans autre commentaire, il abandonna leur table et rejoignit son comptoir.

— Je rentre, dit Martial à Jules, j'en ai assez entendu pour aujourd'hui !

Au-dehors, l'ouvrier le regarda s'éloigner. La nuit tombait par petites touches d'ombre qui estompèrent rapidement sa haute silhouette. Quand il retrouva le chemin de sa maison, au détour d'une ruelle, Jules aperçut Guillaume qui rentrait chez lui en carriole.

« C'est lui qui aurait dû être à ma place », pensa-t-il.

Jamais alors la solitude de Martial ne lui parut si évidente.

Il ne fallut que quelques jours pour que le temps change. Les plants de vignes et leurs lourdes grappes appelaient aux vendanges. Martial se frottait les mains : la récolte était prometteuse et la saison de la chasse s'annonçait. Il comptait sur elle pour occuper son esprit. Un matin, en voyant les groupes de vendangeurs qui portaient paniers et cisailles, il s'empara de son fusil et s'isola dans la remise à outils pour le graisser et le préparer.

Jeanne savait que bientôt elle ne le verrait presque plus. Entre les heures passées à sa tonnellerie ou chez les fendeurs de bois et les visites à ses clients, il disparaîtrait pour de longues battues, son chien Bouleau sur les talons.

La veille de sa première partie de chasse, il quitta l'atelier plus tôt que d'habitude et sortit sans même remarquer que Charroux le suivait.

— Patron ! entendit-il soudain derrière lui.

En quelques pas, le compagnon fut à sa hauteur. Dans la lumière déjà froide du soir, il semblait un peu pâle.

— Demain, c'est dimanche, dit-il, on pourrait chasser ensemble. Moi aussi, j'aime ça !

Martial ne s'attendait pas à sa proposition, il réfléchit quelques instants avant d'approuver d'un hochement de tête.

— Pourquoi pas ? Le grand air te redonnera des couleurs ! Viens donc demain à six heures !

En entrant dans la maison, il pensa qu'il allait enfin apprendre quelque chose sur lui et sans qu'il pût se l'expliquer, cette idée lui fit chaud au cœur.

Le lendemain, à l'heure prévue, le compagnon frappa à la porte. Un brouillard tenace s'accrochait au sommet des collines qui barraient l'horizon.

— Nous avons de la chance, dit Martial en lui ouvrant, il va faire beau !

Quand il entra, un souffle d'air frais balaya la salle. Il ôta son chapeau et posa son fusil contre le mur.

— Vous prendrez bien une assiette de soupe ? proposa Mathilde qui arrivait en même temps que lui.

Acceptant l'invitation, il s'assit à la place que lui désignait Martial.

— Jeanne est partie au lavoir, expliqua l'artisan, heureusement, ma fille sait la remplacer !

Avec un sourire, il poussa le fromage de chèvre vers Charroux et l'invita à se servir tandis que Mathilde approchait la soupière et remplissait leurs assiettes. Enfin, elle s'assit à son tour et les regarda manger.

— Vous ne prenez rien ? demanda Charroux.

— Je n'ai pas très faim.

Il reposa son couvert.

— Je ne peux accepter d'être servi sans partager.

Martial, qui venait de laisser sa cuillère en suspens, se remit à manger, tête baissée. Alors, le compagnon se leva, s'empara d'un bol qui traînait sur le buffet et le posa devant la jeune femme ; puis il y versa une louche de l'épais liquide et se rassit.

— J'ai mon idée pour les perdreaux, enchaîna-t-il en s'adressant à Martial. Si nous prenons le chemin de montée qui passe derrière les vignes de Moussour, d'en haut, nous aurons une belle cachette et un point de vue dégagé.

— Si tu le dis… commenta Pérol sur un ton distrait. Toute son attention se portait sur Mathilde qui mangeait pour la première fois depuis longtemps et sans réticence.

Charroux se tourna de nouveau vers la jeune femme.

— Vous savez cuisiner un civet de lièvre ?

— Non, répondit-elle, d'habitude, c'est Jeanne qui s'en occupe.

— Alors, je vous montrerai !

Martial se redressa soudain en faisant crisser sa chaise sur le sol. Pressé de partir, il attrapa son fusil et se dirigea vers la porte.

— Bouleau ! appela-t-il avant d'émettre un bref coup de sifflet.

Le chien se précipita vers lui en jappant.

— Il est temps qu'on y aille, ajouta-t-il en direction de Charroux.

Sans discuter, le compagnon dit au revoir à Mathilde et le suivit.

En quelques enjambées, ils quittèrent la tonnellerie et obliquèrent sur un chemin de traverse qui longeait des plants de vignes. Ils se retrouvèrent bientôt seuls en pleine nature.

La truffe à ras du sol, Bouleau gambadait à leurs côtés. Dans l'air encore humide, on n'entendait que le craquement de leurs bottes et celui des brindilles qui se cassaient sous leurs pas. De temps en temps, des piaillements d'oiseaux craintifs se répercutaient dans les branches des hêtres et des chênes, ponctuant leur progression de froissements de feuilles et de battements d'ailes affolés. Attentifs aux longs murmures de la forêt, ils ne se parlaient pas, économisant leur souffle et leurs efforts.

Tout à coup, au détour d'une futaie plus épaisse, Martial arma son fusil et fit un geste à Charroux, tandis que Bouleau, en arrêt, grondait sourdement. Il s'agenouilla et, de sa main, racla la terre pour y coller son oreille.

— C'est un sanglier, chuchota-t-il en se relevant.

D'une voix étouffée, il ordonna au chien de se coucher près de lui puis, imité par Charroux, il s'accroupit derrière des troènes. A peine quelques instants plus tard, le sanglier déboucha à une dizaine de mètres d'eux. Il semblait flairer le danger car il avançait en humant l'air et grattait le sol de ses sabots. Martial ne respirait plus. Avec une lenteur calculée, il épaula et visa. Mais au moment où la détonation déchirait la quiétude du bois, il vit l'animal détaler à toute vitesse.

— Bon Dieu de bon Dieu ! jura-t-il en se tournant d'un bloc vers Charroux.

Ce dernier avait encore la main tendue, celle-là même qui venait de faire dévier le canon de son arme. Hors de lui, Pérol se redressa pour l'empoigner par sa veste.

— T'es fou ! C'est à cause de toi si je l'ai raté !

Les deux hommes se firent face ; la moindre parole de trop, le moindre mouvement pouvaient déclencher l'affrontement. Imperturbable, Charroux plongea son regard dans celui de l'artisan.

— C'était une femelle, dit-il, et elle était pleine. Un vrai chasseur ne peut l'ignorer.

La bouche du tonnelier s'arrondit sous la surprise. Pas un instant, il ne s'était soucié de cette éventualité. Ses bras retombèrent le long de son corps. Il se sentait gauche et maladroit.

— Mais comment le sais-tu ? finit-il par demander.

Dans le doute qui s'immisçait, il espérait encore avoir raison. Ce jeune ouvrier en prenait trop à son aise. Pourquoi avait-il accepté de l'emmener jusqu'ici ?

Il se baissa pour ramasser le fusil qu'il avait lâché.

— Mon père et mon grand-père m'ont tout appris, tout montré, raconta alors Charroux. J'étais toujours avec eux quand ils chassaient. Au premier coup d'œil, je sais tout d'un animal.

Martial s'était assis sur une souche d'arbre et, sans hâte, glissait une nouvelle cartouche dans son arme. Les oreilles basses, déçu sans doute d'avoir vu le sanglier s'échapper, Bouleau vint vers lui.

L'artisan le regarda.

— Tu n'en reviens pas, hein ? Eh bien, c'est comme ça, mon vieux, on n'est plus bons à rien !

Charroux nota la pointe d'amertume qui transparaissait dans le ton de sa voix.

Repérant quelques branches sèches à côté de lui, il s'assit dessus.

— J'ai faim ! dit-il en fouillant dans sa gibecière.

Il sortit du pain et des tranches de lard qu'il tendit d'abord à Martial.

— Servez-vous, patron !

Mais le tonnelier déclina son offre. Au fond de lui, quelque chose de farouche et de déterminé s'agitait encore. Ce gaillard-là était dangereux. Sa façon de tenir tête et d'avoir raison le dérangeait. Le compagnon n'insista pas. En échange, il donna un morceau de lard à Bouleau, qui l'avala d'une traite.

— Toi, au moins, remarqua-t-il en lui caressant le museau, tu ne te méfies pas !

Sa phrase amena un sourire aux lèvres de l'artisan. Avec son couteau, il découpa le pâté de viande que Mathilde lui avait préparé et en porta un carré à sa bouche.

— Il ne se méfie pas, reprit-il, parce qu'il a confiance. Moi, je m'interroge…

Charroux laissa passer un silence puis, comme s'il sentait que le moment était venu, il avança ses mains en écartant les doigts, les paumes tournées vers le ciel.

— Je n'ai plus rien, confia-t-il, ni famille ni maison. Elles sont mes seules compagnes. Si un jour je devais cesser d'être tonnelier, je me tuerais !

Martial arrêta de mâcher la bouchée de pain qu'il venait de mordre. Autour d'eux, on n'entendait plus que le bruissement des feuilles et le martèlement obstiné d'un pic-vert sur l'écorce d'un chêne proche.

Pérol s'empara de la bouteille de vin qu'il dissimulait dans sa gibecière et fit sauter le bouchon.

— Tiens ! Antoine, dit-il, à toi l'honneur !

Charroux porta la bouteille à ses lèvres. Pour la première fois, Martial venait de l'appeler par son prénom.

8

Ils ne rentrèrent qu'avec la nuit. Leurs éclats de voix entrecoupés de rires retentirent jusque dans la salle où Jeanne et Mathilde dînaient.

Martial poussa la porte en premier. Il brandit les deux lièvres qu'ils avaient tués en fin d'après-midi et posa sur la table la grosse poignée de cèpes dénichés sous les feuilles. Une odeur de viande et de chou braisé montait de la cheminée. Il fit un signe à Charroux qui le suivait :

— Viens, Antoine, ça sent bon ici !

Quand Jeanne apporta le plat qu'elle gardait au chaud, il coupa un large morceau de chou dont la farce fumait encore et le plaça dans l'assiette de Charroux, assis en face de lui. Puis il se servit une autre part et commença de la déguster, les yeux mi-clos.

— C'est la meilleure cuisinière que je connaisse, dit-il, c'est pour cela qu'elle est ici ; n'est-ce pas, Jeanne ?

En la regardant, il eut un petit rire de gorge qui fit tout de suite comprendre à Charroux l'autre versant de leur entente.

— Toi aussi, continua-t-il en remplissant leurs deux verres d'un vin léger, si tu es le meilleur, la place que tu occupes sera toujours la tienne !

Mathilde, qui se tenait debout à ses côtés, le fixa. Elle pensa qu'il était plus changeant qu'un ciel d'automne, plus vif que les saumons et les truites qui peuplaient les cours d'eau de leur pays. Il semblait déjà avoir oublié Guéret et ses manques.

Le jour pointait à peine quand Guillaume vint frapper à la porte. Sans faire attention à Jeanne qui rallumait le feu, d'un bond, il rejoignit Martial qui se lavait, penché au-dessus de l'évier.

— Père, s'écria-t-il, Marie est grosse !

L'artisan arrêta ses ablutions et s'empara d'un linge pour s'essuyer le visage.

— C'est pour quand ? s'enquit-il avec calme.

— La sage-femme dit qu'il viendra avec l'été.

Martial finit de s'habiller. Comme à son habitude, il prit place à table et planifia tout haut sa journée :

— Je prendrai la charrette pour livrer trois fûts vers Allassac.

La prochaine paternité de son fils le laissait presque indifférent. Devant le visage déçu de Guillaume, Jeanne s'efforça de relancer la nouvelle :

— S'il a été conçu un soir de pleine lune, ce sera un garçon.

— Oui, ce sera un fils ! affirma-t-il. Hier, les voisines ont fait asseoir Marie par terre et elle a penché du côté gauche en se relevant.

Imperturbable, Martial continuait de manger. Il ne s'arrêta qu'au bout d'un moment pour interpeller Jeanne :

— J'ai pensé aux lièvres, ce soir, on invitera les ouvriers. Il paraît qu'à Limoges, certains se groupent pour revendiquer des droits. Les miens doivent être au courant.

Il essuya son assiette avec un morceau de pain, replia son couteau et se leva. Le jour s'intensifiait dans une lumière grisâtre. D'un geste précis, il éteignit la lampe à pétrole qui brûlait sur la table et se dirigea vers la porte.

Au moment d'en franchir le seuil, il se retourna.

— Si c'est un garçon, lança-t-il, ce sera un tonnelier !

Puis il ajusta son chapeau sur la tête et les laissa.

Jeanne commença de débarrasser la table avant de verser un broc d'eau chaude sur les assiettes empilées dans l'évier.

— Tu peux dire à Marie que, quand le petit viendra, je m'occuperai de lui, si elle veut... dit-elle.

Guillaume se taisait. Il méditait la phrase de son père et tout l'enjeu qu'elle recouvrait. Au bout d'un moment, il sortit de sa réserve en apercevant par la fenêtre la silhouette de Charroux qui arrivait.

— C'est lui, le compagnon ?

Jeanne acquiesça :

— Ton père dit qu'il n'a jamais eu un si bon ouvrier !

— Il est plutôt beau garçon, plaisanta Guillaume, peut-être qu'il va plaire à Mathilde ?

Il s'approcha de Jeanne pour l'embrasser sur la joue.

— Quand mon fils naîtra, c'est à lui que reviendra tout l'argent que le père a donné à Guéret.

— Quel argent ? s'étonna-t-elle.

— Celui que Mathilde lui a apporté en dot, sans compter les parts sur la tonnellerie.

Il se mit à ricaner :

— Tu sais bien qu'il pensait avoir trouvé un nouveau fils !

Lorsqu'il quitta la maison, Jeanne le vit saluer Charroux d'un geste de la main.

Etouffant un bâillement, le compagnon ouvrit la porte de l'atelier et se faufila à l'intérieur. Sa courte nuit pesait encore sur ses épaules. Il n'était pas allé dormir dans la chambre qu'il louait chez Fraysse, un vigneron du Saillant. La veille, après avoir quitté Martial, il avait suivi un sentier désert en se laissant guider par les ululements d'une chouette puis il s'était assis au pied d'un châtaignier. Malgré la fraîcheur de la nuit, il s'était couché là, relevant le col de sa veste et se ramassant sur lui-même, son fusil à portée de main. Ce n'était pas sa journée de chasse qui le préoccupait, ni l'un des lièvres qu'il avait préféré laisser à Martial en visant exprès à côté, non, ce qui sourdait en lui comme un courant d'eau pure, c'était l'obsédante image de Mathilde. Depuis combien de temps pensait-il à elle ?

Peut-être depuis la première fois où il l'avait découverte assise dans la carriole, aux côtés de son père. Sa peau blanche et fine, ses lourds cheveux bruns et surtout ses yeux noirs aux reflets de braise, tout chez elle l'avait bouleversé. Par la suite, il avait eu beau essayer de lutter, courtiser d'autres femmes, celles qui avaient constitué son univers jusqu'à présent, filles d'aubergiste ou servantes rencontrées au cours de son tour de France, rien n'avait suffi.

Dans la solitude de l'atelier, il se mit à rouler les fûts de deux cent cinquante litres que Martial allait livrer. Il voulait s'épuiser, engourdir son corps et son esprit pour effacer le trouble. Quand Jules le rejoignit, il fut surpris de voir que tout était prêt. Les barriques cerclées de bois attendaient devant la porte qu'on les monte dans la charrette.

— T'es en avance, aujourd'hui ! s'exclama-t-il.

Charroux faisait semblant d'examiner les fonds, de scruter chaque joint, chaque cheville, cherchant comment le questionner avec habileté.

— Dis-moi, fit-il soudain, pourquoi ne voit-on jamais le gendre du patron ?

Jules avait déjà pris son rabot et taillait la face externe d'un fond calé contre sa poitrine. Ses bras allaient et venaient sur le bois tandis que des copeaux jaillissaient autour de lui comme des étincelles. Il arrêta ses mouvements pour lever les yeux vers le compagnon :

— Il fait des affaires dans le vin, répondit-il sur un ton sec, il voyage beaucoup.

— Pourquoi Mathilde est-elle ici, alors ?

Jules ne releva pas tout de suite sa question. Il n'aimait pas l'entendre appeler la jeune femme par son prénom.

— Elle est très amoureuse de son mari, précisa-t-il, tête baissée, elle me l'a dit. J'étais témoin à sa noce.

Le ton de sa voix n'incitait guère au dialogue. Charroux s'apprêtait à s'éloigner lorsque Jules lâcha un juron.

— Un éclat de bois a sauté, se lamenta-t-il en s'épongeant le front, le patron va être furieux.

Antoine savait ce que cela signifiait : tout le travail était à recommencer, sinon le fût ne serait pas étanche. L'ouvrier lançait des regards inquiets vers la porte : d'une minute à l'autre, Martial pouvait surgir et demander à vérifier les assemblages. Sans rien dire, le compagnon vint inspecter les bois puis il écarta le fond de l'une des douelles avec un crochet articulé et, dans l'espace ainsi libéré, glissa la tige d'un jonc. Enfin, il resserra l'ensemble.

— Il ne fuira plus, dit-il.

Jules ne lui adressa qu'un coup d'œil reconnaissant : l'entrée de Pérol et de Martin l'empêcha de parler. Après les avoir salués, l'artisan leur demanda si tout était prêt ; la charrette attendait sur la route. Charroux coucha alors le premier fût et le fit rouler au-dehors.

— Tout va bien, n'est-ce pas ? insista Martial.

— Tout va bien, patron, répondit le compagnon, je les ai éprouvés et j'ai gravé votre nom.

Satisfait, Martial releva ses manches pour s'emparer du deuxième fût, tandis que Jules et Martin s'occupaient du dernier. L'un derrière l'autre, ils traversèrent la cour. Au-dessus d'eux, le soleil avait percé la couche de nuages. L'air se réchauffait dans une dernière tiédeur rappelant l'été. Charroux s'arrêta, cala son tonneau contre des pierres et ôta sa chemise, qu'il enroula autour de sa taille ; puis il se remit à pousser. Parvenu près de la grille ouverte, il pivota sur lui-même pour voir où se trouvaient les autres. C'est alors qu'il l'aperçut.

A l'étage, derrière la fenêtre de sa chambre, Mathilde le regardait. Une fraction de seconde, il eut l'impression qu'une impudeur mêlée de désir les liait et il resta là, torse nu, à soutenir et à défier son regard.

— Remets ta chemise ! ordonna soudain Martial derrière lui. A l'atelier, tu fais ce que tu veux, pas ici !

D'un seul élan, l'artisan fit grimper son tonneau sur l'échelle spéciale qui menait à la charrette et ne s'occupa plus de lui. Là-haut, à la fenêtre, le rideau était retombé.

Quand la voiture et son chargement s'ébranlèrent, les ouvriers reprirent le chemin de la tonnellerie. Avant de les quitter, Martial avait juste eu le temps de les prévenir :

— A ce soir pour les lièvres !

Puis, il avait encouragé Bacchus à trotter en direction d'Allassac.

Le soir venu, malgré son insistance, il n'apprit rien de plus sur les groupements d'ouvriers dont il avait entendu parler. Un silence prudent scellait toutes les lèvres. Comme il l'avait annoncé, Charroux aida Jeanne à cuisiner les civets qu'ils goûtèrent tous ensemble, assis autour de la table.

Tandis que Jules, échauffé par le vin, racontait des histoires de futaille, l'œil de Martial allait sans cesse à la dérobée sonder les traits du compagnon.

Pour aucun de ses ouvriers, il n'avait connu ce mélange d'attirance et de rejet. Quelque chose de profond et de mystérieux le rendait différent, presque indomptable.

— Alors ? demanda soudain Martin. Lequel de vous deux les a tués, ces lièvres ?

Les yeux de Martial rencontrèrent ceux d'Antoine.

— C'est moi ! répondit le tonnelier d'une voix forte et provocante. Je les ai visés et je les ai tués !

Le visage de Charroux s'assombrit. Sa main se crispa sur le manche de son couteau.

— Décidément, railla-t-il, vous réussissez tout. Même votre signature sur des fûts que vous n'avez pas touchés !

Le cliquetis des couverts et les bruits de voix cessèrent. Jules et Martin n'osaient plus bouger. Lentement, le tonnelier se redressa. Il posa ses deux poings sur la table.

— Que veux-tu dire ?

Sans se démonter, le compagnon tourna vers lui un regard placide et froid.

— Vous le savez bien ! C'est mon nom qui doit apparaître sur les fûts que je fabrique et non le vôtre !

Plus un mot, plus un souffle ne sortaient des bouches ; l'assistance muette attendait le coup de grâce.

Martial se tendit comme une voile de bateau se gonfle sous l'assaut d'un grain.

— Ton nom, hurla-t-il, personne ne le connaît, celui des Pérol est déjà dans tous les chais !

Charroux se mit debout. Il ne craignait plus rien, ni l'altercation ni le renvoi. Le mépris du tonnelier le touchait jusqu'à l'écœurement.

— Vous êtes un usurpateur ! lança-t-il.

Puis il tourna les talons et marcha vers la porte. En deux enjambées, Martial le rejoignit.

— On va s'expliquer dehors, dit-il en le poussant vers la cour.

Autour de la table, Jeanne, les ouvriers et Mathilde avaient délaissé leurs assiettes encore pleines et leurs verres.

— C'est froid ! fit Mathilde dans un sanglot.

Elle enfouit son visage dans sa serviette et se mit à pleurer. Jules, qui était à ses côtés, l'entoura de son bras.

— Ne pleurez pas, Mathilde ! Ils ne vont pas se battre !

Martin et Jeanne allèrent jusqu'à la fenêtre mais la nuit était trop dense, ils ne purent rien voir. Seuls des éclats de voix et des bruits sourds leur parvenaient.

Dans l'obscurité, Martial et Antoine se faisaient face. Le tonnelier n'avait pour lui que l'avantage de son rang et la masse de son corps épaissi par les années. Il crut qu'en l'intimidant, le compagnon allait tout de suite céder.

— Tu sais ce que tu risques ? menaça-t-il en tentant de le repousser.

Mais Charroux se durcit, prêt à résister.

— Je ne crains rien !

— Excuse-toi pour ce que tu as dit tout à l'heure, gronda Martial, sinon je t'assomme !

Charroux évalua ses forces et la distance qui le séparait du tonnelier, puis, d'un élan calculé, il lui décocha un formidable coup de poing en pleine figure. Avec un cri rauque, Martial s'écroula sur la terre battue.

Charroux estima alors qu'il n'avait plus rien à faire ici et s'éloigna en direction de la route. Sa main le brûlait encore mais il se sentait soulagé. A présent, peu lui importait ce qui adviendrait ; voilà des jours et des jours qu'il souffrait de graver le nom de Pérol au lieu du sien sur ses propres barriques. C'était comme un vol, un arrachement. A chaque fois, une part de sa vie passait dans ce bois choisi, travaillé et assemblé de ses mains. A personne il n'aurait pu décrire la joie qu'il avait toujours ressentie, auparavant, lorsqu'il signait chacune de ses créations.

Un dégoût le prit ; il accéléra l'allure, pressé de quitter ces lieux. C'est à ce moment qu'il entendit crier son nom derrière lui et s'arrêta.

Une frêle silhouette s'approchait en courant. La clarté de la lune qui apparaissait entre deux nuages lui permit de la reconnaître aussitôt : Mathilde venait vers lui. Quand elle le vit se retourner, elle s'immobilisa. Un instant, ils restèrent ainsi à se regarder sans parler. Le vent soulevait quelques mèches de ses cheveux échappées de son chignon. Elle n'avait même pas eu le temps de mettre un châle et tremblait sous le froid qui s'accentuait. Quand il s'en aperçut, Charroux ôta sa veste et la lui tendit mais elle la refusa. Il n'osait pas articuler le moindre mot, ni lui demander pourquoi elle était ici. Il attendait qu'elle dise ce qu'il redoutait d'entendre : l'horreur qui devait l'habiter maintenant, son mépris pour l'homme qui avait osé frapper son père. Au lieu de cela, elle serra ses bras contre son corps comme pour se protéger.

— Vous ne l'avez pas blessé, dit-elle, il s'est enfermé dans sa chambre et ne veut voir personne.

— Ah ! fit seulement Charroux sans savoir si c'était un bien ou un mal.

Mathilde avança d'un pas.

— Je voulais encore vous dire que si vous partez, Jeanne et moi, nous vous regretterons beaucoup.

Il sourit. Quelque chose le touchait dans sa phrase ; sans doute était-ce les deux noms associés qui ne dissimulaient, en fait, que le sien. Elle prenait soin de ne pas trop se livrer mais ses mots, sa façon de se tenir parlaient pour elle. Antoine hésita. Il aurait pu esquisser un geste, trouver aussi des phrases pour lui signifier combien il avait pensé à elle jusqu'à ce jour, mais un découragement le saisit. « A quoi bon, se dit-il, demain, Pérol m'enverra Jules ou Martin pour me confirmer mon renvoi et, bientôt, je ne la verrai plus. »

Alors, il s'obligea à n'incliner que la tête pour la remercier et lui souhaita bonne chance avant de s'éloigner.

Plantée au milieu de la route, Mathilde patienta jusqu'à ce qu'il se confonde à la nuit.

— Bonne chance ! reprit-elle tout bas.

9

En ouvrant les yeux, Martial avait vu leurs visages inquiets, éclairés par la lueur d'une lampe-tempête.

Une fraction de seconde avait suffi pour que tout lui revienne. Alors, il avait senti ses forces reprendre possession de son corps et, d'un mouvement brutal, il avait repoussé la main de Jeanne et le linge mouillé qu'elle lui appliquait sur la joue. Puis, il s'était relevé sans aide. « Eh, quoi ! Vous attendez le déluge ? » avait-il hurlé.

Sa voix tonitruante les avait dispersés comme une nuée d'oiseaux.

Ce n'était pas la douleur cuisante de son menton qui préoccupait Martial mais l'affront et l'humiliation subis. La démarche vacillante, il se dirigea vers la maison et entra dans la salle, où Jeanne et Martin se tenaient silencieux. Sans un mot, il passa devant eux pour aller vers l'escalier qui menait à sa chambre. Mais, arrivé au bas des marches, il s'arrêta.

— Dis-moi, fit-il soudain à Martin, il paraît que des ouvriers se regroupent pour revendiquer des droits ? As-tu appris quelque chose ?

Martin baissa le nez. Après ce qui venait de se passer, comment dire au tonnelier qu'ils étaient tous persuadés que les temps changeaient. L'apprenti pinça les lèvres. Si pour lui Charroux n'avait pas eu tout à fait tort, la méfiance s'imposait.

— Tu ne sais donc rien ? insista Martial.

— Les Rouges s'unissent, finit par dire Martin. A Limoges, ils ont créé un grand syndicat pour se défendre…

Le tonnelier marqua une pause avant de continuer sa montée. Quelques instants plus tard, Jeanne et Martin entendirent une clef tourner à double tour dans la serrure de sa porte.

Le lendemain matin, Charroux ne se présenta pas à la tonnellerie.

Martial, qui n'avait guère dormi, le guetta en vain derrière la fenêtre de la salle. Vers midi, comme si de rien n'était, il appela Jules pour lui montrer une lettre qui arrivait de Bordeaux. Prudent, Guéret se manifestait à travers une nouvelle commande de huit fûts en bois de chêne pour des saint-julien et des margaux. « J'espère que tout va bien, écrivait-il. Ici, la saison a bien donné. Nous attendons de grands crus. »

Martial glissa rapidement la lettre dans sa poche.

— Tu vois, dit-il à Jules, il y a du pain sur la planche !

Il laissa passer un silence avant d'enchaîner.

— Il ne viendra plus, n'est-ce pas ?

L'ouvrier comprit qu'il parlait de Charroux. Il y avait quelque chose de douloureux et de résigné dans sa voix. La fatigue de la nuit creusait encore ses traits. Sur sa joue gonflée, une large tache bleuâtre témoignait de la violence du coup. Il se demanda où il voulait en venir et ne répondit pas. Martial se racla la gorge.

— Tu vas aller le trouver, dit-il, et tu lui diras qu'on a besoin de lui.

— Maintenant ?

— Oui, tout de suite, avant qu'il ne parte ailleurs !

Au-dessus d'eux, le ciel restait clair malgré quelques nuages bas. L'artisan le scruta d'est en ouest.

— Nous n'aurons pas de pluie, constata-t-il.

Puis, comme si cette évidence le rassérénait, il fit demi-tour et s'éloigna.

Jules prit la route qui descendait vers la plaine. Sur les coteaux environnants, les vignes avaient donné leurs dernières grappes. Partout on préparait la fête des vendanges. Les plus vieux avaient beau répéter que ces réjouissances n'avaient rien à voir avec celles d'autrefois, chaque année, elles réunissaient tous les habitants des hameaux voisins. En empruntant le chemin qui aboutissait chez Fraysse, Jules promit de s'y rendre. La maison du vigneron jouxtait d'autres habitations presque toutes semblables, bâties en pierre d'ardoise aux couleurs bleutées. Un escalier extérieur menait à l'étage mais le rez-de-chaussée s'ouvrait de plain-pied sur la route.

Il frappa contre une porte et attendit.

— C'est pourquoi ? fit une voix derrière lui.

L'air soupçonneux, Fraysse le dévisageait.

— Je viens pour Charroux, expliqua Jules, le patron voudrait lui parler.

L'autre secoua la tête.

— Connais pas !

— Mais si, voyons ! C'est le compagnon que tu loges, il travaille chez nous.

— Je ne vois pas, reprit-il avec fermeté.

Puis, d'une main sûre, il écarta Jules et rentra chez lui en claquant la porte. L'ouvrier leva la tête pour inspecter l'étage qui surplombait la maison. Là-haut, peut-être allait-il voir apparaître Charroux ? Les mains en porte-voix, il se mit à crier :

— Antoine ! C'est moi, Jules !

Comme rien ne bougeait, il décida d'aller se rendre compte sur place et monta les premières marches de l'escalier. Aussitôt, Fraysse rouvrit la porte :

— Descends ! hurla-t-il. Sinon, je préviens les gendarmes.

Le canon d'un fusil luisait dans sa main. Jules se dépêcha d'obéir.

— Qu'est-ce qui te prend ? dit-il. Je ne viens pas te voler !

Mais Fraysse continuait sur sa lancée :

— Ton Pérol, on sait ce qu'il vaut ! Il a coulé toutes les autres tonnelleries sans pitié et sans scrupules. Demande à Louis, Arthur ou Jean, les ouvriers qu'il a jetés dehors, ils te le diront tous, c'est un tyran ! Plus personne ne veut travailler chez lui.

Bouche bée, Jules restait devant lui, les bras ballants, incapable de dire un mot. Il savait que le vigneron avait en partie raison. Tant d'intransigeance et de dureté devaient se payer un jour ou l'autre. Mais il connaissait aussi les failles de Martial sous son apparente rudesse.

— Il regrette, expliqua-t-il, il aimerait que Charroux revienne.

Fraysse parut se détendre et baissa le canon de son fusil.

— Si je le vois, lâcha-t-il, je le mettrai au courant.

A peine rassuré, Jules tourna les talons et reprit la route qui menait à Voutezac.

Ni le lendemain ni les jours suivants, on ne revit Charroux.

Par manque de bras, Martial dut se remettre à travailler les bois. Sa douleur au menton diminuait mais il ne pouvait s'empêcher de porter constamment la main à l'endroit du coup. En quelques jours, il passa de la révolte à l'abattement puis au revirement. Quand l'heure de la veillée sonnait, Jeanne l'entendait marmonner tout seul dans son épaisse moustache. Un tumulte de sentiments et de pensées contradictoires semblait l'accaparer.

Enfin, le matin précédant la fête des vendanges, alors qu'il se tenait, pensif, devant la fenêtre, il articula cette incroyable phrase devant Jeanne et Mathilde :

— Sans lui, l'atelier n'est plus pareil !

Les deux femmes se regardèrent. Avec quelle force la tempête avait dû souffler en lui pour entamer l'orgueil qui l'avait toujours maintenu debout contre vents et marées !

Les épaules affaissées, il quitta la fenêtre.

— Ce soir, dit-il aux deux femmes qui le fixaient, on le trouvera sans doute à la fête…

Jusqu'au début de l'après-midi, un fin rideau de pluie drapa le bourg.

Craignant que la soirée ne fût gâchée, tous les yeux fouillaient le ciel à la recherche d'une éclaircie. Elle se dessina au-dessus de Meilhac, un peu avant l'angélus du soir. Joueurs de chabrette [1] et de tambourin purent faire vibrer leurs accords à l'unisson. Le vin des coteaux de Vertougit coulait déjà en abondance lorsque la grande farandole se forma pour traverser le vieux pont du Saillant. Partout, comme des feux follets, de petites lanternes accrochées aux arbres illuminaient la fête et les danseurs qui bondissaient en rythme. Martial avait demandé à Jules d'accompagner Mathilde. Près de lui, elle regardait les couples dont les mains se joignaient dans les rires et les chants. Plusieurs garçons étaient déjà venus pour l'inviter à danser. Elle les avait suivis, ajustant quelques instants ses pas aux leurs, sous le regard envieux de Jules, qui ne possédait ni leur aisance ni leur facilité.

Quand des cris s'élevèrent, l'ouvrier crut voir une guirlande d'hommes et de femmes ondoyer comme un long ruban sous les lumières disséminées.

Autour de lui, on se mit à frapper dans les mains en cadence au son des rythmes endiablés. Pris dans le mouvement et le bruit, il ne fit plus attention à Mathilde.

Deux fils de vignerons, qui avaient partagé les bancs de l'école avec elle, l'avaient attrapée par la main et, chahutant comme des gamins, l'avaient entraînée sur les bords de la Vézère, où elle se retrouva étourdie de rire et de gaieté. C'est là qu'une main la toucha à l'épaule, l'obligeant à se retourner.

Charroux était devant elle et soulevait son chapeau. Près d'eux, cris et chants redoublaient. Les deux jeunes qui l'avaient accompagnée la pressèrent :

— Viens, Mathilde !

Mais, les yeux rivés à ceux du compagnon, elle ne bougeait plus.

La musique résonnait si fort qu'elle vit ses lèvres remuer sans percevoir le son de sa voix. Elle lui fit signe qu'elle ne comprenait pas et le rire les gagna.

1. Sorte de vielle.

Alors, Charroux la prit par un bras pour l'attirer à l'écart.

Tandis qu'ils s'éloignaient, la musique faiblissait comme une rumeur joyeuse et lointaine. Mathilde eut envie de lui parler de son père et de son désir de le revoir à la tonnellerie. Ils s'appuyèrent contre un hêtre dont le feuillage encore touffu couronnait leur tête d'une masse sombre et compacte.

— Vous allez revenir, n'est-ce pas ? demanda-t-elle.

— Je ne sais pas encore.

D'un geste, il chassa les lucioles qui volaient autour d'eux et fit un pas en avant, la tête inclinée vers le sol.

— J'ai toujours voyagé, poursuivit-il, je continuerai.

Mathilde posa la main sur le tronc du hêtre. Tout à coup, une tristesse l'assaillait. Elle n'osait plus lui parler et s'efforçait de regarder la farandole qui virevoltait au loin dans une éblouissante cavalcade. Il se rapprocha d'elle et mit la main sur la sienne.

— Mathilde ? souffla-t-il.

Elle s'arrêta de respirer. Comme une houle étouffée, la nuit se gonflait d'imperceptibles bruissements. Elle sentit qu'il ne fallait qu'un signe, une manière de répondre à son appel pour que le feu s'embrase.

— Revenez ! murmura-t-elle. Ne partez pas !

Il n'eut même pas le temps de réagir. Des pas se firent entendre derrière eux et le son d'une voix familière déchira la nuit :

— Je te cherche depuis cinq jours !

Martial venait de les rejoindre.

Mathilde préféra les laisser seuls.

— L'autre jour, continua Pérol en essayant de prendre le compagnon par les épaules, j'ai envoyé Jules chez ton logeur.

Charroux se dégagea ; il était au courant mais se sentait de taille à résister.

Que voulait l'artisan, sinon relancer l'activité de sa tonnellerie ? Lui parti, un ralentissement et une nouvelle baisse des commandes surviendraient.

— Je ne peux pas revenir, lâcha-t-il alors, sans même le regarder.

— Si tu le souhaites, je peux t'augmenter…

Le compagnon comprit que le tonnelier allait s'entêter. Il suivait son plan habituel, l'argument de l'argent arrivant toujours en première ligne.

— L'argent ne sauve pas tout, protesta le compagnon, vous le savez bien !

Il fit mine de s'en aller et s'engagea sur le chemin qui amorçait une descente vers la rivière. Aussitôt, Pérol le rattrapa.

— Ecoute, Antoine, fit-il, tu vas les signer, tes fûts !

Et il soutint son regard, pour bien montrer qu'il disait vrai. Charroux parut réfléchir puis il hocha la tête avec gravité :

— Si je les signe, c'est d'accord !

Quand Martial retourna chez lui, une aube pâle coiffait les collines. Il avait eu beau boire et chanter pendant des heures, un étrange sentiment montait en lui. Sans bruit, il poussa la porte qui s'ouvrait sur la salle. La seule lueur venait du feu qui mourait dans ses cendres avec de légers craquements. Il n'avait pas sommeil et s'assit devant l'âtre sur un banc vide. Le retour d'Antoine sonnait en lui comme une défaite. Malgré le vin et les eaux-de-vie bus pendant une bonne partie de la nuit, rien ne pouvait enlever le goût amer qui s'incrustait dans sa bouche. Une fois de plus, il avait rabroué Guillaume, croisé dans la petite auberge du Saillant. L'évocation du souvenir raviva sa colère. Pourquoi son fils avait-il choisi ce moment-là pour lui demander des nouvelles de Guéret ? Il se leva pour marcher jusqu'à la fenêtre. Une à une, les dernières étoiles s'éteignaient avec la percée du jour. Soudain, une lassitude tomba sur ses épaules comme un souffle froid. Cette affection qu'il n'avait jamais pu lui donner s'amassait comme une boule au creux de sa gorge. Machinalement, il tourna la tête vers la photo de Julie. D'où il se tenait, il ne pouvait distinguer ses traits mais il devinait la position du cadre incliné vers lui.

— Si Guillaume a un fils, murmura-t-il, il s'appellera Antoine.

Un bref instant, il ferma les yeux, comme si les mots avaient été trop forts. Quand il les rouvrit, le jour avait chassé la nuit, et les pas de Jeanne commençaient à faire geindre l'escalier. Il décida d'aller chercher de l'eau au-dehors pour se laver.

A peine une heure plus tard, la silhouette d'Antoine se profila dans la cour. Il entra dans l'atelier et reprit son travail sous l'œil noir de Jules. Martial était déjà parti du côté d'Objat où l'un de ses clients l'avait réclamé pour réparer des fûts endommagés. A midi, lorsque Jeanne vint apporter aux ouvriers la bouteille mise de côté par l'artisan, tout de suite, elle perçut un malaise.

Les jours suivants, cette atmosphère lourde ne fit qu'empirer. Mis au courant de ce qui se passait, Martial essaya d'en apprendre plus. Il entrait à l'improviste pour vérifier le travail de Martin ou donner des ordres. Parfois, il s'efforçait de lancer une boutade ou rapportait une anecdote glanée au hasard de ses sorties dans le pays. Mais seul son rire fusait entre les coups de maillet et les grincements des scies. Un sourire juste poli sur les lèvres, Jules réajustait sa casquette puis se replongeait dans son travail sans un mot.

Un après-midi, Martial fit irruption au moment où Antoine signait son cinquième fût. Par respect de sa parole, il n'avait rien dit lorsqu'il avait vu la première signature du compagnon orner le fond d'une barrique de trois cents litres ; mais le cœur n'y était pas. Voir l'un des produits de sa tonnellerie quitter l'atelier sans son nom l'avait atteint comme un coup de glaive. Jamais jusqu'à présent son territoire n'avait été aussi menacé et, pourtant, il s'attachait quand même à ce garçon. Cet après-midi-là, en le voyant parapher son nouveau fût, il intercepta le regard furieux de Jules et comprit. Le lourd climat, dont il ne connaissait ni les tenants ni les aboutissants, prenait racine dans une rivalité sournoise et silencieuse. L'air de rien, il s'approcha de Jules et pressa son épaule dans un geste d'apaisement mais l'ouvrier continua son travail sans broncher, muré dans une rancœur dont l'ampleur le dépassait.

En fin d'après-midi, sur un signe de Martial, Martin alluma les lampes à carbure suspendues au plafond par des cordes. Des zones d'ombre plus denses apparurent entre les rayons lumineux ; Jules fut content qu'elles lui dissimulent le regard d'Antoine qui s'attardait sur lui. Au premier carillon de l'angélus, sans demander son reste, il bondit au-dehors. Pérol eut envie de le rattraper mais, au dernier moment, se ravisa. Qu'aurait-il pu lui dire qu'il ne savait déjà ?

L'automne qui finissait arrachait les feuilles des arbres et renversait le temps. Jules était forcé de céder sa première place.

Jusqu'aux premiers froids, l'ouvrier garda le même silence. Puis, un soir qu'il rentrait chez lui, il croisa un homme qu'il n'avait jamais vu par ici et tout commença de changer.

Debout au bord de la route, l'inconnu semblait transi de froid et frottait ses mains l'une contre l'autre pour les réchauffer.

Dès qu'il vit arriver Jules, il leva vers lui un visage buriné où ne brillaient que des yeux vifs et fureteurs.

— Boun journ ! fit-il pour montrer qu'il était bien du pays.

Annonçant peut-être la neige, un vent aigre s'intensifiait depuis quelques heures. Jules s'aperçut que l'homme n'avait presque rien pour se protéger à part une simple couverture jetée sur ses épaules. Il répondit à son salut et lui demanda où il allait.

— Je ne sais pas, répondit l'autre, je viens de quitter les bois.

D'un mouvement de tête, il désigna les étendues boisées, en aval du bourg. Jules réalisa alors qu'il devait être l'un de ces feuillardiers qui se louaient à la morte-saison pour gagner quelques sous supplémentaires en fabriquant des lattes de châtaignier.

— Si vous voulez, fit-il, je peux vous héberger pour la nuit.

— C'est pas de refus ! Moi, c'est Joseph, dit l'homme en tendant la main.

Jules se présenta à son tour puis ils se mirent à marcher ensemble. En peu de temps, le feuillardier lui apprit qu'il était originaire de Juillac. Journalier occasionnel, il trouvait ainsi un emploi saisonnier durant les mois d'hiver. Parfois, l'âpreté du métier le déprimait tant qu'il quittait l'une des cabanes solitaires perdues au milieu de la forêt pour se rapprocher des habitations. Il confia aussi qu'il dormait mal à cause des loups qui rôdaient à la nuit tombée. Quand ils entrèrent dans la maison de Jules, ils se tutoyaient déjà. L'ouvrier avait pris l'habitude de vivre seul. Il alluma un feu dans la cheminée puis, avec des restes d'une soupe aux châtaignes, réchauffa un morceau de lard qu'il servit accompagné d'un pichet de vin. Le feuillardier s'épanouissait. La chaleur du feu, celle du vin et de cette amitié spontanée le revigoraient. Il commença de raconter ce qu'il avait connu dans les fermes où il se louait. En citant des noms, il se moqua des infidélités, des éternelles histoires qui se tissent à l'ombre des meules quand la fenaison bat son plein ; il en avait tant vu, tant appris à des lieues à la ronde que Jules l'écoutait avec une fascination béate.

Lorsque ce fut à son tour de parler, heureux d'avoir enfin quelqu'un à qui s'ouvrir, l'ouvrier aborda le seul problème qui occupait son esprit depuis de longs jours : Charroux et l'importance qu'il prenait dans la tonnellerie. Comme si ce nom-là lui disait quelque chose, le feuillardier fronça les sourcils.

— Il ne serait pas grand avec des cheveux mi-longs et bruns ?

— Oui, répondit Jules, interloqué.

— Avec un air parfois hautain, parfois doux comme un agneau ?

— Tu le connais ?

Le feuillardier partit d'un grand rire et claqua sa main sur l'une de ses cuisses.

— Pardi, si je le connais ! Ton Charroux a eu maille à partir avec les gendarmes de Donzenac pour une affaire d'adultère. L'aubergiste l'a trouvé au lit avec sa femme. Si c'est lui, il ne vaut mieux pas que tu lui présentes ta dernière conquête !

Un gros rire secoua ses épaules et découvrit sa bouche où manquaient des dents. En face de lui, Jules attendit un peu avant de se lever pour amener une autre bouteille. Cette nouvelle amitié valait bien le corps franc et généreux des vins d'ici. Ils burent encore et parlèrent jusque fort tard dans la nuit. Puis, le feuillardier s'allongea sur une paillasse près du feu tandis que Jules rejoignait son lit. Au bout de quelques instants, les ronflements réguliers de Joseph recouvrirent le silence. Seul Jules gardait toujours les yeux ouverts dans l'obscurité. Il pensait à Charroux et à Mathilde, à leur aparté découvert, par hasard, lors de la fête des vendanges. En les voyant ensemble, jamais il n'avait ressenti un tel déferlement de révolte et de haine. Et c'était bien cette même flambée de violence qui l'empêchait de s'assoupir à présent.

10

Au milieu de la nuit suivante, Mathilde fut réveillée par un bruit. Elle s'accouda sur son oreiller pour écouter. Il ne s'agissait pas de cris ni de plaintes, qui auraient pu évoquer la présence d'un animal, mais de glissements furtifs, d'une impression diffuse. A l'étage, sa chambre était la seule qui donnait sur la tonnellerie. Elle se leva pour écarter le rideau de la fenêtre. La nuit était encore dense et, en maints endroits, des nappes de brouillard se formaient. Rien ne lui parut anormal du côté de l'atelier. Elle s'apprêtait à regagner son lit lorsqu'un froissement de feuilles mortes attira son attention. Quelqu'un devait marcher dans l'allée. Elle colla son nez contre la vitre et crut voir une silhouette se rapprocher de la tonnellerie. Eclairé par la faible lueur d'une lampe, un homme essayait d'entrer. Mathilde se demanda ce qu'il voulait faire dans cet endroit où il n'y avait pas grand-chose à voler, à part des outils ou du bois. Avant de se résoudre à donner l'alerte, elle ouvrit doucement la fenêtre et se pencha.

L'inconnu, dont elle ne distinguait pas les traits, allait et venait entre les fûts. Il ne semblait pas s'intéresser aux objets mais retournait seulement les barriques prêtes à être livrées. Son manège, qui n'avait rien de menaçant, intrigua Mathilde. Parce qu'elle ne ressentait aucune peur, elle décida de ne pas réveiller son père et d'aller se rendre compte sur place.

Après avoir enfilé une pèlerine, elle descendit avec précaution dans la salle et se glissa au-dehors. Pour éviter tout risque de bruit, elle longea le mur de la maison, là où il n'y avait ni graviers ni feuilles sèches. En quelques instants, elle se trouva face à la porte de l'atelier. L'homme lui tournait le dos. Penché au-dessus d'un fût, il s'affairait sur un fond comme s'il travaillait l'assemblage du bois.

— Que faites-vous ici ? demanda-t-elle d'une voix ferme.

Il sursauta avant de se retourner d'un bloc, cherchant à dissimuler derrière lui l'outil qu'il tenait à la main.

— Vous êtes mademoiselle Mathilde, n'est-ce pas ?

Elle le fixa sans comprendre. Jamais auparavant elle n'avait rencontré cet homme dont la peau du visage, tannée par le vent et le soleil, témoignait d'un travail au grand air.

— Je ne vous connais pas, répondit-elle, pourquoi êtes-vous là ?

Embarrassé, il essaya de sourire.

— Ne craignez rien ! Je suis un ami.

Comme s'il redoutait l'arrivée d'un tiers ou d'autres questions, avec vivacité, il cacha l'outil à l'intérieur de sa veste et passa devant elle pour sortir.

— Ce n'est rien, ce n'est rien, répéta-t-il en lançant des regards à droite et à gauche, n'alertez personne.

Il lui jeta un dernier coup d'œil, fit volte-face et se mit à courir de toutes ses forces vers la route. A ce moment seulement, Mathilde cria pour réveiller son père.

Quand Martial arriva, l'homme était déjà loin. L'artisan tenta de suivre sa trace mais, découragé par l'obscurité et la distance, il préféra rebrousser chemin. C'est alors que son pied heurta un objet lourd et métallique. Il se baissa pour le ramasser et s'aperçut qu'il s'agissait d'un foret, une vrille dont on se sert pour percer le fond d'une barrique et goûter le vin qui en coule. Soupçonnant un mauvais tour, il se précipita vers la tonnellerie. Près de la porte, les fûts rangés attendaient d'être emmenés et, comme d'habitude, les outils s'amassaient dans un coin. Martial fit une grimace. Il ne se sentait pas satisfait. Une crainte le poussait à inspecter chaque barrique. Par intuition, il choisit celles qui allaient être emportées et les éclaira de la lampe que l'inconnu avait abandonnée dans sa précipitation. Sur les cinq fûts, trois n'avaient aucun défaut mais on ne pouvait en dire autant des deux derniers.

De place en place, les fonds avaient été creusés avec le foret, qui avait percé le bois de petits trous inégaux qui auraient laissé passer les liquides.

Perplexe, Martial se redressa. Bien sûr, les fûts endommagés étaient tous de Charroux, mais fallait-il en déduire quelque chose ?

— Tu es sûre que tu ne le connaissais pas ? insista-t-il auprès de Mathilde.

— Non, père, reprit-elle, je ne l'ai jamais vu.

Il écarta les bras en signe d'impuissance et proposa d'aller prendre une boisson chaude.

Le jour naissait quand Mathilde quitta sa chambre. Martial avait déjà pris la carriole et Bacchus pour rejoindre Objat, où des clients tardaient à le payer. Elle s'habilla rapidement et sortit.

Une seule idée la tenait. Depuis la fête des vendanges, voilà des jours qu'elle avait appris à reconnaître les pas d'Antoine et le son de sa voix lorsqu'il arrivait en fredonnant, bouche fermée. Elle ne comptait pas non plus les nuits où elle ne parvenait pas à s'endormir. Parfois, elle s'étonnait que son visage se superpose à celui de François. Combien de nuits avait-elle passées ainsi à Brive, avec l'espoir secret que ce mari s'arrêterait près de sa porte ?

Sans prêter attention au regard de Jeanne, elle poussa la grille et bifurqua sur le chemin qui conduisait au Saillant. Elle dépassa quelques jardins et s'arrêta. Comme elle l'avait prévu, Antoine déboucha devant elle, un balluchon à la main. Un soleil de fin d'automne émergeait des brumes qui stagnaient çà et là, entre collines et vallées. Surpris de la voir, Charroux posa son balluchon sur les cailloux de la route et attendit qu'elle s'approche :

— Quelqu'un vous veut du mal ! fit-elle aussitôt.

— Qui donc ?

Mathilde haussa les épaules pour signifier qu'elle n'en savait rien.

— Cette nuit, j'ai surpris un inconnu qui perçait vos fûts. Il s'est sauvé dès qu'il m'a vue.

Un crissement de roues les força à se retourner. Tirée par un âne, une petite carriole qui transportait une sulfateuse s'engageait derrière eux. Ils s'écartèrent pour la laisser passer. Le conducteur de l'attelage les remercia en soulevant sa casquette.

— Pourvu que ce soit de la bonne ! plaisanta Antoine.

Qui ne connaissait, par ici, ces charlatans, prêts à proposer des poudres miracles dont l'inefficacité se révélait parfois catastrophique ?

Plus d'un vigneron des alentours s'était déjà fait prendre !

Mathilde sourit.

— En tout cas, je vous remercie de m'avoir prévenu, dit Charroux avec détachement. Maintenant, il faut que j'aille me rendre compte sur place.

Il se baissa pour reprendre son balluchon.

— Peut-être pourrions-nous faire quelques pas ensemble jusqu'à la tonnellerie ? proposa-t-il alors.

Serrant son châle de laine, Mathilde ne répondit pas. Elle gardait les yeux fixés sur ses chaussures.

— Mathilde ! appela-t-il.

Elle releva la tête. De petites mèches brunes glissèrent sur ses tempes. Dans un geste tendre, il approcha sa main pour les effleurer.

— Moi aussi, je pense souvent à vous, murmura-t-il.

En fermant les yeux, elle retint sa main et la pressa contre sa joue. Quand elle les rouvrit, les lèvres d'Antoine étaient déjà sur les siennes. Longtemps il la tint contre lui, caressant le duvet de ses cheveux qui volait sur sa nuque. Il oubliait le soleil qui inondait les vergers au bas de la route et les champs nus, prêts aux prochains labours. Il n'avait en tête qu'un désir, teinté de peur et de lucidité. Comment, en effet, dissocier la fascinante beauté de Mathilde de ce qu'il devinait impossible ?

Il prit son visage et le tourna vers lui.

— Nous sommes si différents... dit-il.

Comme elle ne semblait pas réagir, il lui montra ses mains et guida ses doigts sur sa peau rugueuse.

— Regarde ! Elles sont aussi dures et rêches qu'un bois brut. Et le bois, c'est l'arbre et la terre. Bientôt, tu ne supporteras même plus qu'elles te touchent.

Elle lui lança un regard perdu et détourna la tête pour qu'il ne voie pas les larmes qu'elle s'efforçait de contenir.

— Nous allons devoir nous cacher, continua Antoine, à chaque instant, il faudra feindre, dissimuler... S'il l'apprenait, ton père ne me pardonnerait jamais ce baiser. Je le crois même capable de me tuer !

La souffrance de Mathilde le touchait mais il ne pouvait parler autrement. Il caressa son front.

— Nous n'avions pas imaginé tout cela auparavant, mais maintenant, vas-tu me regarder avec les mêmes yeux ? lui demanda-t-il.

Comme elle pleurait, il décida de reprendre son sac de toile où s'entassaient quelques affaires et se remit à marcher avec un sourire triste. Le soleil qui brillait haut dans le ciel dégagé paraissait presque une injure. Comment faire taire au fond de lui cette brûlure qui l'entaillait comme un fer rouge ? Car il en était sûr, il aimait Mathilde comme jamais il n'avait aimé aucune autre femme.

Quelques minutes plus tard, il entra d'un pas traînant dans la tonnellerie. Jules l'accueillit d'un bonjour enjoué et inattendu. Quant à Martin, il lui désigna les barriques retournées où l'on apercevait les trous.

— Quelqu'un a fait ça cette nuit, expliqua-t-il, mais ça ne t'arrangerait sans doute pas qu'on prévienne les gendarmes ?

L'ironie du ton était manifeste. Ces deux-là en savaient plus qu'ils ne voulaient le dire. Antoine commença de réparer ses fûts et, jusqu'au soir, plus aucune parole ne sortit de sa bouche.

La nuit tombait quand il entendit les pas de Bacchus et son hennissement familier résonner dans la cour. En évitant les regards indiscrets, il réussit à s'approcher de Martial et lui demanda la permission de dormir dans l'atelier.

— Si je me cache là plusieurs soirs de suite, fit-il, j'ai des chances de le voir revenir. On préviendra les gendarmes après.

L'artisan acquiesça et, comme Jules et Martin étaient déjà partis, il l'invita à partager le repas du soir.

Lorsque Antoine franchit le seuil de la maison, Mathilde aidait Jeanne à dresser la table. A sa vue, elle tressaillit.

Dès le début du repas, Martial annonça qu'une battue allait être organisée pour traquer les loups qui avaient attaqué des moutons près de Vertougit, la nuit précédente. Tous les hommes étaient requis, il suffisait de se présenter chez lui, le lendemain matin. Prétextant un retard de travail, Charroux hésitait. Pérol l'encouragea d'une bourrade :

— Un chasseur comme toi ne peut refuser !

En riant, il leva un verre à la dernière nuit des redoutables prédateurs.

— J'aimerais en tenir un au bout de mon fusil, dit-il, voilà longtemps qu'ils en prennent trop à leur aise.

Au moment où Jeanne apportait le fromage, il quitta la table pour aller ouvrir un tiroir du bahut et revint avec une enveloppe. Devant Mathilde stupéfaite, il sortit des photos et les tendit à Charroux.

— Tiens, expliqua-t-il, c'est la première fois que je les montre…

Il marqua un temps avant de poursuivre :

— Tu es presque de la famille, maintenant !

Antoine ne fit aucun commentaire et s'empara des photos.

— Là, dit Pérol, c'est mon père, peu avant sa mort.

De belle corpulence, l'homme portait un collier de barbe blanche et la même moustache que Martial. Il se tenait debout, à côté de deux autres acolytes en casquette et long tablier. A leurs pieds, fumait encore le cadavre d'un cochon qu'ils venaient de flamber. Le doigt d'Antoine désigna l'un des hommes encore jeune :

— Qui est-ce ?

L'artisan eut une moue dubitative.

— Je ne me souviens plus, sans doute un ouvrier...

Antoine continuait à fixer l'homme, comme si son visage évoquait en lui quelque chose d'important.

— Ce gars-là, reprit Martial, je ne sais même pas ce qu'il est devenu ; en tout cas, s'il n'est pas resté, c'est qu'il ne valait pas grand-chose !

La crispation de Charroux et son sursaut l'étonnèrent mais il n'y donna pas suite et approcha une autre photo.

— C'est Julie, ma femme, lors d'une foire à Objat.

Sous la traditionnelle coiffe, Antoine repéra tout de suite le même regard que celui de Mathilde.

— Une belle femme, commenta-t-il en levant les yeux vers Mathilde qui se taisait, vous lui ressemblez beaucoup.

— Et voilà ! coupa Martial, comme s'il en avait assez. Tu connais ceux qui ont marqué ma vie !

Il rangea les photos et proposa d'aller dormir.

— Si tu le souhaites, ajouta-t-il, Jeanne te donnera des couvertures. Pendant la nuit, l'atelier est froid.

Antoine choisit le fond de la tonnellerie pour s'allonger derrière une rangée de fûts. Mais il ne parvint pas à s'endormir tout de suite. Des images de Mathilde lui revenaient. Ce soir, elle lui était apparue naturelle et sereine. Autour de ses yeux, ses larmes n'avaient laissé que des cernes légers qui n'avaient attiré l'attention de personne. Il l'imagina, dormant à deux pas de lui, loin des bruits avivés par le silence et l'obscurité. Avait-il bien fait de la repousser ? Un doute mêlé de résignation finit par l'emporter dans un sommeil rempli d'images troubles.

Une première fois, il se réveilla sans véritable raison. Il lui semblait qu'un chat marchait sur le toit du hangar. Par endroits, des griffes paraissaient s'accrocher à la tôle, cliquetant comme une grêle d'orage. Pendant quelques minutes, il resta accoudé sur le sol. L'odeur du bois qui l'entourait n'était plus la même que durant le jour. Il la jugea aigre, presque acide, puis se rallongea. Il était sûr que personne ne viendrait, ni cette nuit ni les nuits prochaines. N'avait-on pas simplement voulu l'avertir de se tenir tranquille ? Dans un réflexe de protection, il palpa le couteau qu'il avait glissé sous la couverture et le sentit en place. Alors, il se détendit et chercha de nouveau le sommeil.

C'est à ce moment qu'un bruissement l'alerta. Un animal ou quelqu'un bougeait du côté de l'entrée. Il se demanda si ce n'était pas le chat qu'il avait cru entendre tout à l'heure et se redressa. Quand il vit une petite lueur se dessiner vers la porte, il comprit que quelqu'un venait et saisit son couteau. Par chance, les barriques alignées devant lui faisaient un mur qui le protégeait et l'abritait des regards. Il se pelotonna derrière et attendit. Une silhouette apparut. Tandis qu'il se penchait pour essayer de distinguer son visage, il l'entendit chuchoter son nom. En même temps, une lampe à pétrole s'éleva pour éclairer l'allée centrale de l'atelier.

Mathilde était devant lui.

Elle avait gardé sa longue chemise de nuit et passé une simple pèlerine sur ses épaules. Ses cheveux dénoués retombaient sur son dos. Sans penser au couteau qu'il tenait toujours, Antoine poussa les fûts qui le cachaient et se mit debout. Elle avait eu beau s'y préparer, elle n'avait pas pensé qu'il surgirait armé.

— C'est moi, Antoine, fit-elle aussitôt, n'ayez pas peur !

Charroux lâcha le couteau, qui roula par terre.

— Vous n'auriez pas dû, gronda-t-il en reprenant exprès le vouvoiement, on vous a peut-être suivie... Jeanne ou votre père peuvent arriver.

Elle posa sa lampe sur le haut d'un fût et s'avança vers lui. En quelques pas, elle fut si près qu'il vit ses yeux briller dans la pénombre. Alors, elle défit sa pèlerine et se colla contre lui dans une ardeur presque impudique. Le parfum de ses cheveux, la subtile senteur de sa peau qui se mêlait à celle du bois montaient jusqu'à lui dans un accord sensuel et envoûtant. Antoine ne sentait plus que la chaleur enivrante qu'elle dégageait. Il l'entoura de ses bras. L'ivresse de pouvoir l'aimer ici, dans ce qui constituait le décor de sa vie et sa raison d'exister, décuplait son désir. Il l'embrassa à pleine bouche et l'entraîna vers le sol, mettant bientôt la main sur ses lèvres pour étouffer son cri.

Lorsqu'il retomba sur le côté, la mèche de la lampe noircissait, près de s'éteindre. Sur le plafond, au-dessus d'eux, quelques ombres se projetaient près de la lucarne. En appuyant la tête sur sa poitrine, Mathilde leva les yeux.

— Regarde ! dit-elle. On voit la Grande Ourse, il faut faire un vœu !

Antoine jouait avec ses cheveux. Du bout des doigts, il retira quelques copeaux qui s'y accrochaient encore.

— Pourvu que ton père ne nous surprenne pas, enchaîna-t-il en riant, sinon je le paierai cher !

— Tais-toi ! ordonna-t-elle.

Après l'étourdissement de l'étreinte, la peur revenait. Il suffisait de si peu pour que tout bascule.

Attentive aux bruits extérieurs, elle tendit l'oreille, mais seul le crépitement de la pluie martelait le toit.

— Non, dit-elle, il ne m'a pas suivie.

— Il ne faut pas qu'on sache, souffla-t-il, personne ne doit savoir que tu es venue ici.

Il montra le ciel qui blanchissait.

— Rentre ! conseilla-t-il. Il va faire jour d'ici peu.

Mathilde se leva et remit sa pèlerine. La lampe s'était éteinte. Elle dut se diriger vers la porte seulement guidée par la main d'Antoine.

Sur le seuil, elle se retourna, cherchant encore ses lèvres.

— Et maintenant, demanda-t-elle, est-ce que tu vas m'aimer ?

Il la serra contre lui.

— Chut ! murmura-t-il. Qui peut savoir de quoi demain sera fait ?

Elle se sauva sans répondre.

11

La pluie cessa avec le matin, mais un vent froid et sec de nord-est se leva. En relevant le col de sa veste de chasse, Martial se rendit le premier à la tonnellerie.

— Alors ? s'enquit-il.

Antoine finissait de plier les couvertures qui lui avaient servi de lit.

— Rien vu, cette nuit !

— Ce sera pour demain, commenta Pérol avant de l'inviter à venir partager la soupe du matin.

A peine un quart d'heure plus tard, Jules et Martin arrivèrent. Ils s'assirent autour de la table et parlèrent de la battue qui devait avoir lieu. Martial donna ses directives : Martin resterait à l'atelier mais Jules et Antoine pouvaient le suivre. Aucun bras vaillant n'était à négliger. Et le soir, une grande veillée était prévue. Mathilde aida Jeanne à préparer les en-cas que les hommes allaient emporter. Plusieurs fois, elle jeta vers Antoine un regard qui attendait un signe. Mais il se détourna pour ne pas attirer l'attention. C'est seulement sur le pas de la porte, au moment de lui dire au revoir, qu'il lui lança un coup d'œil attentif.

En quelques instants, la cour s'emplit d'un joyeux brouhaha. Guillaume vint se joindre aux hommes qui se rassemblaient. De toutes les bouches sortaient de petites vapeurs qui se diluaient dans l'air froid. Ils étaient bien une vingtaine à porter leur fusil en bandoulière, emmitouflés dans de grosses vestes, la casquette ou le chapeau sur la tête. Sur un signe de Martial, le groupe se mit en marche et les voix résonnèrent longtemps sur la route avant d'aller se perdre dans les bois.

Bouleau sur les talons, le tonnelier marchait en tête. Guillaume et Jules le suivaient en conversant, puis venaient Antoine et, enfin, le reste des hommes, massés en une seule colonne. Bientôt, Pérol leva le bras pour que tous s'arrêtent. Il fallait se séparer, répartir les chasseurs et leurs rabatteurs sur plusieurs fronts. Chaque périmètre de bois devait être fouillé, inspecté. Trois par trois, les hommes se dispersèrent avec la mission de se retrouver en fin de journée. Pas un de ceux qui étaient là ne songeait à contredire les ordres de Martial. Il commandait comme un capitaine ordonne à ses soldats de monter à l'assaut et s'imposait par la seule force d'une volonté opiniâtre qui les rendait tous muets et dociles.

— C'est quand même un sacré bonhomme ! fit Antoine à Jules, alors que les premiers chasseurs s'éloignaient en grimpant sur les versants.

L'ouvrier eut un sourire ironique où ne filtrait aucune bienveillance.

— Pourquoi, quand même ? De toute façon, il a toujours eu le dernier mot !

Charroux pinça les lèvres pour ne pas répliquer. L'hostilité de Jules ne faiblissait pas. Il le vit s'approcher de Martial pour lui parler. Quelle part pouvait-il prendre dans ce qui se tramait contre lui ?

Avant de se mettre en route, Martial agita la main dans sa direction.

— Nous sommes trois comme les autres, s'écria-t-il, allons-y !

Aussitôt, il siffla Bouleau et ouvrit le chemin qui s'enfonçait entre les arbres sur un tapis de feuilles mortes.

Durant deux bonnes heures, ils marchèrent ainsi l'un derrière l'autre. De temps en temps, ils entendaient l'écho de quelques voix lointaines se répercuter jusqu'à eux ; mais pas le moindre hurlement ni de traces suspectes. Vers midi, ils s'assirent sur des souches de châtaigniers, laissées sans doute par des bûcherons ou des feuillardiers. Jules se plaça à côté de Martial comme s'il voulait empêcher le compagnon de trop l'approcher.

De son sac de toile, il sortit un pâté enveloppé d'un linge propre. Avec ostentation, il en offrit une tranche au tonnelier.

— Tenez, patron, c'est de la terrine de cul-noir [1], vous m'en direz des nouvelles !

Ravi, Pérol en découpa un morceau qu'il porta à sa bouche avec la pointe de son couteau. Comme il en avait l'habitude quand quelque chose lui plaisait, il ferma les yeux pour déguster.

— Il y a tout chez nous là-dedans, murmura-t-il, admiratif, ça sent les blés mûrs et la bonne terre, la paille fraîche et les châtaignes…

Il s'empara de la bouteille de vin, qu'il portait dans l'une de ses grandes poches, et fit sauter le bouchon. En face de lui, Antoine mangeait le pain et le lard préparés par Jeanne et Mathilde. Sans lui en offrir, Jules avait déjà remis la terrine dans son sac et buvait au goulot de la bouteille que lui avait tendue Martial. Une fois sa soif apaisée, il replaça le bouchon d'un coup sec et reposa la bouteille aux pieds de l'artisan.

— Sers-toi, Antoine, l'invita Martial, qui avait remarqué le manège de Jules.

Du revers de sa manche, Antoine essuya le goulot avec soin, puis but quelques gorgées. Enfin, il se leva pour esquisser quelques pas.

Bouleau, qui avait eu sa part de repas, gambadait autour de lui en reniflant. Le froid piquait encore. A la longue, rester sur place refroidissait pieds et mains. Les trois hommes ne tardèrent pas à repartir. Seule la conviction commençait à leur manquer. Aucun coup de feu ne leur parvenait, pas un cri, ni même une rumeur. Les loups avaient dû sentir leur présence et s'étaient repliés vers les hauteurs aux boisements plus drus, moins accessibles.

1. Porc de Saint-Yrieix.

Un peu endormis, ils dépassèrent quelques taillis. C'est alors que, sans prévenir, à l'orée d'une clairière, Martial épaula son fusil et tira.

— Je l'ai eu ! commenta-t-il, avant de se baisser vers Bouleau qui revenait déjà vers lui, la dépouille encore chaude d'un garenne entre les dents.

Le rire d'Antoine fusa.

— Celui-là, s'écria-t-il, n'a pas dû manger beaucoup de moutons !

Martial réprima une grimace. Le ton moqueur lui déplaisait ; il allait répondre lorsque Bouleau s'aplatit sur le sol en geignant.

Les trois hommes ne respirèrent plus. Devant eux, manifestant à la fois la présence d'un danger et sa soumission face à lui, le chien couché pleurait et grognait.

D'un mouvement de bras, Martial fit signe à ses deux hommes de se séparer. Seul, le nez en l'air, Charroux se dressa comme s'il cherchait à repérer une odeur. Puis, sans un mot, il obliqua sur le côté et avança avec prudence. En suivant chacun de ses gestes, Martial se demanda où il voulait en venir et se prépara. C'est à cet instant que tout se précipita. Une forme noire bondit hors des fourrés avec un hurlement étranglé. Antoine avait déjà mis son fusil en joue lorsqu'il sentit une chaleur insupportable passer près de son oreille. Aussitôt, il eut la sensation qu'une partie de son visage était arrachée. Il s'affala sur le sol. Dans sa chute, il aperçut la forme noire tomber à deux pas de lui, la gueule en sang. Une fraction de seconde, il resta ainsi, étourdi. Puis il vit Martial courir vers lui.

— Antoine ! Antoine ! appela l'artisan, affolé.

Dans un réflexe saugrenu, Charroux regarda ses mains. Aucune blessure ne les déformait. Soulagé, il tâta le côté de sa joue qui le brûlait ; un peu de sang tacha ses doigts. Penché au-dessus de lui, Martial voulut l'aider à se relever mais il y parvint tout seul.

— Je crois que je l'ai échappé belle ! dit-il.

Blême, Pérol observait l'animal qui gisait à quelques pas d'eux, flairé sur toutes les coutures par Bouleau. Il ne s'agissait pas d'un loup mais d'un magnifique chien de berger, tué sur le coup. Antoine se retourna. Derrière lui, le fusil encore en main, Jules avait un air hagard.

— Quel dommage ! fit Martial en écartant Bouleau. C'était un beau chien !

A peine avait-il fini de parler que deux chasseurs surgirent. Le premier s'accroupit près de la dépouille du chien et se releva presque immédiatement.

— Vessards de Diu [1] ! jura-t-il.

Puis il se rua sur Martial en l'agrippant par les bords de sa veste.

— Salaud ! Salaud !

L'autre chasseur et Antoine tentèrent de le calmer, mais il ne voulait rien savoir et continuait de vociférer.

Jules se planta alors devant lui avec détermination.

— C'est moi qui l'ai tué, fit-il, je l'ai pris pour un loup.

D'un mouvement brusque, l'homme se dégagea des mains qui le tenaient encore. Sa mine renfrognée n'annonçait rien de bon.

— Toi ou lui, c'est la même chose ! lâcha-t-il.

Son regard furieux fixa les trois hommes qui l'entouraient.

— Vous êtes tous coupables, ajouta-t-il.

Puis il fit un signe de tête à son compère et tous deux s'éloignèrent dans un bruit de feuilles sèches et de branches cassées.

— On rentre ! dit Martial.

En silence, Antoine et Jules le suivirent. Quand ils atteignirent l'auberge du père Reynal, là où tous les chasseurs devaient se retrouver, la lumière du crépuscule rosissait les collines.

Ils ne furent pas les premiers à pousser la porte. D'autres les avaient précédés et attendaient en buvant un verre. A peine entré, Martial remarqua Guillaume qui trinquait avec des amis. Il parlait fort et faisait de grands gestes qui paraissaient captiver l'assemblée. Dès qu'il vit Martial, il se tourna vers lui.

— Je l'ai tué par mes propres moyens ! s'exclama-t-il.

Perplexe, Pérol rejoignit le cercle d'hommes.

1. Nom de Dieu.

Au milieu d'eux, sur une longue table, les pattes ficelées et la langue pendante, gisait le cadavre d'un loup. Pour être sûr de son effet, Guillaume insista :

— Je l'ai visé à dix pas et abattu d'une seule décharge !

Martial ne parvenait pas à détacher ses yeux de l'animal. Il lui semblait immense et ses yeux jaunes lui rappelaient les flammes des lampes qui brûlaient autour d'eux. Une étincelle de vie paraissait encore s'y accrocher, prête à le faire bondir. Malgré lui, Jules recula d'un pas.

— Il est impressionnant, commenta-t-il.

Du coin de l'œil, Guillaume guettait la réaction de Martial. Au bout d'un moment, l'artisan détourna son regard et s'adressa à l'aubergiste :

— Sers-nous à boire ! Ce n'est pas tous les jours qu'un Pérol est à l'honneur !

En même temps, il tapota sur l'épaule de son fils.

— Tu manies mieux le fusil qu'un maillet !

Son rire se perdit dans les bravos et les applaudissements qui accueillirent sa proposition.

La nuit arriva avec les derniers chasseurs. Le vent, qui s'était intensifié, envoyait des tourbillons de feuilles qui cinglaient la porte de l'auberge. A l'intérieur, seuls les chants et les rires répondaient à ses assauts plaintifs. Le loup était toujours étendu sur la table, veillé par ceux qui, à leur manière, fêtaient la fin de ses ravages. Entre les bouteilles et les plats, certains lui lançaient un coup d'œil interrogateur comme pour s'assurer qu'il ne bougeait pas. D'autres l'examinaient, cherchant à estimer le prix de sa fourrure.

Il ne laissait personne indifférent, pas même celui dont le chien avait été abattu par erreur et qui tournait souvent vers lui un regard pensif. Antoine était le seul à tenir ses distances. Assis exprès loin de Jules, il ne pouvait s'empêcher d'observer l'ouvrier, qui riait et parlait plus fort que d'habitude. Les questions qui traversaient son esprit le retranchaient de l'ambiance surchauffée. Ce coup de fusil avait tué le chien mais qui visait-il, en fait ? Sa joue éraflée attestait encore la visée hasardeuse du tireur. Quel but poursuivait donc Jules qui s'amusait et buvait sans remords ? Comme l'aubergiste apportait l'eau-de-vie de prune qui devait clore le repas, après un vague au revoir, le propriétaire du chien quitta la table. Il marcha d'une traite vers la porte sans même un regard vers Jules ou Martial. L'artisan sentit que le moment était venu. Il le rattrapa et lui présenta un billet avec le garenne qu'il avait tué. L'homme parut protester pour la forme, puis il accepta l'argent et le lapin avant de porter la main à sa casquette, dans un geste qui voulait dire : on est quittes. Après son départ, Martial vint vers Jules et posa la main sur son bras.

— J'ai tout arrangé, fit-il assez haut pour qu'on l'entende.

Alors, Charroux se leva et sortit.

La nuit était froide et venteuse lorsque Jules rentra chez lui. Il marchait sur la route en épiant tous les bruits, surveillant chaque tronc d'arbre, chaque buisson. Il ne savait où Antoine avait disparu et craignait de le voir réapparaître à tout moment. Avant de pousser la porte de sa maison, il scruta une dernière fois les ténèbres pour s'assurer qu'il n'avait pas été suivi ; puis il entra et ferma la porte à double tour. Assis près d'un feu qui vivotait, le feuillardier l'attendait.

— Alors, demanda-t-il, comment était-ce ?

Voilà quelques semaines qu'il avait élu domicile ici. A l'aube, il partait le premier et revenait le soir avec une bouteille ou un gibier braconné. Avant de se mettre à façonner ses lattes de bois, il posait un ou deux pièges et ramenait un lièvre ou une perdrix qu'il cachait avec soin. Sans rien dire, Jules avait accepté qu'il retrouve sa paillasse, chaque soir.

L'ouvrier préféra se délester de son fusil et de son sac de toile avant de répondre à sa question. L'air tiède de la pièce lui faisait du bien. Il s'approcha du feu et s'accroupit, les mains en avant, pour se réchauffer.

— Alors ? reprit le feuillardier, impatient.

Jules parla du loup et de la veillée. Il répéta tout ce

que Guillaume et ses amis lui avaient raconté. La bête, qui boitait à cause d'une blessure à la patte, avait été surprise et abattue aussitôt. Il n'y avait eu ni traque ni combat, un seul coup de feu en était venu à bout. Déçu, le feuillardier secoua la tête.

— Le vainqueur n'est peut-être pas celui que l'on croit.

Il ôta sa casquette et sa veste puis se glissa sous sa couverture.

— Bonne nuit, fit-il, avant de se tourner sur le côté.

Jules se coucha aussi. Longtemps, il écouta les bruits du vent qui s'engouffrait sous la porte et soulevait les volets fermés. Pourquoi pensait-il à Mathilde ? Pourquoi, jusqu'à présent, avait-il réprimé l'élan qui le poussait vers elle ? Lorsqu'elle s'était mariée, il avait respecté le choix de Martial sans regret ni amertume, mais avec la lucidité que lui imposait son rang de simple ouvrier. C'est en la voyant revenir que d'autres idées avaient germé en lui. Pas un instant, il n'avait imaginé le danger que représentait Charroux.

— Joseph ! Joseph ! appela-t-il tout bas.

L'autre émit un grognement avant de se retourner.

— Que se passe-t-il ?

— Je n'ai pas réussi à l'atteindre, souffla-t-il, la balle l'a seulement frôlé.

— Ne t'inquiète pas, continua le feuillardier d'une voix pâteuse, on l'aura quand même !

Après un ultime bâillement, il se remit sur le côté et sombra dans un profond sommeil.

12

Plusieurs soirs de suite, Antoine dormit dans la tonnellerie. Mathilde attendait que le carillon de l'église sonne onze heures ou minuit, avant d'entrebâiller la porte de sa chambre. Lorsqu'elle était sûre de ne plus rien entendre, elle descendait l'escalier avec précaution et se glissait au-dehors. Malgré la pèlerine qu'elle jetait sur ses épaules, le froid, qui s'accentuait avec le changement de saison, la transperçait. Elle arrivait à l'atelier, grelottante et craintive.

Assis près de l'entrée, emmitouflé dans une couverture, Antoine la guettait. Il avait appris à reconnaître ses pas, à sentir sa présence. Oubliant la menace du danger, il l'espérait comme un feu qui réchauffe et rassure. Ses longs cheveux dénoués, elle s'allongeait près de la lampe-tempête, posée sur le sol. Et lorsqu'il commençait à la caresser, elle avait toujours un rire de petite fille étonnée qui le touchait. Il l'aimait ainsi jusqu'aux premiers feux du jour. Et quand elle repartait, discrète et furtive, il s'étonnait que tout cela fût si simple et doutait. Que manigançait ce Guéret dans lequel il n'avait aucune confiance ? Et Martial ? Antoine voyait clair dans la fragilité de Mathilde et les influences qu'elle subissait. Même la façon dont elle parlait de ce mari absent montrait qu'elle y pensait encore.

Dès le matin, il se remettait au travail, le corps lourd, la tête pleine d'incertitudes. Martial s'inquiétait de ses traits tirés. En cachette de Jules, il l'invitait à partager le repas du soir ou la soupe du matin.

— Tu veilles trop, disait-il ; avec le flair de Bouleau, nous sommes tranquilles !

Mais Antoine ne voulait pas céder. Il jetait un coup d'œil vers Mathilde, assise en bout de table, et répondait que, pour le moment, sa place était ici. Alors, Pérol demandait à Jeanne de lui fournir des couvertures supplémentaires et de lui donner une chaufferette, pleine de braises chaudes. Pas un instant il n'aurait pu deviner les vraies raisons de ses longues veilles.

Une semaine entière s'écoula avant qu'Antoine ne reprenne la route du Saillant. A la fin d'une journée, ainsi qu'il le lui avait annoncé, Mathilde le vit quitter l'atelier et rejoindre la route. Il se retourna vers la maison comme s'il pressentait qu'elle le suivait des yeux, puis continua son chemin.

La nuit tombait. Le vent ne soufflait plus mais une forte gelée durcissait la terre. Avec ce froid, d'autres loups allaient sans doute s'approcher des bergeries. Celui qu'ils avaient tué n'était pas isolé. Certains parlaient de meute, d'autres d'un couple et de leurs petits, mais tous étaient d'accord, il fallait poursuivre les battues. Antoine s'imagina partant seul à la recherche de ces prédateurs nocturnes, pour les combattre d'égal à égal, dans la solitude d'une forêt dépouillée par l'hiver. N'avait-il pas toujours été seul ?

Aucune des femmes rencontrées jusqu'à présent n'avait pu remplacer l'émotion brutale qu'il ressentait au milieu des arbres, dans une nature à la fois hostile et proche. Là seulement, il goûtait à une vraie plénitude.

Il emprunta le raccourci familier qu'il connaissait par cœur. Au-dessus de lui, des étoiles apparaissaient dans le ciel sans nuages et, sous ses pas, les herbes blanchies craquaient comme des filaments de verre.

Il ajusta son sac sur son épaule et plongea ses mains dans les poches de sa veste avant d'accélérer l'allure. Il n'entendit rien venir.

Soudain, un bras enserra sa gorge et la pointe d'un couteau saillit entre ses omoplates. Il essaya de se débattre mais un violent choc sur la tête le fit chanceler. Quand il voulut se relever, deux inconnus se précipitèrent sur lui. L'un brandissait un couteau, l'autre lui décocha un coup de poing en pleine figure. En retombant sur le sol, Antoine comprit qu'il avait affaire à deux attaquants chevronnés et qu'il aurait du mal à s'en sortir. Alors, une seule idée lui traversa l'esprit : désarmer l'un de ses agresseurs. Il feignit l'évanouissement et resta étendu, sans bouger. Aussitôt, les deux hommes s'approchèrent. Il choisit ce moment pour bondir sur celui qui tenait le couteau. En un tournemain, il lui tordit le bras, l'obligeant à lâcher son arme puis, d'un coup de pied précis, envoya celle-ci se perdre de l'autre côté du chemin. Mais il ne put rien faire de plus. Un coup d'une violence sauvage s'abattit sur sa tête.

— Fous l'camp d'ici ! Retourne d'où tu viens ! entendit-il avant de sombrer dans l'inconscience.

Quand il rouvrit les yeux, une douleur insupportable lui écrasait les tempes. Tout de suite, le froid glacial de la nuit et de la terre envahit son corps. Il se mit à claquer des dents en tentant de se relever. Autour de lui, l'obscurité noyait le chemin. Après quelques tentatives, il réussit à se ramasser sur lui-même et chercha à se redresser ; mais ses jambes se dérobèrent. Il tituba et s'écroula de nouveau. Ce sentier désert et glacé allait-il l'emprisonner comme un tunnel sans issue ? Une peur plus terrible que la douleur survint alors. Dans un dernier effort, il s'arc-bouta et rampa sur le sol jusqu'au bord du chemin. A cet endroit, peut-être quelqu'un l'apercevrait-il ?

Malgré l'heure tardive, la nuit restait claire. Il parvint à s'asseoir, le dos appuyé contre le tronc d'un arbre.

Longtemps après, quand il y repensa, il ne put dire combien de temps il était demeuré là, prostré, le corps parcouru de tremblements. L'engourdissement n'était venu qu'ensuite, avec l'apaisante image de Mathilde qui s'était confondue avec les étoiles. Il ne fut réveillé de sa torpeur que par une main qui le touchait à l'épaule.

— Antoine ! appela une voix jeune.

Encore sur ses gardes, il eut un mouvement de recul et cligna des yeux.

— N'aie pas peur ! C'est moi, Martin !

Mais il ne pouvait plus faire confiance à quiconque.

— Va-t'en ! fit-il, agressif.

En même temps, il replia ses jambes pour tenter une nouvelle fois de se mettre debout.

Martin découvrit son pantalon déchiré et le sang qui tachait sa joue.

— J'espère que tu connais ceux qui t'ont fait ça ?

Sans répondre, Antoine lui demanda seulement qu'il l'amène à l'auberge.

— Là, expliqua-t-il, on me donnera bien un coin de grange et de la paille en attendant le jour.

Martin saisit son bras et le passa par-dessus son épaule pour le soutenir.

Plus grand d'une tête, Charroux pesait contre lui comme un sac plein mais il serra les dents et tint bon. Lorsqu'ils se retrouvèrent devant la porte, le carillon de l'église sonnait deux heures du matin. L'apprenti envoya une pierre contre les volets fermés du premier étage, là où dormait l'aubergiste. Il dut réitérer son geste avant que le judas de la porte d'entrée ne laisse entrevoir une lueur.

— Qui est-ce ? fit une voix puissante.

En deux mots, le compagnon se fit connaître et raconta ce qui venait de lui arriver. L'aubergiste ne le laissa même pas finir.

— Toutes mes chambres sont occupées, s'excusa-t-il, va voir au Saillant, tu auras peut-être plus de chance. Bonne nuit !

Antoine l'entendit refermer le judas d'un coup sec. Sidéré, il se tourna vers Martin.

— Cette fois, c'est sûr ! Je suis maudit.

Il observa un silence avant de poursuivre :

— Tu m'as bien aidé. Rentre chez toi, maintenant ! Je me débrouillerai tout seul.

Martin ne bougea pas.

— Ton père va s'inquiéter, continua le compagnon.

Mais le jeune homme restait immobile, comme s'il se devait avant tout d'être là.

— Ne restons pas là ! fit-il enfin.

Son doigt désigna un sentier qui se perdait vers les hauteurs boisées de Crouzevialle.

— Il y a une cabane plus haut. Allons-y !

Avant de se remettre à marcher, il s'approcha d'Antoine pour l'inviter à s'appuyer sur lui.

— Nous y serons dans moins de dix minutes, viens !

Le refus de l'aubergiste avait secoué le compagnon aussi fort qu'une tempête. Dominant la douleur qui martelait encore son crâne, il décida de suivre Martin, sans aide. Mais, au bout de quelques instants, il dut s'arrêter pour reprendre haleine. Ses efforts l'épuisaient, ses jambes peinaient à chaque pas. Trop éreinté, il s'assit sur une souche d'arbre.

— Martin ! appela-t-il. Pourquoi ne veux-tu pas rentrer chez toi ?

La pleine lune éclairait toujours la nuit. Aucun cri, ni bruit, ne s'élevait des arbres ou des taillis. Le froid avait poussé les derniers animaux à chercher refuge dans les terriers ou les tanières. L'apprenti, qui grimpait toujours, rebroussa chemin et vint se poster devant lui.

En frottant ses bras pour se réchauffer, il lâcha ce qu'il avait sur le cœur :

— Il s'est passé quelque chose à la tonnellerie.

A son ton, Charroux comprit que l'affaire était sérieuse.

— J'ai été renvoyé ! annonça alors Martin sans même lui laisser le temps de poser une question.

— Que dis-tu ?

— Je ne peux pas rentrer chez moi, continua le jeune homme en s'asseyant à ses côtés. Si mon père apprend que je suis renvoyé, il me le reprochera toute ma vie. Il avait mis tous ses espoirs dans la tonnellerie Pérol. Pour lui, j'allais devenir l'un des meilleurs ouvriers de la région.

Il fouilla dans l'une de ses poches et sortit un papier plié en quatre qu'il tendit à Charroux.

— C'est à cause de ça ! Tu le liras demain quand il

fera jour. Quelqu'un a remis ce tract à Pérol. Je l'avais distribué chez tous les artisans.

Un court instant, il parut accablé, puis se reprit aussitôt :

— Il faut s'unir. Nous ne devons plus nous laisser faire ! C'est Joseph, l'ami de Jules, qui le dit.

En quelques mots, Antoine sut qui était ce feuillardier dont les sabots avaient traîné dans toute la région. Martin paraissait subjugué par cet homme rompu à tous les coups, à toutes les audaces.

— Un fort en gueule ! commenta seulement le compagnon avant de se lever.

Il constata avec plaisir qu'il se tenait plus solidement sur ses jambes.

— Continuons, invita-t-il, nous sommes presque arrivés.

Après une dernière montée à travers d'épais taillis, ils échouèrent devant la porte de la petite cabane qui devait servir à des ouvriers saisonniers. A l'intérieur, quelques sacs empilés faisaient office de lit et, sur un rondin de bois, des chandelles usagées étaient posées. Par terre, un tas de bûchettes attendaient d'être enflammées. Martin prit les allumettes qu'il gardait toujours dans sa poche et commença par allumer un feu. Charroux profita de la clarté pour déplier le papier et le lire :

Ouvriers, cessez de vous taire !
Unissez-vous pour lutter contre les abus du patronat !
La grève est un droit.
Rejoignez-nous !

Bureau C.G.T. de Limoges

L'apprenti, qui le surveillait du coin de l'œil, devança ses questions :

— Pérol m'a donné l'argent de ma journée en me demandant de partir sur-le-champ. « Je ne veux pas de ces discours-là chez moi ! » a-t-il déclaré.

Accroupi près du feu, le jeune homme surveillait les petites flammes qui naissaient. Avec un bâton, il poussa vers le centre les bûchettes qui retombaient sur les côtés, puis tourna les yeux vers Antoine.

— Il n'a pas le droit, n'est-ce pas ? Tu dois bien le savoir, toi ?

Le compagnon était assis de l'autre côté du feu. Penché sur son pantalon déchiré, il examinait les ecchymoses dont ses agresseurs l'avaient gratifié.

— Tu n'étais donc pas bien, à l'atelier ? questionna-t-il.

Comme s'il n'avait pas réfléchi au problème, Martin parut décontenancé et ne put lui répondre.

— Et maintenant, que comptes-tu faire ?

— Peut-être m'engager si je ne retrouve pas de travail…

Pensif, Antoine s'allongea sur le sol pour passer les quelques heures qui le séparaient de l'aube. Mais il fut incapable de résister. Presque immédiatement, un lourd sommeil le terrassa. En face de lui, veillant seul auprès du feu qui s'éteignait, Martin pleurait sans bruit.

Le chant d'un coq réveilla Antoine en sursaut. Il se redressa avec peine. Son corps endolori le faisait encore souffrir mais son esprit était redevenu clair. Il entrebâilla la porte pour inspecter le ciel. Des lueurs roses teintaient l'horizon et une forte gelée blanche poudrait les arbres et la terre. Derrière lui, Martin tentait déjà de rallumer le feu.

— J'y vais, dit Antoine, sinon, je serai en retard.

Il s'éloigna en boitillant et descendit le chemin qui les avait menés jusqu'au refuge. Malgré ses interrogations sur l'embuscade de la nuit, il pensait à Martin et à son renvoi. Martial n'allait sans doute pas revenir sur sa décision. L'apprenti s'était laissé prendre au piège. Qu'allait-il devenir maintenant ?

Lorsqu'il déboucha devant la tonnellerie, de loin, il vit deux hommes en uniforme qui s'entretenaient avec Mathilde. A leurs côtés, les bras croisés, Jules écoutait. Dès qu'elle l'aperçut, une stupeur pétrifia le visage de la jeune femme. Antoine songea qu'il n'avait pas ôté les traces de sang qui striaient ses joues et ses tempes.

Son aspect devait avoir quelque chose d'effrayant. Laissant les trois hommes, Mathilde s'avança vers lui.

— Tu es blessé ? demanda-t-elle.

— Je t'expliquerai.

D'un mouvement de tête, Antoine désigna les gendarmes qui regardaient dans leur direction.

— Que veulent-ils ?

— Ils recherchent un homme qui a commis plusieurs méfaits dans la région ; on ne sait où il se cache...

Du bord de la route, Charroux vit Jules emboîter le pas des gendarmes et monter avec eux dans une carriole attelée. Mathilde suivit son regard.

— Il sait sans doute des choses, commenta-t-elle.

Comme il se taisait, elle l'informa qu'elle était seule et l'invita à entrer pour soigner la plaie qui balafrait son front.

Il prit place dans la salle où brûlait déjà un bon feu. Mathilde approcha une bassine d'eau fraîche et un linge. Avec une extrême douceur, elle commença de tamponner son front et de nettoyer sa blessure. Au-delà des petites douleurs qui se réveillaient, quelque chose en lui vibra pour la première fois. D'être ici, abandonné entre ses mains, l'emmenait sur d'autres rivages. Une autre force, un autre courant, semblable au flot paisible et continu d'une rivière, le liait à elle. Mathilde entrait dans sa vie comme ces eaux qui coulent en se jouant des obstacles. Il saisit sa main. Sa longue robe grise au corsage brodé de couleurs vives faisait ressortir l'éclat de son teint pâle et la profondeur de ses yeux noirs. Sans résister à son désir, il se leva pour la prendre entre ses bras et l'embrasser. Mais, tandis qu'elle répondait avec fougue à son baiser, brusquement la porte s'ouvrit et Jeanne apparut.

13

— J'allais partir, fit Antoine comme s'il ne trouvait rien d'autre à dire.

Sans un mot, Jeanne fila vers la cheminée où elle avait entreposé les cendres de bois qui devaient servir à sa lessive. Quand elle se baissa, elle entendit la porte claquer derrière elle et comprit que le compagnon avait dû s'en aller. Tenant son tablier où se logeait le tas de cendres, elle se releva et passa près de Mathilde qui n'avait pas bougé. Mais, au moment de poser sa main sur la poignée de la porte, elle se retourna. Les traits défaits, Mathilde dardait sur elle un regard suppliant.

Soudain, la jeune femme porta les mains à son visage et se mit à sangloter, avant de se laisser tomber sur une chaise proche. Emue, Jeanne se dirigea vers l'évier et secoua son tablier avant de s'emparer d'un torchon qu'elle humecta d'eau froide. Puis, elle s'approcha de Mathilde et commença de lui tamponner le front et les joues.

— Je ne dirai rien, rassura-t-elle en même temps, je te le promets…

Quand Mathilde s'abandonna entre ses bras, elle lui caressa la joue.

— Moi aussi, reprit-elle, autrefois, j'ai aimé un homme en secret. Il se prénommait Guillaume. A l'époque, il était valet chez mes premiers maîtres, du côté d'Ussel. Un dimanche, il m'a annoncé qu'il partait parce qu'il voulait s'établir à son compte.

Sa main s'arrêta.

— Il m'a juré de revenir et de m'épouser dès qu'il serait installé. Je ne l'ai jamais revu.

— Tu l'aimais ?

Jeanne s'écarta. Son regard parut se perdre.

— Je crois que oui, soupira-t-elle.

Mathilde la vit ramasser ses cendres et le balluchon de linge posé près de la porte. Maintenant, elle savait pourquoi pendant des années, chaque dimanche, après la messe, elle s'était postée sur le bord de la route qui rejoignait le haut pays. Ce n'est qu'après la mort de Julie qu'elle avait déserté ce lieu d'attente, coupant court aux moqueries des garnements qui la montraient du doigt. En acceptant le désir de Martial, elle n'avait fait que renoncer à l'absent.

En fin de matinée, les gendarmes laissèrent repartir Jules. Lorsqu'il arriva aux abords de la tonnellerie, Martial déchargeait la charrette des nouveaux bois qu'il était allé chercher. Il courut pour l'aider.

— Alors ? fit l'artisan en riant. Ils ne t'ont pas gardé ?

Jules ne répondit pas et saisit quelques morceaux de bois taillés qu'il plaça sur son épaule.

— Tu n'es pas bavard ! ironisa encore Pérol.

Mais, le visage fermé, l'ouvrier s'obstina dans son mutisme. A l'heure du repas, Mathilde apporta la soupe au lard gardée au chaud depuis le matin. Les trois hommes s'assirent à l'intérieur du hangar. En évitant de regarder Antoine, elle remplit les assiettes et tendit à Martial la bouteille de vin qu'il avait réclamée. Enfin, elle évoqua la part de Martin qui était en trop. L'artisan balaya sa remarque d'un vigoureux : « Nous nous la partagerons ! », qui sonna comme une sentence définitive. Il paraissait énervé. Depuis le matin, il essayait tant bien que mal de taire la colère qui grondait en lui. Le renvoi de Martin, la visite des gendarmes qui avaient emmené Jules, et les fréquentations douteuses du compagnon, tout cela accentuait un malaise qu'il ne savait comment juguler. Peu lui importait qu'Antoine ait fait des siennes et que son visage porte encore des traces de coups ; ce qu'il voulait, c'était rétablir un climat de sérénité dans son atelier. Après le départ de sa fille, il se racla la gorge et referma son couteau d'un geste sec. En face de lui, murés dans leurs pensées et dans leur pesante incommunicabilité, Jules et Antoine mangeaient sans se parler.

— Venons-en au fait ! fit-il soudain.

Les deux hommes relevèrent la tête en même temps. Les mains derrière le dos, il marchait devant eux, sa haute stature éclairée par le flot de lumière qu'envoyaient les lucarnes. Imposant et résolu, il semblait avoir préparé son discours et le sortit d'une seule traite :

— Ce qui se passe ici ne peut plus durer ! Je n'ai rien à vous reprocher sur le plan du travail mais si vous ne modifiez pas votre comportement, je me séparerai aussi de vous deux !

Il les fixa d'un air décidé.

— On me propose de m'associer avec une autre tonnellerie dont le chiffre d'affaires est loin d'être négligeable. Le patron, qui a des problèmes de santé, est prêt à me fournir les meilleurs ouvriers et les meilleurs bois…

Il interrompit sa phrase pour juger de l'effet de ses paroles et remarqua, avec une certaine satisfaction, la pâleur accentuée de Jules.

— Je n'hésiterai pas, poursuivit-il en haussant exprès la voix, je ne veux plus de gendarmes chez moi, ni de bagarres !

Avec un calme qui le surprit lui-même, Antoine se redressa.

— Alors, si l'on m'attaque, railla-t-il, je ne dois plus me défendre ? Et si quelqu'un vient saboter mon travail, je dois le laisser faire ?

Sans lui répondre, Martial reprit sa marche de long en large. Enfin, il se tourna vers Jules :

— Il paraît que l'homme qu'on a attrapé dormait chez toi…

— Les nouvelles vont vite, commenta l'ouvrier, gêné.

Au-dessus de leurs têtes, des flocons blancs commençaient à s'écraser sur les vitres, tamisant la clarté du jour. Bientôt, le travail reprendrait sous la lueur des lampes à gaz. Martial estima qu'il devait poursuivre cette conversation plus tard, seul avec Jules. Avant de s'en aller, il ajouta simplement que, le lendemain, il leur adjoindrait un nouvel apprenti.

— J'ai accepté d'embaucher Etienne, précisa-t-il, le fils du père Donnadieu.

En quelques heures, la neige recouvrit chemins et bois. Jules fut le premier à quitter la tonnellerie. Au moment où ses sabots s'enfonçaient dans la couche molle, une hésitation le traversa. Fallait-il retrouver Martial pour lui raconter l'arrestation du feuillardier ? Ou bien aller rejoindre des connaissances qui trinquaient à l'auberge ? Il opta pour la seconde solution et se dirigea vers la route. Un tapis blanc amortissait chacun de ses pas. Dans ce silence ouaté, il crut percevoir des éclats de rire provenant de l'autre côté de la cour, derrière l'atelier. Il tendit l'oreille en pensant à Charroux. Peut-être s'entretenait-il avec Martial ? Par curiosité, il se glissa à l'intérieur de la cour et se faufila le long du mur, heureux que la neige et la nuit l'empêchent d'être vu. Mais, au fur et à mesure qu'il se rapprochait, les rires diminuaient. Bientôt, il n'entendit plus rien. Le tas de bois qui s'empilait sous l'auvent de l'atelier lui servit d'abri. Il se cacha derrière lui pour risquer un coup d'œil. Sous ses yeux, Antoine embrassait Mathilde à pleine bouche, tandis qu'elle serrait autour de lui les pans de sa grande pèlerine. Et tous deux ne semblaient former qu'un, enveloppés dans ce tissu sombre qui ressemblait à la couverture d'un lit. Il s'affaissa. L'espoir insensé qu'il avait entretenu jusqu'ici tournait court. C'est quand il entendit de nouveau le rire étouffé de la jeune femme qu'il décida de repartir.

Longtemps, le long de la route, ce petit rire de femme amoureuse l'accompagna. La neige recommençait à tomber mais il avançait sans y prendre garde. Il s'en voulait d'avoir imaginé, construit, une histoire impossible pour devenir le bras droit de Martial et obtenir la main de sa fille, après un divorce qu'il s'était cru capable d'assumer. Sans qu'il y prête attention, le conducteur d'une carriole le héla :

— Monte donc ! insista ce dernier. Il ne fait pas un temps à mettre un chat dehors !

Jules reconnut un vigneron, client de la tonnellerie, qui rentrait chez lui. Néanmoins, il déclina son offre :

— Je vais à l'auberge, expliqua-t-il, elle est à deux pas !

— Comme tu veux ! fit l'autre, avant d'encourager son cheval à reprendre son allure.

Dans sa confusion, Jules était incapable de soutenir une conversation. A présent, même l'idée d'échouer à l'auberge le rebutait. Sous les poussées du vent, des flocons de neige voletaient et fouettaient son visage. Tout à coup, il en eut assez de marcher. Repérant un endroit plus sec, il s'assit au pied d'un sapin et posa le front entre ses mains. Une impression d'abandon le terrassait. Il n'avait plus froid, ne ressentait rien qu'une fulgurante brûlure au creux de l'estomac. L'échec du mariage de Mathilde avait tout déclenché. Sans même s'en rendre compte, l'idée de sa jeunesse délaissée, de sa beauté intacte, avait forgé son attirance. Il avait cru pouvoir jouer un rôle, se rendre complice de l'artisan pour le seconder et même assurer la relève. Tout lui était apparu facile : le manque d'héritier et Guéret éliminé par la force des choses. Avec son assiduité il aurait eu raison des derniers obstacles. Il releva la tête et cala ses mains sous ses bras pour les préserver du froid qui s'intensifiait.

Maintenant, que lui restait-il, seul, assis au bord de cette route ? N'avait-il pas été obligé de mettre lui-même les gendarmes sur la piste du feuillardier ?

Deux jours auparavant, mû par un obscur pressentiment, il avait cherché dans le tiroir d'un meuble la bague qu'il avait ôtée à sa mère sur son lit de mort. Mais, en dépit d'une fouille minutieuse, il n'avait rien retrouvé. Alors, durant la nuit, sans réveiller celui qui dormait chaque soir chez lui, il s'était emparé du vieux sac de toile qui ne le quittait jamais et l'avait retourné. Parmi divers objets, la bague avait roulé sur le sol.

Il se mit debout. La neige avait radouci l'air mais il faisait trop froid pour se tenir au même endroit sans bouger. Serrant sa veste, il avança de quelques pas. Le désarroi qui l'oppressait le poussait à s'entourer de monde.

Désorienté, il reprit la direction de l'auberge. A ce moment, un groupe de jeunes gens bruyants et chahuteurs déboucha devant lui. Ils avaient l'air quelque peu éméchés et riaient à gorge déployée. L'un d'eux l'apostropha avec insistance :

— Alors ! On ne salue plus les amis ?

Dans l'obscurité qui régnait, Jules eut du mal à reconnaître celui qui paraissait très à l'aise, son large sourire témoignant d'une vitalité inattendue.

— Martin ! s'exclama-t-il, tu as retrouvé du travail ?

— Mieux que ça ! Je viens de m'engager. J'espère bien partir aux colonies.

Il montra la cocarde tricolore en papier qui décorait sa veste.

— Trois ans, reprit-il, c'est vite passé, après, on verra !

En riant, il donna une bourrade à l'un de ceux qui l'accompagnaient.

— Nous, on est des hommes, pas vrai ?

Ses compères, qui arboraient la même cocarde, accueillirent sa phrase par des bravos et des cris. Ils se remirent alors à marcher vers le centre du bourg. Avant de les rejoindre, Martin s'adressa encore à Jules :

— Maintenant, les Martial Pérol ne me font plus peur ! Salut !

Il tourna les talons et courut vers le groupe dont les

vociférations et les chants patriotiques emplissaient la nuit. L'ouvrier les suivit du regard jusqu'à ce qu'ils disparaissent. N'était-ce pas une superbe revanche pour l'ancien apprenti, congédié sans forme, que de devenir un défenseur de la France ? Voilà qui suffisait à lui racheter un honneur perdu.

Quand il parvint à l'auberge, il aperçut, par la porte ouverte, la salle pleine de monde. Il allait se décider à entrer lorsqu'il se sentit épié et tourna la tête. Derrière lui, le chasseur dont il avait tué le chien par mégarde l'observait. Leurs regards se croisèrent, mais Jules n'avait pas la force d'affronter quiconque, ce soir. Il renonça à se mêler aux buveurs, dont quelques-uns le hélaient déjà, et s'en alla.

De retour chez lui, il s'efforça d'allumer un feu. Son estomac vide réclamait de la nourriture mais il n'avait ni le goût ni l'envie de manger et se laissa tomber sur son lit.

Au bout d'un moment, il se leva pour ouvrir la porte du buffet qu'un menuisier avait, autrefois, fabriqué pour ses parents. Rien ici n'avait changé depuis la mort de son père, vingt ans auparavant, puis celle de sa mère. Sa vie s'enlisait dans une sorte d'étouffement, une lente et inexorable avancée vers un destin tout tracé. Il prit la bouteille d'eau-de-vie qu'il gardait toujours, en cas de besoin, pour ces moments où elle n'était plus que sa seule compagne. Mais il eut beau la retourner dans tous les sens, il ne réussit à en tirer que quelques gouttes. Là encore, le feuillardier avait dû se servir. Aucune colère ne monta en lui, aucun ressentiment non plus. Il s'assit près de la table dont il contempla le bois lisse, sans bouger. Sa vie se perdait. La conscience de la voir progresser dans une solitude de plus en plus inévitable le mortifiait.

Avec Mathilde, il n'avait peut-être échafaudé qu'un rêve, mais ce rêve avait rempli ses jours et ses nuits. A présent, comment tourner la page ?

Sans même s'en rendre compte, dans ce désespoir qui l'accablait, il retourna la photo de ses parents, qui semblaient le fixer, puis attrapa la corde qu'il utilisait pour attacher les bois. Dans un geste mécanique, il grimpa sur une chaise et passa la corde autour d'une poutre. Là, il imagina que plus rien ne devait subsister après lui et redescendit pour activer le feu et placer des bûches en dehors de l'âtre. Les flammes se répandraient, dévoreraient son corps et la maison, pour tout réduire en cendres. De loin, jusqu'à Objat ou Brive, il en était sûr, on verrait ce magnifique embrasement, ce spectacle à la fois terrible et fascinant, offert comme un dernier sacrifice. Fort de cette image, il remonta sur sa chaise et entreprit de faire un nœud coulant sur la corde. A cet instant, deux mains le tirèrent violemment en arrière et une voix affolée s'éleva :

— Mais t'es fou ! Nom de Dieu !

Il bascula de sa chaise mais sa chute fut amortie par deux bras solides. Avec stupeur, il reconnut le feuillardier qui se précipitait vers le banc, déjà en flammes, placé devant la cheminée. En un éclair, à l'aide de sacs de toile, ce dernier éteignit le feu ; puis, haletant encore sous l'émotion, il s'appuya, une main en avant, contre le manteau de la cheminée.

Son souffle précipité domina le silence. Le temps paraissait suspendu. Par terre, Jules ne savait s'il devait rire ou pleurer tandis que l'autre, la main toujours posée contre la pierre froide, cherchait à se reprendre. Enfin, le feuillardier se redressa et, sans même faire attention à Jules, marcha vers son sac abandonné près de la porte. Il le fouilla et en sortit une bouteille.

— Ça va nous remettre ! dit-il seulement.

Ce n'est qu'après deux verres avalés coup sur coup que Jules sortit de son marasme. Attablé face à celui qui se taisait, il put commencer à poser des questions :

— Comment es-tu arrivé là ?

Le feuillardier parut soulagé de l'entendre.

— Tu ne devineras jamais !

Il se mit à rire.

— Ils m'ont laissé partir parce que je leur ai rendu service. L'un des gendarmes a reçu une ruade de son cheval qui lui a déboîté le genou. Il se traînait par terre et hurlait de douleur. Je leur ai dit que j'étais capable de le guérir si j'avais une contrepartie… Après, tout n'a été qu'une question de savoir-faire et de confiance !

Abasourdi, Jules dardait sur lui des yeux ronds.

— Mais ils t'ont relâché comme ça ?

— Ils m'ont simplement expliqué que j'étais sous surveillance et qu'à la prochaine plainte ils me remettraient en prison…

Un grand rire le secoua de nouveau et découvrit sa bouche à moitié édentée :

— Allez ! invita-t-il. Buvons à cette satanée vie, elle nous réserve encore de bonnes surprises !

Il se pencha pour tapoter le bras de Jules.

— Pas vrai, mon vieux ?

Comme l'ouvrier hésitait à répondre, le feuillardier plongea la main dans le sac qu'il avait ramené près de lui.

— Tiens ! reprit-il, c'est ma surprise.

Il posa sur la table une miche de pain et une terrine en terre dont il ôta le couvercle. Le foie gras confit qui s'y logeait les fit saliver.

— Chut ! fit alors le feuillardier en baissant la voix. Je l'ai dérobé sur le marché de Saint-Solve ce matin !

Cette fois, ce fut Jules qui ne put garder son sérieux.

14

Chaque semaine jusqu'au dimanche, Mathilde comptait les jours.

Après la messe avec Jeanne et le repas de midi, auquel participaient toujours un ou deux amis de Martial, elle attendait quinze heures et s'éclipsait.

Sans même se rendre compte de son départ, le tonnelier continuait de parler, commentant les nouvelles des journaux ou celles du pays. « Quand j'ai des amis à ma table, disait-il, je suis heureux ! »

Le dessert à peine fini, Mathilde reposait sa serviette et se levait. Jeanne la voyait se diriger vers la porte ou passer par le cellier. S'il pleuvait, elle ouvrait un grand parapluie, fermait sa pèlerine et, d'un pas pressé, s'éloignait vers la route. Bien des fois, Jeanne se demanda quel était le lieu de leur rendez-vous.

Mathilde contournait des maisons, bifurquait sur des petits chemins déserts et montait vers Crouzevialle. Dans la cabane, Antoine était toujours le premier. Depuis la nuit où il avait dormi là, avec Martin, il avait élu cet endroit comme lieu secret et propice à leurs rencontres.

Lorsqu'elle poussait la porte, il avait déjà allumé un petit feu. Essoufflée par sa montée, elle se suspendait à son cou et tous deux s'amusaient de l'inconfortable paillasse qui les accueillait. Antoine aimait Mathilde comme un cadeau du ciel, avec l'évidence que demain, le miracle qui l'avait apportée pouvait la lui reprendre.

Il refusait ses serments, ses promesses d'éternité. « Tu es faite pour la ville, répétait-il, pas pour un ouvrier sans fortune qui n'a que ses mains. »

Elle grondait, jurait qu'elle allait réussir à changer Martial, mais Charroux savait qu'il disait vrai. Pour éviter ses pleurs, il la laissait parler, caressait son visage ou ses cheveux, puis, quand elle quémandait son assentiment, il évoquait son inévitable départ : « Un jour, ton père me chassera comme il a chassé les autres. » Mais elle s'accrochait à son rêve, têtue, presque enfantine : « Un jour, il saura et nous pourrons nous aimer comme tout le monde… » Elle se serrait contre lui : « S'il ne veut pas, je partirai avec toi… »

Antoine se taisait. Il la sentait trop fragile, trop démunie. Elle ressemblait à ces mouettes qui volent pendant des heures, luttant contre les vents forts et les embruns et qui, tout à coup, s'épuisent et tombent dans la mer. Derrière son inlassable obstination, il pressentait la cassure. Elle était de ces femmes qui narguent le destin jusqu'au bout de leurs forces mais qui gardent dans l'ombre un désespoir muet.

Pour la rassurer, il venait sur elle, l'aimait encore, et lorsqu'elle partait, il s'obligeait à marcher à travers les bois, à respirer les senteurs de la terre ou des arbres. Après seulement, tout pouvait recommencer.

Un soir pourtant, il eut beau lui demander de se hâter, elle tarda plus que de coutume, persuadée qu'elle ne risquait rien. Quand elle ouvrit la porte de la maison, Martial était seul, auprès du feu. Le crépuscule était déjà tombé et la nuit recouvrait bois et vergers. Dès son entrée, le tonnelier leva la tête du journal qu'il lisait.

— D'où viens-tu ?

Pour gagner du temps, elle défit sa pèlerine et remit une épingle dans son lourd chignon.

— Je me suis promenée, dit-elle, décontenancée.

Il allait renchérir lorsque Jeanne, qui entrait à son tour, vola à son secours.

— C'est ma faute, je lui ai conseillé d'aller admirer le coucher de soleil vers Le Fraysse. Des croyants soutiennent qu'au début de l'hiver on y voit la croix du Christ.

Martial eut une moue dubitative. Avant de se replonger dans sa lecture, il détailla le visage de sa fille. Une lumière inhabituelle baignait ses traits. Il décida que le moment était venu.

— Si tu t'asseyais auprès de moi, fit-il, voilà longtemps que nous n'avons pas parlé…

Le ton de sa voix n'avait rien de menaçant. Elle obéit et prit place à ses côtés tandis qu'il repliait son journal.

— J'ai vu François, lâcha-t-il.

Elle ne put réprimer un sursaut. Depuis des jours, ni l'un ni l'autre n'avaient prononcé son nom. En s'astreignant au silence, Martial avait cherché à la délivrer d'un poids. Ses seules préoccupations n'avaient tourné qu'autour des sorties et des fêtes qu'il souhaitait pour elle. En la confiant à Jules, il avait été certain de ses choix : aucun intrus ne lui aurait manqué de respect.

Il se cala sur le banc. Devant lui, les flammes montaient dans un jaillissement continu.

— Dis-moi, poursuivit-il, comment te sens-tu ici ?

— Bien, répondit-elle sur un ton évasif.

— Tu n'aimerais pas retourner à Brive ?

Elle fronça les sourcils. Quel plan ou quelle transaction Martial avait-il établi avec celui qui demeurait son gendre ?

Elle s'empressa de faire barrage :

— Je ne veux pas retourner là-bas !

Son ton catégorique l'étonna. Elle ne semblait même pas vouloir d'une éventuelle réconciliation. Il avait imaginé autre chose pour sauver la façade lézardée de ce couple et comptait sur le temps. A force de persuasion, il espérait redonner une apparence bourgeoise à cette union montrée du doigt par tous. En fait, il ne parvenait pas à admettre qu'il avait pu se tromper à ce point. Un seul objectif le préoccupait : faire taire les commérages et les réflexions qu'il entendait quotidiennement. Il soupira. La chaleur du feu s'intensifiait ; il ôta son chapeau et le posa à ses pieds, passant ensuite la main dans ses cheveux drus et grisonnants.

— Tu sais, continua-t-il sur un ton ferme, il ne peut y avoir de divorce chez nous…

Mathilde s'insurgea de nouveau :

— Alors, je n'ai pas le droit d'être heureuse ?

— Ce n'est pas ça, reprit-il en se levant pour faire quelques pas. François m'a dit qu'il était prêt à t'accueillir. Vous ne vous connaissiez pas assez, je suis sûr qu'en reprenant la vie commune, bien des choses peuvent changer…

— Mais je ne l'aime plus !

Sa phrase le pétrifia. Elle, qui l'avait auparavant toujours trouvé séduisant et distingué, comment en était-elle arrivée là ? Il entendait encore l'aveu de Guéret qui réclamait son retour : « Maintenant, avait-il affirmé en le regardant droit dans les yeux, je suis prêt à l'aimer. » Martial allait renchérir lorsque, le front baissé, Mathilde se dirigea vers les escaliers qui conduisaient à l'étage.

— Je ne dînerai pas, dit-elle, je n'ai pas faim.

Comme il restait debout devant le feu, sans répondre, elle se retourna.

— Faut-il donc que tous ceux qui vous résistent meurent ou s'en aillent ? Quel sort allez-vous me réserver ? Bonne nuit, lança-t-elle encore avant de disparaître.

Une onde glacée parcourut le dos de l'artisan. Un long moment, il se tint immobile devant la cheminée. Dans son dos, Jeanne, qui épluchait des légumes pour le repas du soir, lui jeta un regard inquiet. Allait-il céder à l'une de ces colères qui les terrorisaient tous ?

Soudain, il se détourna et, sans un mot, marcha vers la porte. Avant de poser la main sur la poignée, d'un geste sec, il remit son chapeau.

— Et pour toi, s'exclama-t-il, je suis un monstre aussi ?

Jeanne, qui sentait que la moindre vétille pouvait provoquer l'irréparable, se tut.

— Si tu ne dis rien, c'est que tu es d'accord !

Cette fois, elle reposa son couteau, s'essuya les mains sur son tablier et, sans le regarder, déclara :

— Ce que je sais, dit-elle d'une voix calme, c'est que parfois, le malheur peut rendre plus dur que les pierres.

Il y eut un bref silence, puis la porte se referma dans un claquement sec.

Martial marchait vite. Le brouillard apporté par la nuit s'épaississait de place en place, pénétrant son corps jusqu'aux os. Le froid qu'il avait ressenti après les paroles de Mathilde s'accentuait. Il passa devant quelques maisons dont les fenêtres étaient éclairées. D'une porte, quelqu'un l'appela. Sans s'attarder, il leva un bras dans un vague signe de reconnaissance puis obliqua sur un chemin de traverse pour éviter le centre du bourg. Pour l'instant, il ne savait encore où aller. Il pensa échouer chez Guillaume. Marie et son ventre rond symbolisaient une promesse, celle qui effacerait bientôt le doute de l'avenir. « Ce petit-là, se persuadait-il, me consolera de tout. » Il s'arrêta. Depuis combien de temps n'avait-il pas eu un enfant près de lui ? Il y avait bien ceux qu'il croisait de temps à autre chez ses clients, mais en avoir un qui porterait son nom, qu'il éduquerait, formerait même au métier, c'était si différent… Un moment, cette idée éloigna la rudesse des mots de sa fille qui lui trottaient encore dans la tête. Mais il décida de se rendre chez le seul qui pouvait le comprendre et prit le chemin qui menait à la maison de Jules.

Par l'une des fenêtres, il aperçut les lueurs d'un bon feu qui achevèrent de l'attirer. Il frappa deux fois contre la porte et attendit. Personne ne répondit. Surpris par ce silence, alors qu'il sentait la maison habitée, il cogna plus fort et cria :

— Jules, c'est moi !

Une nouvelle fois, un long moment passa avant que la porte s'ouvre et que Jules apparaisse, visiblement embarrassé de se trouver en face de lui. L'artisan en profita pour plaisanter :

— Si tu caches une belle, je m'en vais, c'est promis !

Jules eut un timide sourire et s'effaça.

— Non, non, patron, ce n'est pas ce que vous croyez !

Pérol essuya ses lourdes chaussures avant d'entrer. Il découvrit alors le feuillardier, assis près de la table, une assiette vide devant lui. Leurs regards se croisèrent. Jules s'empressa de le présenter :

— Voici Joseph, un ami.

Quelque chose empêcha Martial de tendre la main. Il porta seulement deux doigts à son chapeau.

— Salut ! fit-il.

En guise de réponse, l'autre souleva sa casquette et quitta sa chaise.

— Je vais faire un tour.

Un silence suivit son départ. Martial ne savait plus s'il devait parler ou non, repartir ou rester. Il ne connaissait rien de cet homme et pourtant, un malaise flottait derrière lui.

— Qui est-ce ? finit-il par demander.

— Un feuillardier, répondit Jules qui sortait une bouteille de son vaisselier, je l'abrite pendant la saison froide. Après, je ne sais pas…

L'air songeur, Martial hocha la tête.

— Ça te fait une compagnie !

L'ouvrier remplit deux verres d'un vin à la robe claire et lumineuse.

— Tu devrais te marier, poursuivit Martial, la solitude pour un gars de ton âge, ce n'est pas bien…

Jules lui tendit un verre.

— J'ai ouvert l'une de mes meilleures bouteilles, goûtez donc pour voir !

L'artisan admira la couleur du vin et le réchauffa lentement en le faisant tourner avant de le porter à ses lèvres.

— Excellent ! commenta-t-il. Tu as dû l'acheter chez Moussour.

— Bien vu !

Ils burent quelques gorgées. Le feu continuait de crépiter et des gerbes d'étincelles illuminaient l'âtre. Petit à petit, Martial oubliait le feuillardier.

— Que penses-tu de Mathilde ? fit-il tout à coup.

Jules faillit lâcher son verre. Avec un juron sourd, il s'agenouilla pour essuyer le vin qui avait coulé sur le sol. Dans cette position, il pouvait dissimuler son trouble.

— Je te dis ça, poursuivit l'artisan, pensif, parce qu'elle m'a fait une réflexion bizarre tout à l'heure.

L'ouvrier se redressa et marcha vers l'évier, près de la fenêtre. Chaque pas était du temps gagné. Son cœur battait si fort qu'il avait peur que Martial ne le voie trembler. Si le tonnelier s'était dérangé jusqu'ici pour lui parler de sa solitude et de Mathilde, c'est qu'il avait imaginé quelque chose.

— Sais-tu ce qu'elle m'a dit ? insista Pérol en le regardant.

— Non.

— Elle m'a reproché de vouloir sa mort parce que son mari veut revivre avec elle. Tu te rends compte ?

Le visage blême, l'ouvrier revint vers la table. En voulant s'asseoir, il dérapa et se rattrapa au dossier de sa chaise.

— J'ai trop bu ! plaisanta-t-il.

L'artisan se mit à rire.

— C'est bien ce que je disais ! Si tu avais une femme, tu penserais moins à boire !

Il se leva pour aller vers lui et posa une main sur son épaule. Avec sa hauteur et sa large carrure, il paraissait le dominer complètement.

— C'est dommage qu'elle n'ait pas été amoureuse de toi, regretta-t-il, je suis sûr que tu aurais été un excellent mari !

Comme Jules ne bougeait pas, il lui tapota le dos dans un geste protecteur et amical.

— Tu as toujours été une sorte de grand frère pour elle. Et les filles, gloussa-t-il, moqueur, ont besoin de rêver ! Allez ! Je te rends à ton feuillardier, mais ça m'a fait du bien d'être ici.

Il lui décocha encore une bourrade et se dirigea vers la porte.

— Si je réussis à les remettre ensemble, fit-il au moment de sortir, je te le promets, tu seras le parrain du premier !

15

Martial se sentait mieux. L'effet du vin et la présence de Jules l'avaient revigoré. Même si le brouillard et la nuit l'enveloppaient, chacun des pas qui le ramenaient chez lui devenait plus léger. Mathilde le préoccupait encore mais il comptait sur sa persuasion et sa fermeté pour la faire fléchir. Après tout, Guéret n'était pas un si mauvais bougre. Comme tout le monde, il avait eu un moment d'égarement, mais l'autre jour, à Objat, sa sincérité l'avait ému. Se déplacer exprès, le rencontrer en cachette pour lui parler de Mathilde et de ses nouvelles intentions avaient racheté sa conduite passée. L'artisan était certain qu'il s'amendait, et sa nouvelle commande pour des chais bourguignons avait achevé de le conquérir. Le seul obstacle restait la froideur de sa fille mais, là encore, il n'avait pas dit son dernier mot. Avec une allégresse retrouvée, il emprunta le tronçon de route qui montait chez lui. Des châtaigniers dressaient leurs branches au-dessus de sa tête et, sous ses pieds, les rares herbes s'écrasaient sur la terre grasse d'humidité. Il força l'allure, porté par son nouvel élan, et ne prit pas garde à la berme qui se rétrécissait à cet endroit. Soudain, son pied glissa. Il essaya de se retenir à un arbre mais sa main ne rencontra que le vide. Alors, il bascula vers le ravin qui bordait le chemin. Il y eut un craquement sinistre, puis une fulgurante et insupportable douleur à la jambe le fit sombrer dans l'inconscience. Dévalant la pente comme une marionnette désarticulée, il roula à travers des taillis et des branchages jusqu'au sol caillouteux et s'immobilisa, les bras en croix.

Lorsqu'il s'éveilla, la nuit l'environnait et la douleur le tenaillait toujours. Il comprit que sa jambe était cassée et commença d'appeler à l'aide.

Au-dessus de sa tête, dans un ciel couleur d'encre, aucune lueur ne signalait le lever du soleil. Il s'arrêta de crier : personne ne risquait de venir à cette heure. Ce n'était pas la pensée de la mort qui l'effrayait le plus mais celle, bien plus grande, de souffrir seul, ici, durant des heures. Il eut beau essayer de ramper, chaque mouvement lui arrachait un cri. Alors, il replia un bras, posa son front dessus et, pour la première fois depuis des années, se mit à prier en pensant à Julie.

Après une nuit paisible, Jeanne fut debout la première. Elle poussa les volets de sa chambre et scruta le ciel. Le brouillard encore tenace allait sans doute se dissiper. D'ici peu, un jour ensoleillé mais froid baignerait les collines. Elle se hâta ; il fallait rallumer le feu avant de se rendre au marché. Ce n'est qu'en passant devant la chambre de Martial qu'elle s'étonna. La porte entrebâillée laissait présager qu'il l'avait déjà quittée. Pourtant, lorsqu'il partait, il l'avertissait toujours, soit la veille, soit le matin même. Elle s'approcha avec prudence. Le lit n'avait pas été défait ; l'artisan n'était donc pas rentré. Mentalement, elle tenta de se représenter les raisons de cette absence mais rien ne pouvait la justifier, hormis quelque chose de grave. Elle se souvint de son départ et de l'échange qui avait eu lieu entre Mathilde et lui. Une angoisse la saisit. Qui sait de quoi il était capable dans ses moments de doute et de colère ? A quelle tentation avait-il cédé ? Elle se rua dans la salle mais dut se rendre à l'évidence : aucune trace de lui ne subsistait. L'aube naissait. Avec un peu de chance, l'un ou l'autre des ouvriers allait bientôt arriver. Sans alerter

Mathilde pour ne pas l'affoler, elle se précipita au-dehors.

A quelques pas de chez lui, seul au fond de son ravin, Martial avait de plus en plus froid et ne réussissait pas à calmer ses tremblements.

Cette agonie durait comme un châtiment divin. Avec le petit jour, il reprit ses appels mais sa voix lui parut faible et lointaine. Par bonheur, les loups ne s'étaient pas aventurés jusqu'ici ; le ciel n'était donc pas tout à fait contre lui. En écoutant le silence, à l'affût du moindre bruit, il crut percevoir la cadence d'une paire de sabots et retint son souffle. Quelqu'un venait, il en était sûr, on allait enfin le tirer de là.

Aussitôt, il réitéra ses appels. Une voix d'homme s'éleva :

— Qui est là ?

— Je suis tombé, s'écria Martial, j'ai la jambe cassée. Aidez-moi !

Un froissement de branches et de taillis l'avertit que l'homme descendait vers lui. En peu de temps, le feuillardier apparut à quelques pas de l'artisan.

— Quelle idée de passer la nuit dans des endroits pareils !

Il s'approcha pour examiner la jambe de Martial.

— Pas joli ! La fracture est nette.

Puis il proposa de l'aider à remonter mais Pérol pesait lourd et sa taille dépassait nettement la sienne. D'un coup d'œil, il évalua la distance qui les séparait de la route.

— J'ai peur qu'on n'y arrive pas ! dit-il.

— Moi aussi, répondit Martial.

— Le mieux, c'est que j'aille chercher du secours.

Il marcha jusqu'au chapeau de l'artisan, qui avait roulé plus loin, et le lui rapporta.

— Vous aurez moins froid en attendant.

Enfin, il sortit une fiole de son sac et la tendit au tonnelier.

— Avec ça, vous ne craignez plus rien.

Martial posa ses lèvres contre le goulot et but

quelques gorgées. Un feu vivifiant se répandit en lui tandis que le feuillardier commençait à grimper sur la pente.

— T'es un bon gars, Joseph ! cria-t-il. Je ne t'oublierai pas.

Déjà parvenu à mi-hauteur, l'autre se retourna.

— C'est bien vrai ce que vous dites ?

Martial, qui se sentait soulagé, se mit à rire.

— Tu as ma parole de tonnelier !

Le feuillardier eut un sourire et continua sa montée. A peine arrivé sur la route, il aperçut Jules qui se rendait à son travail et lui adressa de grands gestes. L'ouvrier décida d'aller chercher une carriole.

— Tu restes là jusqu'à mon retour, recommanda-t-il.

— Et mes lattes ? J'ai déjà du retard.

— On te revaudra ça ! lança-t-il en courant.

A différents endroits, le soleil perçait les brumes mais il était encore difficile d'avoir une vue dégagée de la route et du paysage. Par chance, Jules connaissait bien le chemin ; sans la moindre hésitation, il s'engagea dans le dernier tournant. C'est à ce moment qu'il entendit les grincements d'une carriole : Jeanne, qui avait déjà attelé Bacchus, s'approchait.

— Il est dans le ravin ! s'écria-t-il aussitôt.

En quelques tours de roue, ils retrouvèrent le feuillardier qui faisait toujours le guet. Les deux hommes groupèrent leurs forces pour remonter l'artisan. Du haut de la route, Jeanne les encourageait. Cette jambe, qu'elle voyait pendre sans force, lui faisait mal. Jamais elle n'avait connu Martial malade ou blessé et le découvrir ainsi, réduit à la merci des autres, la bouleversait. Lorsqu'ils l'installèrent enfin dans la carriole, elle fut frappée par sa pâleur et son visage creusé. Une nuit avait suffi pour qu'il ressemblât presque à un vieillard. Avant qu'elle ne remît Bacchus au trot, le feuillardier reprit sa route vers les bois. Martial le remercia encore :

— Viens me voir ! invita-t-il. Jules t'indiquera le chemin !

Un hennissement avertit Mathilde de leur retour. Réveillée par le remue-ménage de Jeanne, elle attendait, anxieuse. Tout de suite, elle suggéra d'aller chercher le médecin le plus proche, qui demeurait à Objat. Mais Martial ne voulut rien savoir.

— Le vieux Tricard suffira ! s'obstina-t-il.

Tandis qu'on le transportait à l'intérieur de la maison, elle essaya en vain de le raisonner. Depuis la disparition de leur mère, il avait juré qu'il n'aurait plus jamais affaire à un médecin. « Ils ne sont bons qu'à soigner des veaux ! tonnait-il. Aucun de ces imposteurs ne me touchera ! »

Seul le vieux Tricard, ce rebouteux un peu sorcier à ses heures, trouvait grâce à ses yeux. Vers midi, par la porte ouverte de l'atelier, les ouvriers virent le guérisseur sortir de la maison. L'air satisfait, il salua Mathilde et se dirigea vers la carriole. Derrière lui, Jeanne, qui s'apprêtait à le reconduire, héla Antoine :

— Le patron vous attend !

En suivant la démarche du compagnon, Jules eut du mal à cacher son amertume. Il devinait déjà ce qui allait se dire et son regard s'assombrissait. Quand Charroux fut de retour, il ne put contenir plus longtemps sa rancœur.

— Voilà notre nouveau chef ! fit-il d'un air narquois en prenant Etienne à témoin. Je te parie qu'il nous est délégué jusqu'au rétablissement du patron !

Sans un mot, Charroux se dirigea vers son rabot, dont il inspecta le bord avec soin.

— Rien ne va changer, déclara-t-il, le père Tricard lui a posé des attelles. Sa jambe est moins atteinte qu'on ne pensait. Il nous rejoindra bientôt avec des béquilles.

L'outil se mit à glisser sur la surface du bois, faisant jaillir des copeaux. Occupé à cercler un tonneau, Jules retenait la question qui lui brûlait la langue. Pourquoi Martial l'avait-il appelé ? Au bout d'un moment, le rabot cessa de grincer et Charroux se redressa en repoussant les boucles brunes qui retombaient sur son front.

— Martin m'a envoyé une carte ; il embarque pour

Madagascar. Il te salue, précisa-t-il avec un regard vers Jules.

L'ouvrier faisait semblant de se concentrer sur son travail. Qui aurait pu croire que Martin, qui n'avait jamais fréquenté les bancs de l'école, adresserait cette carte ici ? Il avait dû demander à quelqu'un de l'écrire afin qu'elle soit lue par Martial.

— Et qu'a dit le patron ?

— Rien, répondit Antoine, il a simplement constaté que cette carte n'était pas pour lui.

De nouveau, l'atelier résonna de ses bruits habituels et plus aucune parole ne fut proférée.

Il ne fallut que quelques jours pour que Martial récupère sa vitalité. Jeanne fut étonnée de le voir se relever et dompter les défaillances de son corps en si peu de temps. « Tricard m'a sauvé ! répétait-il. J'en étais sûr ! » Avec ses béquilles, il se déplaçait encore difficilement mais se prêtait de bonne grâce aux applications de cataplasmes prescrits par le guérisseur. La première fois qu'il franchit le seuil de la tonnellerie, un silence prudent l'accueillit. Qu'allait-il annoncer ? Dans cet état, il n'était plus libre de ses mouvements. Conduire la carriole, donner un coup de main pour charger ou décharger les fûts devenaient impossibles. Suspendus à ses lèvres, les trois ouvriers attendaient sa décision. Au lieu de cela, d'un coup de béquille, il repoussa une partie des copeaux et des morceaux de bois qui jonchaient le sol.

— Ce soir, tout doit disparaître ! ordonna-t-il sans même un regard vers Etienne.

Puis il s'approcha d'une rangée de tonneaux prêts à être livrés.

— Ceux-là sont pour qui ?

— Pour Bordeaux, répondit Jules tout en poursuivant son travail.

Pérol examina le bois en passant sa main dessus. De la même façon, il caressa les autres fûts alignés. Guettant un mot ou un commentaire, Etienne ne le quittait pas des yeux.

Alors, le tonnelier se tourna vers lui :

— Tu as bien quinze ans, n'est-ce pas ?

— Oui, monsieur.

Pendant un instant, Martial parut réfléchir.

— Souviens-toi de ce que je te dis, Etienne, reprit-il sur un ton solennel, le ventre d'un tonneau, c'est comme celui d'une femme, il faut avoir envie de le caresser pour en apprécier les trésors !

L'apprenti hocha la tête.

— Je m'en souviendrai, monsieur.

Derrière eux, chacun dans leur coin, Jules et Antoine souriaient.

Le premier dimanche qui suivit son accident, l'artisan eut à cœur d'inviter les vignerons chez lesquels il ne pouvait plus se rendre.

— Avec un bon repas et de la gaieté, confia-t-il à Jeanne et à Mathilde, ils me seront fidèles.

Il voulait que l'on se souvienne de lui, que les cols de chemise se dégrafent et que les rires fusent sur les visages épanouis. Après, il n'avait plus à s'inquiéter, les commandes suivraient leur cours.

Ce jour-là, comme les autres, le dessert à peine terminé, Mathilde quitta la table. Martial proposait à ses hôtes une visite de sa tonnellerie lorsqu'elle s'échappa. Par la fenêtre, Jeanne la vit franchir la grille et s'éloigner sous un ciel chargé qui annonçait la neige. Une émotion la traversa. Ce secret partagé les avait rapprochées, mais comment pouvait-elle préserver la jeune femme du danger ?

Sur l'étroit sentier qui menait à la cabane, Mathilde pensait aussi à Jeanne et à ce qu'elles s'étaient dit, pas plus tard que ce matin. « Ton Guillaume, avait questionné la jeune femme à un moment où elles étaient seules, pourquoi ne lui en veux-tu pas ? Il t'a quand même abandonnée ! » Avec ce sourire qui plissait ses yeux de fines rides, la servante avait haussé les épaules et répondu : « S'il est mort, je ne peux lui en vouloir et s'il est toujours vivant, il n'a pas pu m'oublier. » Sa réponse expliquait son étrange soumission à

Martial et ses gestes quotidiens assurés sans relâche. Derrière ce perpétuel effacement, cette volonté de tout préserver, Jeanne ne se dévouait pas, elle se résignait. Troublée, Mathilde dépassa une petite clairière et s'engagea dans la dernière allée bordée d'arbres. De temps à autre, des cris d'oiseaux, des froissements d'ailes se répercutaient entre les branches, mais à part eux, le silence était impressionnant. Comme elle s'arrêtait pour reprendre haleine, un bruit de branches cassées la surprit. En se retournant, elle aperçut une silhouette qui se glissait entre les arbres et prit peur. Par chance, la cabane n'était pas loin ; elle se mit à appeler Antoine. Effrayé par ses cris, l'homme voulut s'enfuir mais son pied heurta la racine saillante d'un hêtre. Il tomba lourdement sur le sol. Ce fut assez pour qu'Antoine intervienne. En quelques enjambées, il rattrapa celui qui tentait de s'esquiver et, d'un tour de bras, le força à s'immobiliser.

— Que fais-tu ici ?

L'homme ne se débattit même pas.

— Je ne faisais rien de mal, lâchez-moi !

Antoine desserra sa prise. Peut-être n'avait-il affaire qu'à un promeneur ou à un braconnier ?

Il allait le laisser repartir lorsque Mathilde s'approcha.

— C'est lui ! fit-elle en portant la main à sa bouche. Je le reconnais !

Comme il n'avait aucune chance d'échapper à la vigilance d'Antoine, l'inconnu resta sur place et se gratta la nuque en contemplant le sol.

— C'est vous qui étiez dans la tonnellerie l'autre nuit, reprit-elle, j'en suis certaine !

— Non, vous vous trompez. Je ne vois pas de quoi vous voulez parler.

— C'est lui ! répéta Mathilde.

Antoine l'agrippa par le bord de sa veste.

— Ton nom ! On va régler tout cela à la gendarmerie.

A ce moment seulement, l'homme tenta de se dégager, mais l'agilité et la vivacité de Charroux eurent raison de ses manœuvres. En le maîtrisant par une nouvelle torsion du bras, le compagnon le secoua.

— Qui es-tu, nom de nom ?

— Tout le monde m'appelle Joseph, lâcha l'autre en grimaçant, je suis feuillardier.

Antoine décida de le ramener à la tonnellerie. Il voulait le montrer à Martial pour qu'il avoue le forfait qui lui avait coûté des jours de travail supplémentaire. En le maintenant par un bras, il l'obligea à le suivre.

Mathilde, qui leur ouvrait le chemin, fut la première à pousser la porte de la maison. Les invités entouraient toujours Martial et des éclats de voix entrecoupés de rires s'égrenaient dans un joyeux brouhaha. Mais lorsque Antoine et le feuillardier apparurent, toutes les bouches se fermèrent.

— Que se passe-t-il ? demanda Martial.

— C'est lui qui a percé les fûts, répondit aussitôt Mathilde, je l'ai tout de suite reconnu !

L'artisan parut déstabilisé. Autour de lui, des commentaires commençaient à se faire entendre. Certains des vignerons avaient déjà vu le feuillardier.

— Laisse-le ! finit-il par dire.

Interloqué, Antoine échangea un regard avec Mathilde. Comment un tel revirement était-il possible ? Martial n'avait-il pas été le premier à vouloir porter plainte et prévenir les gendarmes ? Trop heureux de l'aubaine, le feuillardier s'avança jusqu'à la table.

— C'est bien vrai ? Je peux partir ?

Le tonnelier n'avait même pas fini d'acquiescer qu'il tournait déjà la poignée de la porte et s'échappait au-dehors.

— Viens boire avec nous, lança alors Martial à Charroux, et ne t'inquiète pas ! Il faisait nuit, ma fille a dû se tromper ! Cet homme-là est meilleur que tous mes bois réunis !

Il couronna sa déclaration d'un rire démonstratif et tendit un verre au compagnon. Mais devant le visage éberlué de Mathilde, Charroux déclina l'offre. Il préférait s'en aller et laisser Pérol à ses invités qui avaient repris leur insouciant bavardage. En guise d'au revoir, il ne fit qu'un signe de la main et s'éclipsa.

Le soir même, aux questions pressantes de sa fille, l'artisan répondit seulement qu'il ne pouvait rien reprocher à un homme qui lui avait sauvé la vie.

16

A peine une semaine plus tard, Brive célébrait l'une de ses grandes foires d'hiver. Martial, qui ne pouvait conduire la carriole, demanda à Jeanne de l'y emmener. Comme il l'avait prévu, Mathilde refusa de se joindre à eux. Avant de partir, il prit juste le temps de donner quelques conseils à Etienne, venu l'aider à s'installer. Puis, sur un encouragement de Jeanne, Bacchus commença de trotter sous un pâle soleil. La porte de l'atelier se referma alors sur ses bruits ordinaires.

C'est vers le milieu de la matinée que Jules, intrigué, s'arrêta de scier pour regarder par l'une des fenêtres. Une voiture tirée par un élégant demi-sang se garait près de la grille. La silhouette du conducteur, ses habits, son chapeau, tout évoquait un nom qu'il se refusait encore à prononcer. Quand il le vit descendre et se tenir face à l'entrée, il se précipita vers la vitre pour être sûr de ce qu'il découvrait. Son manège alerta Charroux qui était en train d'assembler des fonds.

— Du nouveau ? interrogea-t-il.

Surpris par sa question, l'ouvrier ne savait s'il devait répondre ou non.

Après un instant d'hésitation, il réalisa que l'occasion était trop belle.

— Guéret est de retour ! fit-il.

Mais Antoine continua son travail en sifflotant.

Sans savoir qu'on l'observait, Guéret contempla le jardin, la cour et le hangar d'où s'échappaient les coups répétés des maillets. Voilà des jours qu'il n'était venu ici et, pourtant, tout semblait préservé. Seul l'hiver avait déshabillé les arbres du jardin dont il ne distinguait qu'une partie derrière la grille. Il ajusta sa redingote grise et s'avança pour frapper à la porte. Mathilde lui ouvrit.

En le reconnaissant, sa bouche s'arrondit de surprise. Elle recula d'un pas, presque prête à se sauver tant elle ressentait la force du piège qu'on lui avait tendu. Ce n'était pas tout à fait un hasard si François était devant elle, aujourd'hui, en l'absence de Martial et de Jeanne.

— Je suis si heureux de vous revoir ! lança-t-il tout de suite comme s'il voulait la rassurer.

Il se tenait un peu en retrait, sur le seuil, partagé entre la prudence et le respect. Seule l'intensité de son regard guettait un signe pour entrer. Après s'être ressaisie, elle le salua d'un « bonjour » distant et, de la main, lui désigna la salle où ils s'étaient parlé pour la première fois. Elle prit alors place en face de lui. Derrière elle, le soleil entrait par la fenêtre et réchauffait le bois de la longue table de reflets changeants. En admirant ces jeux de lumière, Guéret dévisagea la jeune femme.

— Votre mine est superbe, dit-il, l'air de la campagne vous réussit mieux que celui de la ville…

— En effet, je me sens bien, répliqua-t-elle.

Sans relever, il entreprit de lui livrer quelques échos et rumeurs qui circulaient à Brive ; mais ses yeux parlaient un autre langage. Au fond de lui, il espérait un signe, la marque d'un attachement ou même celle d'un désir qui n'osait dire son nom. Mathilde s'efforçait d'éviter son regard. Bientôt, elle le savait, il allait aborder l'essentiel : les vraies raisons de sa visite ici. Pour ne rien brusquer, il proposa une promenade, que le temps clair favorisait.

— Après, expliqua-t-il, nous irons dans une auberge que je connais bien. Le patron n'a pas son pareil pour cuisiner les potées.

Elle prétexta un manque d'entrain :

— Aujourd'hui, je n'ai envie de rien.

Une lassitude la prenait. Fallait-il faire durer ce malentendu ou valait-il mieux briser tout de suite un faux espoir ?

— François ! appela-t-elle alors qu'il fermait sa redingote. C'est maintenant que nous devons parler !

Il se mit à rire :

— Nous avons tout le temps pour ça ! N'ayez pas peur ! Je repartirai ce soir.

La fin de sa phrase eut l'effet qu'il escomptait : elle accepta de le suivre.

Mais à peine étaient-ils sortis qu'Antoine, en tenue de travail, surgit de la tonnellerie.

— J'ai quelque chose pour vous, dit-il en se plantant devant Mathilde.

Comme s'il sentait l'ombre d'une menace, Guéret intervint :

— Nous sommes pressés, j'emmène mon épouse déjeuner. Venez nous voir tout à l'heure.

Pour mieux souligner sa phrase, il saisit Mathilde par un bras et fit mine de la tirer, mais elle se dégagea.

— Chez nous, déclara-t-elle, celui qui travaille le bois passe avant tout !

Profitant de la stupeur du jeune homme, Charroux tendit un objet à Mathilde. C'était une petite boîte en châtaignier dont le couvercle s'ornait de ses initiales gravées à la main.

— Je ne sais comment vous remercier, dit-elle en la retournant entre ses doigts.

— Je voudrais qu'elle vous porte chance !

Dans un réflexe de protection, elle referma sa main sur la boîte et la tint ainsi jusqu'à l'heure du repas.

L'auberge se trouvait à presque une lieue de la tonnellerie. On y accédait en amont du bourg, par un petit chemin de traverse qui serpentait le long des vergers. L'accueil et la jovialité du patron ressemblaient à sa cuisine, rustique et chaleureuse. Entre la saveur de son plat préféré et celle du vin, Guéret se laissa aller aux confidences que Mathilde redoutait d'entendre. Il raconta qu'il avait changé. Ses dettes de jeu remboursées, ses affaires à présent prospéraient. Bien sûr, il voyageait toujours mais si elle le désirait, il l'emmènerait avec lui. En fait, plus rien ne faisait obstacle à leur bonheur et Martial le soutenait dans sa démarche de reconquête. Quand il finit de parler, il posa sur elle un regard insistant qui attendait une réponse.

— Donnez-moi un peu de temps, dit-elle, prudente, j'ai besoin de réfléchir.

Il parut contrarié mais se reprit rapidement.

— Si nous partions ? invita-t-il.

Jusqu'à la voiture, pas un mot ne franchit ses lèvres. Il mit le cheval au trot. Au-dessus d'eux, des nuages perlaient d'ouest en est et un vent aigre se levait. A leur arrivée, le ciel s'était obscurci et les lampes étaient allumées dans la tonnellerie. Des yeux, Mathilde chercha la carriole de son père. Quand elle s'aperçut qu'il n'était pas encore rentré, elle palpa les poches de sa pèlerine pour reprendre la boîte d'Antoine. Mais elle eut beau fouiller, elle ne trouva rien.

— Avez-vous perdu quelque chose ? demanda Guéret.

— Non, mentit-elle, ne vous inquiétez pas !

En même temps, elle se représentait la boîte abandonnée sur la table de l'auberge. Elle en était sûre, elle l'avait oubliée là-bas. Attristée, elle rentra dans la maison et s'occupa de ranimer le feu. Penchée près de l'âtre, elle se déchargeait ainsi d'un pénible face-à-face. Gagner du temps, n'était-ce pas ce qu'elle allait devoir faire, maintenant ? En activant le soufflet, elle espérait que quelqu'un allait arriver pour empêcher François de recommencer son discours et de poser les mêmes questions. En quelques minutes, le feu repartit. Mathilde se releva. C'est alors qu'elle sentit deux mains enserrer sa taille et une bouche se coller contre sa nuque.

— Tu es à moi ! entendit-elle.

Surprise, elle tenta de se dégager mais Guéret tenait bon.

Comme il commençait à la caresser, elle lui décocha un coup de coude qui le fit lâcher prise. Fou de rage, il se rua sur elle pour l'attraper par les poignets.

— Avec qui couches-tu ? cria-t-il en la secouant avec une telle violence qu'elle se mit à hurler.

Presque aussitôt la porte s'ouvrit sur Antoine et Jules, alertés par ses cris. D'un bond, Charroux neutralisa Guéret tandis que Jules aidait Mathilde à s'asseoir.

— Si vous continuez, menaça Antoine, je vous assomme !

Guéret avança d'un pas et réajusta les manchettes de sa chemise.

— Essayez donc de me toucher et je ne donne pas cher de votre place !

Impassible, le compagnon le toisa.

— Je n'ai rien à craindre de quelqu'un qui se conduit comme vous !

Une fois le calme et le silence rétablis, les deux ouvriers regagnèrent la porte. En passant près de Mathilde, Charroux pressa son épaule.

— Vous n'êtes pas seule, murmura-t-il.

Au retour de Martial et de Jeanne, la nuit s'annonçait. Encore échauffé par une journée pleine de rencontres, d'agapes et de bons verres, l'artisan fit irruption dans la salle, une seule béquille sous le bras.

— Regardez ! s'exclama-t-il. Bientôt, je marcherai sans aide.

Mais le sourire satisfait qu'il arborait se crispa. Tout au long du trajet, il avait pensé à la rencontre de Mathilde et de François. Persuadé de les découvrir ensemble, il s'étonnait de ne pas le trouver.

— Tu es seule ? demanda-t-il.

Sans le regarder, elle hocha la tête. Il lui semblait qu'elle n'avait rien à dire tant ce qui venait de se passer l'abattait.

Martial, qui devinait un drame, adopta un ton plus léger :

— Nous avons ramené des victuailles pour Noël. De quoi nourrir tout le bourg !

Derrière lui, Jeanne arrivait, les bras chargés de cageots d'où dépassaient des têtes d'oie et de canard, parmi des torchons enveloppant les foies gras frais et les blocs de graisse qui servaient à la cuisine. Mathilde jeta un regard morne vers l'abondance de provisions. Elle n'avait pas le cœur aux prochaines réjouissances. Têtu, l'artisan continua d'afficher une jubilation provocante :

— Allez, Jeanne ! encouragea-t-il. Prépare-nous une bonne soupe ! Ce soir, ça suffira après une telle journée !

Mathilde fit semblant de ne pas remarquer la main qu'il passa discrètement sur sa croupe. Combien de fois déjà n'avait-elle pas saisi ces caresses furtives qui couronnaient toujours ses retours de fête ?

Pour ne pas faillir à ses habitudes, il partit faire un tour à la tonnellerie, puis il rentra pour s'attabler et raconter sa journée. Une pointe de lyrisme sur Brive acheva son discours. Mais, le visage fermé, Mathilde ne parlait pas. Alors, à bout d'arguments et de mots, il jeta sa cuillère sur la table et vociféra :

— Vas-tu me dire ce qui s'est passé, nom de Dieu !

Sa voix parut faire trembler les murs. Après un instant d'effroi, Jeanne emmena la soupière, puis la tourte de pain entamée qu'elle rangea dans la huche. Elle sentait qu'elle devait les laisser seuls et gagna sa chambre.

Contenant à grand-peine son agressivité, le tonnelier essaya de reprendre une voix normale.

— Tu l'as chassé, n'est-ce pas ?

— Il m'a frappée ! répondit Mathilde en soutenant le regard incrédule que son père lui lançait. En entendant mes cris, Antoine est intervenu.

L'artisan avait du mal à imaginer la violence de Guéret. Jusqu'à présent, il lui était apparu tellement réservé et serein qu'il ne pouvait se le représenter autrement.

— Qu'as-tu donc fait pour qu'il en arrive là ?

— J'ai refusé sa façon de disposer de moi comme il le voulait... Comme vous le vouliez, en fait, tous les deux, souligna-t-elle.

Cette allusion acheva de le mettre hors de lui.

— J'en ai assez ! tonna-t-il en claquant sa chaise

contre le sol. Je te reconduirai à Brive de gré ou de force. Ici, tes fréquentations ont assez duré !

— Que voulez-vous dire ?

— J'en ai déjà trop dit ! Je saurai faire respecter l'ordre chez moi. Jamais une Pérol ne se commettra avec un trousseur de jupons qui n'a que cinq sous par jour pour vivre !

Rouge et tremblant de colère, il désigna l'étage.

— Monte !

Mathilde rejoignit l'escalier. Quelques secondes plus tard, la porte de sa chambre se referma dans un bruit sec.

Le silence revenu, Martial écouta les rafales du vent qui répondaient aux grésillements du feu. En regardant les dernières branches se consumer dans la cheminée, il eut le sentiment d'un incroyable gâchis. Les étals regorgeant de denrées, les cris des marchands, la musique de la fête foraine, tout s'évanouissait comme ce feu qui mourait. Pensif, il s'assit lourdement sur le grand banc dressé devant le cantou. Quelqu'un avait-il déjà remplacé François dans l'esprit de Mathilde ? L'image d'Antoine surgit, mais il la chassa d'un coup de tête. Rien ne lui paraissait possible entre ces deux-là. Elle, si fine, si fragile, ne pouvait être amoureuse de ce garçon un peu fruste, frotté aux vicissitudes de la vie, aguerri par un obscur passé qu'il s'ingéniait à dissimuler. Même s'il travaillait à la perfection, il était de ceux à qui la solitude ne déplaît pas et qui préfèrent se construire un monde avec leurs mains plutôt que de bâtir des rêves autour d'une femme. Rassuré, il sombra dans une torpeur proche du sommeil. Son menton s'affaissait contre sa poitrine et il commençait à glisser de son siège lorsqu'un coup asséné au carreau le tira de son engourdissement. La nuit, trop dense, ne lui permettait pas de distinguer qui venait ainsi le surprendre. Méfiant, il ne bougea pas. Deux nouveaux coups lui confirmèrent qu'on cherchait bien à lui parler. Il se déplaça jusqu'à la fenêtre et, la main en visière contre le carreau, scruta les ténèbres. Une voix d'homme s'éleva :

— Ouvrez, monsieur Martial ! J'ai quelque chose pour vous.

De sa démarche claudicante, Pérol rejoignit la porte. A peine l'avait-il entrebâillée qu'une silhouette trapue, tenant un gros lièvre à bout de bras, se glissa sur le seuil. En reconnaissant le feuillardier, l'artisan eut un sourire et s'effaça.

— Entre !

L'autre s'ébroua comme un chien après la pluie.

— Sale temps ! dit-il en regardant autour de lui comme s'il cherchait où se poser.

Martial lui désigna l'une des chaises qui encadraient la table.

— Assieds-toi ! Je vais sortir de la fine.

L'œil étonné du feuillardier le suivit jusqu'au buffet.

— Vous n'avez plus besoin de béquilles ?

Pérol revenait déjà, portant deux verres et une bouteille.

— Chez nous, déclara-t-il, on est plus solides que les rochers de la Vézère !

Ils trinquèrent en riant. A côté d'eux, sur la table, le lièvre gisait, le cou broyé par les mâchoires d'un piège.

— Fichtre ! continua-t-il. C'est une belle bête. Tu as de la chance de ne pas avoir été pris.

Il saisit l'animal par les oreilles pour aller le mettre à l'abri dans le cellier.

— Dès demain, Jeanne le cuira ; c'est plus prudent ! Bien calé dans nos estomacs, il ne laissera plus de traces.

Son rire s'échappa de nouveau avant qu'il ne reprenne place en face de son hôte.

— Mais, dis-moi, pourquoi me donnes-tu ce lièvre ?

— Comme ça !

Le feuillardier s'empara de la bouteille.

— Je peux ?

D'un signe de tête, Pérol acquiesça. Cet homme lui paraissait étrange. Il avait tout d'une canaille sympathique et redoutable en même temps. Quelles étaient les vraies raisons de sa visite, ce soir ? Il le laissa boire avant de tenter d'en savoir plus.

— Les fûts de Charroux, l'autre nuit, c'était bien toi, n'est-ce pas ?

Son regard était d'une telle intensité que celui du feuillardier se déroba et se perdit dans la contemplation du verre qu'il tournait entre ses mains.

— Charroux doit payer ! lâcha-t-il soudain.

Martial fronça les sourcils. Il avait peur d'apprendre une histoire qui risquait de tout compliquer. Cependant, sa curiosité l'emporta.

— Que sais-tu sur lui ?

Le regard toujours baissé, le feuillardier se mit à raconter :

— Voilà dix ans, un soir, je suis rentré chez moi, ma femme n'était plus là. A l'époque, je possédais une scierie près de Quessac-les-Vignes ; j'y travaillais avec un ouvrier que j'avais moi-même embauché : un compagnon du Tour de France. Un gars robuste et fier que rien ne rebutait, pas même l'envie de prendre les femmes des autres…

Il s'arrêta pour se verser un troisième verre et le vida d'une traite.

— Quand il s'est enfui avec elle, poursuivit-il, j'ai tout quitté. Je n'avais plus de goût à rien.

Sa voix se fit plus sourde :

— Charroux me rappelle celui qui m'a tout pris !

Il repoussa son verre vide et se leva. Martial le vit se diriger vers la cheminée pour replacer l'une des bûches qui avait roulé sur le côté.

— C'est plus fort que moi, acheva-t-il, accroupi devant l'âtre, je me suis juré de venger ceux à qui la même chose est arrivée.

— Pour le moment, protesta Pérol, Charroux n'est parti avec aucune femme.

— C'est pire ! Il les abandonne.

— Tu y vas un peu fort !

Comme piqué au vif, il défia Martial d'un regard aigu.

— Même pour celles qui se jettent dans les rivières ?

L'artisan se tut. Au-dehors, la pluie avait cessé mais

le vent grondait toujours. Ses tourbillons emplissaient la nuit de grands souffles rauques.

— J'y vais ! dit tout à coup le feuillardier.

Il remit la casquette qu'il avait fait sécher près du feu et reboutonna sa veste. Le tonnelier l'accompagna jusqu'à la porte.

— Tu dors chez Jules ?

Il saisit sa musette et l'ajusta sur son épaule.

— Je trouverai peut-être un autre endroit…

L'artisan comprit où il voulait en venir.

— Il y a des bottes de paille dans la remise, indiqua-t-il, juste à côté de la carriole. Avec deux couvertures, ça suffira.

— Je ne dis pas non !

Un sourire l'illumina. Il souleva sa casquette en guise de remerciement.

Au moment où il partait, Martial le rappela :

— Dis-moi, fit-il, un peu gauche, ça ne me regarde peut-être pas mais… tu n'as jamais reçu de nouvelles de ta femme ?

Le feuillardier avait déjà fait un pas au-dehors. Balançant sa musette, le vent fort plaquait sa veste et son pantalon contre lui. Même la nuit semblait gémir sous ses rafales. Il regarda Martial, debout sur le pas de sa porte.

— Il y a huit ans, un gabarier a retrouvé son corps qui flottait dans la Dordogne.

— Ah ! dit seulement Martial.

— Allez ! coupa l'autre en s'éloignant. Bonne nuit, patron !

Longtemps avant de refermer sa porte, Pérol fixa l'air sombre où il avait disparu… puis, d'un pas traînant, il se dirigea vers la table et prit la lampe à pétrole pour monter à l'étage. Quand il entra dans sa chambre, l'image de Mathilde jaillit devant ses yeux et, sans qu'il sache pourquoi, sa gorge se noua.

17

Avec le matin, le vent tomba d'un seul coup. Lavé de ses nuages et de sa pluie froide, le ciel promettait d'être clair.

A peine entré dans la cour de l'atelier, Antoine leva la tête : de grandes traînées roses s'effilochaient au-dessus de Crouzevialle. « Le dégel s'amorce », pensa-t-il. C'est à cet instant qu'il l'aperçut. Il sortait de la remise, encore ébouriffé par sa nuit, et s'étirait en bâillant. Quelque chose émanait de lui qui ressemblait à une satisfaction béate. D'abord, Antoine n'en crut pas ses yeux. Puis, il imagina qu'il avait dû se cacher là, pendant la nuit, et s'avança vers lui.

— As-tu prévenu le patron que tu dormais chez lui ?

Le feuillardier nota son ton agressif ; toutefois il se sentait de taille à résister.

— C'est lui qui me l'a proposé, dit-il en se penchant vers une pompe à eau.

D'une main, il actionna le levier et, de l'autre, s'aspergea la figure.

— Ça réveille, commenta-t-il avant de s'essuyer avec ses manches.

Antoine attendit qu'il finisse. Ce petit homme rusé et fouineur semblait incarner un vrai danger. Depuis peu, il s'ingéniait à être partout sur son chemin et à dicter sa loi. Que cherchait-il ainsi ? Quel but poursuivait-il ?

— Je ne connais même pas ton nom de famille, remarqua-t-il soudain.

Un petit rire accueillit sa phrase.

— Joseph ! Ça suffira.

— Tu as donc quelque chose de si grave à cacher ? continua Charroux.

Le feuillardier, qui avait terminé ses rudimentaires ablutions, pointa le nez vers le ciel.

— Le beau temps sec revient. Peut-être aurons-nous un Noël sous la glace ?

Il ajusta sa musette sur son épaule et, sans plus faire attention à Antoine, marcha vers la grille. Déjà persuadé qu'il était coupable d'avoir saboté ses fûts, Charroux avait un autre soupçon : les deux malfrats qui l'avaient attaqué n'étaient-ils pas ses complices ? En deux enjambées, il se mit devant lui pour lui barrer la route.

— Ecoute-moi bien ! menaça-t-il. Je ne sais pas pourquoi tu m'en veux mais tu me trouveras toujours sur ton chemin.

Le feuillardier réprima une grimace et, sans hâte, sortit une blague à tabac.

— Tu permets ?

Il commença de se rouler une cigarette et, sous l'œil toujours farouche d'Antoine, humecta les bords du fin papier.

— J'ai bien connu Alphonse, ton père, fit-il d'une voix posée. Un grand gaillard dont le savoir-faire dépassait les limites de toute la région…

Avant de poursuivre, pour s'assurer de l'effet de ses paroles, il leva les yeux et vit le visage stupéfait du compagnon.

— Ma saison terminée, reprit-il, je partirai d'ici mais on me connaît partout, j'aurai toujours des choses à raconter aux uns et aux autres…

Avec une politesse affectée, il souleva sa casquette dans un geste qui paraissait dire « nous sommes quittes » et, la cigarette aux lèvres, s'éloigna. A ce moment, Martial apparut sur le pas de sa porte.

— Joseph ! cria-t-il en brandissant une boîte en fer-blanc. Veux-tu de la soupe ? Jeanne en a mis de côté pour toi.

Tranquille, le feuillardier revint sur ses pas.

— Je la mangerai tout à l'heure. Merci.

Il s'empara de la boîte et repassa devant Antoine, qui contemplait la scène, toujours médusé.

— Tu vois, fit-il encore, on m'aime bien ici !

Puis, il se perdit sur la route tandis que, au-dessus de lui, le soleil chassait les dernières lueurs de l'aube.

Quelques jours plus tard, Guéret reçut une carte de Martial. L'artisan n'était pas très loquace et se contentait d'une invitation pour Noël. A part quelques bonnes nouvelles de sa jambe, il ne formulait qu'un regret : malgré son zèle à livrer ses fûts à la date prévue, l'une de ses commandes bourguignonnes n'avait pas été honorée. Il souhaitait donc que François intervienne.

Après l'avoir lue, Guéret posa la carte sur le secrétaire qui ornait sa chambre. Les souvenirs de sa dernière visite à Voutezac remontèrent dans sa mémoire. En la quittant, il s'était à peine excusé auprès de Mathilde. Plus que la honte d'avoir eu affaire à Jules et au compagnon, une indicible colère dirigée contre elle l'avait poussé à partir. Pourquoi refusait-elle ce qu'elle avait attendu si longtemps ? N'était-ce pas son rôle d'épouse que d'accepter de le suivre ? Plusieurs fois, il avait pensé lui écrire une longue lettre mais, sur les conseils du tonnelier, il s'en était abstenu. Le lendemain même de son retour à Brive, un mot très bref de Martial lui conseillait de patienter et de ne pas réagir. « Je m'occupe de tout », terminait-il.

Mais les jours étaient passés sans écho ni retombée d'aucune sorte ; lisses comme la monotonie de l'hiver dans cette maison où Mathilde ne vivait plus.

Il sentit un froid le saisir, et sortit de la chambre pour descendre dans la salle à manger où Marthe avait sans doute rallumé le feu. Maintenant, sa présence le rassurait. Elle venait trois fois par semaine, envoyée par Mme Thyroux avec laquelle il avait renoué une amitié.

Dès qu'il avait commencé à rembourser la dette qu'il devait à Lucien, son fils, cette dame austère et sans âge s'était intéressée à lui. Il n'avait eu qu'à évoquer la fuite de Mathilde pour qu'elle se mette à le considérer avec cet instinct maternel qui ne demandait qu'à se répandre.

François entra dans la pièce où, comme il l'avait prévu, un feu flambait dans la cheminée. A quelques pas de là, sur la table, son couvert attendait. Il s'installa et déplia sa serviette. A cet instant, un bruit de porte lui fit tourner la tête. Marthe arrivait, une soupière fumante entre les mains. Elle lui adressa un sourire et le salua de son inévitable question :

— Comment va Monsieur, aujourd'hui ?

Avant de répondre, il s'amusa à la dévisager pendant qu'elle le servait. Il en était certain, le choix de Mme Thyroux n'était pas innocent. Cette jeune fille saine et brune au teint mat lui avait été envoyée à dessein.

Comme elle sentait son regard trop insistant, une rougeur diffuse teinta ses joues.

— Après le potage, fit-elle soudain, j'ai préparé des côtes d'agneau.

— Tu es une bonne fille, Marthe.

Il plongea sa cuillère dans le liquide et le remua.

— Pourquoi me regardes-tu comme ça ? demanda-t-il alors qu'elle le fixait sans bouger.

— Je voudrais que Monsieur me dise si cette soupe est bonne ou non.

Il porta une cuillerée à ses lèvres, mais à peine avait-il goûté qu'une grimace déforma ses traits et qu'il recracha.

— Qu'as-tu mis là-dedans ? s'écria-t-il en repoussant son assiette. Cette soupe est immangeable !

La jeune servante étouffa un cri avant de bredouiller quelques mots :

— Pardonnez-moi, j'ai dû me tromper, je vais vous apporter autre chose.

« Surtout, supplia-t-elle en enlevant l'assiette, ne dites rien à Mme Thyroux !

Guéret mit la main sur son bras.

— Cela fait combien de temps que tu es ici ?

— Un mois, Monsieur, répondit-elle au bord des larmes.

Il pressa plus fort son bras.

— C'est ta première place, n'est-ce pas ?

D'abord, elle ne fit que hocher la tête puis, dans un souffle, lança un « oui » qui s'acheva dans un sanglot.

Cette fois, la main de Guéret remonta légèrement. Il attendit un instant pour surveiller sa réaction. Comme elle pleurait toujours, il s'enhardit et la tira vers lui jusqu'à l'amener au bord de sa chaise. Puis, il se mit debout et saisit son visage entre ses mains.

— Jolie Marthe, murmura-t-il, si tu le veux, tu seras vite pardonnée…

La jeune fille, qui ravalait ses larmes à grand-peine, lui lança un regard plein de détresse. Quand il approcha ses lèvres des siennes, elle eut un sursaut et s'arracha à son étreinte.

— Non, Monsieur, ce n'est pas bien, il ne faut pas…

En réfrénant son agacement, il désigna son assiette et la soupière qui étaient toujours sur la table.

— Après tout, peut-être que je ne dirai rien à Mme Thyroux…

Une vague de joie détendit le visage de la jeune fille. Elle courut vers la cuisine pour revenir avec le plat de viande et le plaça devant lui.

— Ce sera meilleur !

— J'en suis persuadé, fit Guéret en touchant son dos.

Elle continua de le servir comme si de rien n'était.

— Si Mme Thyroux te fait peur, poursuivit-il, nous nous en passerons. Je t'engage à plein temps.

Au rire libérateur qui fusa de sa gorge, il comprit qu'il avait gagné. Par reconnaissance, ou parce qu'elle voulait racheter ses manques, Marthe fut docile. Il n'en voulait pas davantage. À l'instar de celles qu'il rencontrait durant ses voyages, elle n'était qu'une halte sur son chemin. Ces femmes qui lui cédaient se ressemblaient toutes. Seule la belle Mathilde, qui résistait, déchaînait son désir.

Cinq jours suffirent.

La veille de Noël, il s'éveilla très tôt et se glissa jusqu'à la fenêtre de sa chambre. A travers les persiennes fermées, il aperçut un coin de ciel bleu. La même impression de sérénité l'envahit. Sa décision était prise.

Derrière lui, Marthe s'éveillait à son tour en émergeant des draps froissés. Elle s'appuya sur ses coudes pour le regarder.

— Que fais-tu ? demanda-t-elle avec cette candeur qui commençait déjà à l'agacer.

Il se retourna. Eclairée par la lueur d'une lampe à pétrole, la masse bouclée de ses cheveux noirs soulignait son regard d'enfant. Tout de suite, elle eut un sourire qu'il détesta. Au réveil, n'affichaient-elles pas toutes ce mélange de mièvrerie et de soumission qui augurait d'un avenir déjà tracé ?

Il ne put s'empêcher d'émettre un petit ricanement.

— Pourquoi ris-tu ? demanda-t-elle, un peu boudeuse.

Sans répondre, il quitta la fenêtre et se dirigea vers la porte.

— Dépêche-toi ! ordonna-t-il. J'ai faim.

Quand il se retrouva dans la salle à manger, l'air lui parut glacial. Pour la première fois depuis ces quelques nuits passées avec lui, Marthe n'était pas descendue pour ranimer le feu. Ce comportement sous-entendait l'annexion d'une place qu'il était loin de lui avoir fait miroiter. Il préféra réfréner sa colère et apporta lui-même une bûche dans l'âtre.

Un peu plus tard, lorsqu'elle entra, les flammes étaient déjà hautes dans la cheminée.

— Il fait bon, ici, dit-elle sans marquer d'étonnement.

Puis, elle prit un ton léger pour lui demander ce qu'il désirait manger. Guéret finissait de lire le journal. Excédé, il le reposa avec vivacité.

— Je m'en occuperai moi-même ! gronda-t-il avant de se déplacer jusqu'à la fenêtre d'où il voyait le jardin s'étaler sous une mince couche de gelée blanche.

— Je suis désolé, Marthe, déclara-t-il alors, vous n'êtes plus à mon service. Vos indemnités sont prêtes.

Il n'avait même pas besoin de la dévisager pour se représenter sa pâleur ou son désarroi. Combien de fois déjà n'avait-il pas été témoin de la même scène ?

Il y eut un grand silence, puis il entendit ce qu'il craignait par-dessus tout. Elle pleurait. En peu de temps, ses sanglots dominèrent le crépitement des flammes. Imperturbable, il vint vers elle et glissa quelques billets dans la poche de son tablier.

— Mme Thyroux va te reprendre, rassura-t-il, elle n'a rien à te reprocher.

Comme la jeune fille pleurait encore, il l'entraîna sans brutalité vers la porte et lui tendit la capote d'étamine qui la protégeait du froid.

— Bonne chance, Marthe !

Lorsqu'elle fut au-dehors, il tourna deux fois la clef dans la serrure. Ce n'était pas son retour qu'il redoutait mais il avait besoin de s'isoler. Pendant quelques instants, il écouta le silence de la maison, puis se dirigea vers la cuisine pour y chercher quelque chose à manger. Il avait déjà oublié Marthe et son chagrin devant son rêve brisé. Ses pensées allaient de nouveau vers Mathilde et vers cet ouvrier trop présent autour d'elle. Un doute s'immiscait en lui en même temps qu'une impossibilité à y croire. Cet Antoine et ses tentatives d'approche ne pouvaient la séduire.

Une seule chose lui semblait sûre, il devait aller se rendre compte sur place.

Il prit le train par un temps froid et sec et s'installa en première classe avec la satisfaction de sa réussite. Depuis quelques mois, ses affaires allaient tellement bien qu'il projetait de s'associer. La chance était avec lui ; même au jeu il gagnait régulièrement. Dans cette phase ascendante, Mathilde lui paraissait indispensable. Sa beauté et sa finesse ne pouvaient que le conforter dans cette vie bourgeoise à laquelle il accédait enfin. D'ici peu, avec de la persévérance, il deviendrait l'un des plus importants négociants en vins de la région.

Comme Martial le voulait, grâce à Mathilde, il ferait de sa maison l'un des lieux de réception les plus renommés de la ville. Assis près de la fenêtre du compartiment, il se cala dans son fauteuil capitonné. Ce besoin de gagner, de remporter toutes les victoires, ne lui laissait aucun repos. Une fois de plus, il le menait à l'assaut de celle qui se dérobait.

En gare d'Objat, Martial, qui recommençait à conduire la carriole sur de petites distances, l'attendait. Il l'étreignit avec élan et prit appui sur son épaule pour pouvoir traverser la foule.

— Ce soir, nous nous régalerons, confia-t-il, l'air heureux, cela distraira Mathilde.

— Pourquoi, demanda Guéret en montant dans la carriole, elle ne va pas bien ?

Martial fit une grimace.

— Elle s'ennuie, ici. Je compte sur ton habileté pour la ramener à Brive.

Il donna une secousse sur les rênes pour mettre son cheval au trot. A l'horizon, le soleil déclinait déjà, enflammant le ciel de teintes cuivrées.

Bacchus prit rapidement son allure de croisière. Des couvertures autour des genoux, les deux hommes regardaient défiler la route et le paysage.

— Qui sera là, ce soir ? questionna soudain Guéret.

Une vague inquiétude le saisissait. Autant la rudesse de Martial envers ses ouvriers était légendaire, autant sa largesse pouvait surprendre. Il n'osait pas poser la question qui lui brûlait les lèvres : Antoine était-il invité ?

Le tonnelier parla de Guillaume et de Marie avant d'évoquer la présence de Jules, qui se joignait à eux chaque année depuis la mort de sa mère.

— C'est un bon gars, précisa-t-il, sans lui, l'atelier ne serait pas ce qu'il est aujourd'hui.

Guéret patienta quelques instants comme s'il espérait que Martial en dise plus.

— Et l'autre ? finit-il par demander, un peu méprisant.

— Tu veux parler d'Antoine ?

L'artisan n'obtint pas de réponse. Guéret fixait la croupe du cheval qui oscillait à chaque pas.

— Il est assez sauvage, reprit Martial, je ne pense pas qu'il accepte.

François respira. La prochaine naissance d'un héritier avait calmé les ardeurs belliqueuses de Guillaume à son égard ; et si le compagnon n'assistait pas à cette soirée de réveillon, ce dîner s'annonçait sous les meilleurs auspices.

Lorsque la carriole s'arrêta, le soir s'amorçait. Par endroits, de larges zones d'ombre obscurcissaient le ciel. Une humidité tenace semblait sourdre de la terre comme une vapeur glacée. Frissonnant, Martial descendit le premier et se dirigea vers l'écurie pour en ouvrir la porte. Il allait dételer Bacchus quand il aperçut Etienne et Charroux qui conversaient devant la tonnellerie.

— Antoine ! appela-t-il. Viens !

De loin, le compagnon reconnut la silhouette de Guéret qui se faufilait jusqu'à la maison.

— Je n'en ai pas pour longtemps, dit-il à Etienne, attends-moi !

Il se hâta vers Martial.

— Que fais-tu, ce soir ? demanda aussitôt l'artisan.

— Je suis chez Fraysse.

Pérol, qui s'était courbé pour atteindre l'une des sangles qui ceignaient le ventre de l'animal, se redressa.

— Ça me ferait plaisir que tu sois parmi nous.

— C'est gentil, patron, mais je ne peux accepter.

— Tu t'es engagé auprès de Fraysse ?

Un instant, Antoine contempla la pointe de ses souliers avant de lever les yeux.

— Non. Mais je ne veux pas me retrouver aux côtés de certains…

— C'est Jules qui te dérange, n'est-ce pas ?

Il secoua la tête puis souleva son chapeau comme s'il ne désirait pas discuter.

— Bon Noël, patron !

— Tu es une vraie tête de mule ! lui lança Martial tandis qu'il s'éloignait. Du fond de la cour, les aboiements furieux de Bouleau, qui réclamait sa pitance, rappelèrent l'artisan à l'ordre. Il se détourna pour marcher vers la niche de son chien.

Après l'alose au vin, Jeanne apporta une oie farcie dont la peau croustillante et dorée ruisselait encore d'une graisse frémissante. Autour de la nappe blanche, face à Guéret et à Mathilde, Jules s'efforçait de faire bonne figure. Il avait essayé de décliner l'offre de Martial mais, devant sa réaction, il s'était vite repris.

« Quoi ! s'était écrié l'artisan, tu refuses d'être à ma table ? Partager un Noël avec moi, c'est faire partie de ma famille !

— Je viendrai », avait tout de suite corrigé Jules.

Conforme à lui-même, Martial, qui surveillait les verres, eut le geste généreux. En peu de temps, Jules s'échauffa, rit aux plaisanteries du tonnelier et rapporta des anecdotes entendues à l'auberge. Grâce à la cuisine de Jeanne et aux bouteilles d'un bergerac château-la-jaubertie au puissant bouquet, comme Guillaume, il oublia la présence de Guéret. Ce n'est qu'au moment de découper la traditionnelle tourte de Noël que l'ambiance vira au drame.

— Voici le chef-d'œuvre de Jeanne ! claironna Martial. Il faut trinquer en son honneur !

Aussitôt, Guéret brandit son verre :

— Au talent de Jeanne et au retour de Mathilde à Brive !

Marie et Guillaume applaudirent tandis que Martial jetait un coup d'œil reconnaissant vers sa fille.

En un éclair, la jeune femme fut debout.

— Je ne retournerai pas à Brive ! déclara-t-elle d'une voix forte.

Il n'en fallut pas davantage à Guillaume pour qu'il pouffe de rire en regardant Guéret. Celui-ci devint plus blanc quc la nappe et, sans crier gare, se rua sur lui.

— Je t'interdis de rire ! hurla-t-il en le saisissant par le col de sa chemise.

Avant que quiconque puisse intervenir, ils se

retrouvèrent face à face et l'affrontement commença. Déchaîné, Guéret repoussa Guillaume et lui envoya son poing en pleine figure. En voulant se rattraper à la table, ce dernier tira sur la nappe et fit tomber la tourtière et deux bouteilles de vin qui éclatèrent sur le sol. Devant les cris de Jeanne, Martial et Jules se précipitèrent pour les séparer. L'artisan eut du mal à retenir Guéret qui se débattait avec une énergie redoutable. Enfin, après plusieurs tentatives infructueuses, il réussit à le maîtriser avec l'aide de Jules, et la lutte cessa. Pétrifiées dans un coin, Jeanne et Marie pleuraient. Quant à Mathilde, elle avait disparu.

Encore sous le choc, Martial mit quelques instants avant de réaliser que le repas de fête était gâché. Jeanne s'agenouilla par terre pour ramasser les restes du repas tandis que Marie tenait son ventre rond comme pour le protéger.

— Vessards de Diu ! jura soudain le tonnelier d'une voix tonitruante.

Puis il s'adressa aux deux hommes encore haletants :

— Jamais je ne vous pardonnerai ça !

— Ce n'est pas ma faute, essaya de protester Guillaume.

— Vous êtes coupables tous les deux !

Il se dirigea vers la porte et l'entrouvrit.

— Viens ! fit-il à Jules. On va finir cette soirée ailleurs puisque je ne suis plus le maître chez moi.

Côte à côte, les deux hommes marchèrent dans la nuit sans se parler. Autour d'eux, les fenêtres des maisons brillaient de mille feux. Le temps froid se doublait d'une humidité pénétrante qui glaçait leurs veines.

— Que va-t-on faire ? demanda Martial lorsqu'il entendit les cloches de l'église sonner à toute volée.

Jules n'en avait pas la moindre idée tant il se sentait désorienté par ce qui venait de se passer. Jamais il n'aurait pu prévoir que la soirée s'achèverait ainsi.

— Si on allait à l'auberge ? proposa l'artisan.

L'ouvrier s'arrêta. Ce froid qui le transperçait, la fatigue de sa journée, et le flot des gens qui se rendaient à la messe de minuit, tout cela l'incitait à rentrer chez lui.

— Je vais me coucher, patron. Il ne faut pas m'en vouloir mais cette histoire m'a remué, j'ai besoin de repos.

— Comme tu veux, répondit Martial, déçu.

— Si vous avez besoin de moi, vous savez où me trouver.

L'artisan le regarda traverser la foule et se perdre sur un chemin annexe. Çà et là, quelques chants s'élevaient et des petites flammes de bougies, tenues par des enfants, vacillaient dans la nuit.

Des gens le saluèrent ; il crut même reconnaître Etienne au milieu des siens.

Dans le désarroi qui l'isolait des autres, un bouquet de souvenirs monta en lui. Autrefois, n'avait-il pas accompagné Julie à l'église sur cette même route ? Une émotion l'effleura, qu'il balaya d'un geste. Ce soir, il ne voulait laisser place à aucune faiblesse. Alors, il descendit vers le village du Saillant.

Quand il déboucha près de la maison qu'il cherchait, elle lui sembla déserte. Aucune lumière ne témoignait d'une éventuelle présence. Il se préparait à repartir lorsque l'envie d'en avoir le cœur net le força à s'approcher d'une fenêtre. A travers les volets, il crut entrevoir une lueur qui le décida à frapper contre la porte. Presque aussitôt, Fraysse apparut. Le vigneron, qui ne craignait rien un soir de Noël, souriait. Mais, quand sa lampe éclaira les traits de Martial, il recula, comme face à un danger.

— N'aie pas peur, le rassura l'artisan, je veux juste savoir si Antoine est là.

La méfiance de Fraysse s'accentua : pourquoi Pérol venait-il jusqu'ici, ce soir ?

— Je ne l'ai pas vu, déclara-t-il. Bonne nuit !

Il allait s'effacer pour refermer la porte lorsqu'une main le saisit à l'épaule et que la silhouette du compagnon se dessina dans l'embrasure. Quand Charroux découvrit Martial, une peur irréfléchie le prit :

— Mathilde ?

Voilà des jours qu'il sentait chez elle une sorte de renoncement. Elle ne parlait plus de projets ni même d'avenir. Ce désintérêt, ce manque d'entrain l'effrayaient.

Etonné par sa question, Martial haussa les sourcils. Antoine comprit qu'il faisait fausse route. Pour se donner une contenance, il se tourna vers Fraysse.

— Si l'on buvait un verre tous ensemble ? Ce n'est pas un soir comme les autres…

— Si tu veux, dit le vigneron d'un ton détaché.

Martial entra. Depuis des années, le caractère acariâtre de Fraysse était cité en exemple dans tout le pays. Il ne supportait ni les femmes ni les enfants, et encore moins ceux dont la réussite sociale jetait une ombre sur lui.

Seuls trouvaient grâce à ses yeux les révoltés, ou certains marginaux dont il estimait qu'Antoine faisait partie.

L'intérieur de sa maison lui ressemblait. Le mobilier, réduit à son strict minimum, se composait d'une table, de quelques chaises et d'un coffre posé devant la cheminée. Aucun souvenir, aucune photo n'évoquait son passé ou un quelconque lien affectif. Seul un fusil accroché au mur rappelait, pour qui le connaissait, que le vigneron savait faire régner l'ordre chez lui.

Martial jeta un coup d'œil sur la table. Les reliefs d'un frugal repas garnissaient encore deux assiettes. Une tourte de pain de seigle entamée côtoyait un morceau de fromage. A part deux bouteilles de vin, rien ne suggérait un réveillon. Il eut une grimace moqueuse en s'asseyant.

— Ce n'est pas Vendredi saint, aujourd'hui !

Fraysse, qui empilait assiettes et couverts, s'arrêta.

— Je ne fête jamais Noël !

Il ne laissa même pas le temps au tonnelier de demander pourquoi.

— Je suis né un 25 décembre, continua-t-il, et j'en voudrai au bon Dieu toute ma vie !

Comme pour mieux se faire entendre, il se pencha vers lui.

— Il ne m'a pas demandé mon avis, si tu vois ce que je veux dire ?

Martial n'eut pas à répondre ; Antoine arrivait, un verre à la main. En souriant, il le posa devant l'artisan.

— Fraysse exagère, il a le cœur grand comme ça !

Il écarta ses mains à une bonne distance l'une de l'autre et se mit à rire.

— Si tu n'avais pas été là, ajouta-t-il en regardant le vigneron, qui m'aurait hébergé ?

L'autre grommela avant de déboucher l'une des bouteilles qui trônaient au milieu de la table. Bientôt, on n'entendit que les crépitements du feu et le vin qui chantait en s'écoulant dans les verres.

— Eh bien, moi, déclara soudain Martial en montrant la bouteille, rien que pour ça, je suis heureux !

Les trois hommes trinquèrent, puis Antoine, le premier, se racla la gorge avant de poser la question qu'il retenait depuis tout à l'heure :

— Pourquoi êtes-vous là, patron ?

Martial hésitait à parler devant Fraysse. Entre eux, les rapports avaient toujours été tendus. Un rien pouvait détruire ce rare moment de quiétude et de détente ; il le savait, les remarques venimeuses du vigneron ne manqueraient pas. Il soupira tandis que Fraysse dardait sur lui un regard perçant.

— Les réunions de famille, confia-t-il enfin, sont comme des essaims de guêpes, malheur à qui s'approche trop près !

— Mieux vaut ne pas en avoir ! commenta Fraysse en gratifiant ses hôtes d'une nouvelle rasade qui vida la bouteille.

Aussitôt, il proposa d'aller en chercher une autre dans son cellier.

— Tu es trop accueillant, le nargua Martial, ça cache quelque chose !

Le vigneron, qui marchait déjà vers la porte, se retourna.

— Je n'ai qu'une devise, Pérol : mieux vaut un bon ennemi qu'un mauvais ami !

Le tonnelier attendit qu'il sorte pour s'adresser à Antoine :

— Il a raison, avec lui, on ne se trompe jamais.

Assis en face de lui, le compagnon, qui cherchait toujours un sens à sa visite, l'interrogea de nouveau :

— Si vous êtes ici, c'est qu'il y a eu quelque chose ?

— Guillaume et François se sont battus, lâcha enfin Martial.

Comme s'il avait senti leur besoin de s'isoler, Fraysse ne revenait pas. Antoine commença de jouer avec son couteau tandis que des chants lointains résonnaient à nouveau. Une procession devait s'organiser près de la chapelle.

— Dis-moi, Antoine, reprit l'artisan, tu sais que je te parle comme à un fils…

Charroux reposa son couteau. Le ton trop avenant de sa voix avait quelque chose d'inquiétant.

— Voilà, continua Martial sur un ton enjoué, j'aimerais que tu me portes la même confiance !

Cette fois, Charroux perçut l'imminence d'un danger. Les muscles de son visage tressaillirent.

— Allez ! poursuivit l'artisan en le prenant par un bras. Tu peux bien me le dire aujourd'hui, tu es amoureux de Mathilde !

Par chance, la porte s'ouvrit à ce moment-là, et Fraysse fit irruption, une nouvelle bouteille à la main.

— J'ai eu du mal à la trouver, expliqua-t-il, je l'avais cachée en attendant une bonne occasion.

Décontenancé par son arrivée, Martial eut un vague regard vers la bouteille.

Une seule pensée le préoccupait : comment s'échapper d'ici maintenant que le retour du vigneron empêchait l'aveu qu'il escomptait ? Seules quelques secondes de réflexion lui furent nécessaires ; le temps que Fraysse débouche son pécharmant rouge.

— C'est ma réserve secrète, déclara ce dernier avec fierté, je ne la vends à personne.

Il s'apprêtait à le servir lorsque Martial l'arrêta d'un geste.

— Juste une larme pour ne pas te vexer, ma jambe commence à me faire mal…

Le vigneron éclata de rire.

— Ce vin-là est meilleur que tous les médicaments !

— Si je ne pars pas tout de suite, continua l'artisan, je ne vais plus pouvoir bouger. Je connais trop bien cette douleur. Encore un peu, et elle va devenir si forte que je serai cloué sur ma chaise.

Fraysse reposa sa bouteille et regarda Charroux. Si le tonnelier refusait de goûter ce vin, c'est que l'affaire était grave. La réaction d'Antoine ne fut pas longue à venir ; il se leva et prit les devants :

— Je vais vous raccompagner, patron !

D'autorité, il contourna la table et vint près de Martial pour l'aider à quitter sa chaise. Sous les yeux du vigneron, il empoigna le bras du tonnelier et le passa autour de ses épaules, puis il l'amena vers la porte.

Avant de partir, Martial se retourna pour remercier Fraysse :

— A la prochaine ! Garde-moi une bouteille de ta réserve ! Je te la paierai le prix que tu voudras.

Pour franchir le seuil, il s'appuya de nouveau sur l'épaule d'Antoine.

Quelques secondes plus tard, leurs voix se fondirent dans la nuit.

18

Les chants s'étaient tus. Une à une, les lumières s'éteignaient derrière les fenêtres. Soutenant Martial, Antoine marchait et ne disait plus rien. Au-dessus d'eux, la voûte du ciel s'étendait dans une couleur d'encre où ne brillait aucune étoile.

— Drôle de Noël ! s'exclama soudain Martial.

Il s'arrêta pour regarder autour de lui. Antoine en profita pour souffler.

— Ce n'est plus très loin, maintenant.

Il se rapprocha de l'artisan pour l'aider de nouveau mais ce dernier s'écarta.

— Je crois que je vais pouvoir continuer seul…

— Vous n'avez plus mal ?

Le tonnelier esquissa un sourire avant de donner une petite bourrade à Charroux.

— Je n'ai pas mal mais il fallait bien que je trouve une excuse pour partir.

Face à lui, sur cette route déserte, Martial parvenait à ses fins. Ni l'obscurité ni le froid ne faisaient obstacle à ce qu'il avait imaginé. Au contraire, cet isolement allait favoriser les confidences. Il eut ce geste qu'il répétait souvent : une pression affectueuse de sa main sur l'épaule du compagnon.

— Maintenant que nous sommes seuls, fit-il, tu peux me le dire. Mathilde te plaît, n'est-ce pas ?

A part un imperceptible sursaut, Antoine ne se trahit pas :

— Je pense qu'elle doit plaire à beaucoup d'hommes.

— Mais toi, insista Martial en serrant plus fort son épaule, elle te plaît particulièrement ?

Le compagnon comprit qu'il n'allait pas céder de sitôt. Quelque chose avait dû se déclencher dans son esprit. Il lui fallait le nom du coupable qui retenait Mathilde.

— Je ne vois pas où vous voulez en venir, patron.

La main de Martial se desserra et ses yeux fixèrent le sol.

— Dommage ! regretta-t-il. Je croyais que nous étions amis.

Il laissa passer un temps, puis se redressa, l'œil vif à nouveau.

— Après tout, j'aurais peut-être aimé qu'elle te choisisse.

Comme Antoine ne réagissait pas, il lui souhaita bonne nuit et se détourna.

Pendant quelques instants, le compagnon suivit sa haute silhouette qui s'enfonçait dans la nuit en claudiquant. Lorsqu'elle disparut, happée par l'ombre, il ne put réprimer un soupir de soulagement.

— Sacré gaillard ! murmura-t-il, et il se mit à rire tout haut.

Sur le chemin, Martial tirait un peu la jambe. Il avait beau chercher à les éviter, chaque aspérité, chaque caillou rencontré sous ses pas lui causait une douleur. Le père Tricard l'avait prévenu : « Même après, tu garderas un baromètre au genou ! » Cette souffrance se doublait du froid et du vide de la nuit ; et c'était bien ce qui le touchait le plus : ce sentiment de n'avoir rien pu dominer ni maîtriser. Lorsqu'il arriva près de chez lui, aucune lumière ne filtrait à travers les volets clos. Il se demandait comment s'était achevée la soirée quand une voix le héla à voix basse.

— Martial, c'est moi !

Presque en même temps, la silhouette de Guéret se dressa devant lui. Malgré l'obscurité, il remarqua ses traits tirés et son teint pâle ; mais la rancune l'oppressait encore.

— Tu n'aurais pas dû m'attendre ! fit-il sur un ton cassant.

Guéret semblait transi de froid. Se dandinant d'un pied sur l'autre, il avait relevé le col de sa redingote et glissé ses mains sous ses aisselles.

— Je voulais te voir avant de quitter le pays.

— Tu veux dire que tu ne vas plus revenir ?

Pas une minute, Martial n'avait songé à cette éventualité. Si François renonçait à Mathilde, tout l'avenir s'écroulait. Leur association dissoute, la tonnellerie reprendrait ses modestes activités et rien ne pourrait empêcher la concurrence de se réinstaller.

— Rentrons pour discuter, l'invita-t-il, tu te réchaufferas !

— Non. Ma décision est prise, se défendit Guéret. J'ai perdu Mathilde. Elle a quelqu'un d'autre en tête.

Le ton de sa voix paraissait si ferme que Martial ne savait plus quoi répondre. Une dernière fois, il tenta de le raisonner :

— Elle ne t'a pas remplacé. Je saurai la faire changer, laisse-moi un peu de temps !

— Maintenant, j'ai compris. C'est trop tard.

Guéret inspira puis abrégea leur conversation de manière un peu brusque :

— Bonne nuit ! Je vais à l'auberge. Dès demain à la première heure, je repartirai à Brive.

Sans s'appesantir davantage, il fit volte-face et, par crainte d'être rejoint, disparut en courant.

A peine quelques minutes plus tard, Martial s'allongeait tout habillé sur son lit.

L'aube se levait quand l'artisan descendit dans la salle. Pour se mettre en forme, il s'aspergea le visage d'eau froide puis décrocha la tourte de pain de sa huche. Après en avoir découpé une large tranche, il but un verre de vin et dénicha un reste de fromage qu'il mangea debout, face à la fenêtre. Puis il s'échappa vers l'écurie où dormait Bacchus. En passant dans la cour, il fit une halte près de la niche de Bouleau pour le caresser et lui donner un morceau de fromage.

— Tiens, dit-il, pour toi aussi, c'est Noël !

En signe de reconnaissance, le chien émit quelques jappements qui accompagnèrent Martial jusqu'à l'écurie. Dans une lumière encore indécise, il entreprit de harnacher Bacchus et de l'atteler à la carriole. Enfin, sous les yeux de Jeanne qui ouvrait ses volets, il encouragea son cheval à prendre la direction de l'auberge.

Plusieurs fois, sur le trajet, il palpa la poche intérieure de sa veste. Quand il tira sur les rênes pour arrêter la carriole, seules quelques lumières clignotaient çà et là aux façades des maisons. Au-dessus du bourg, le ciel encore voilé d'ombre s'étendait comme une nappe uniformément grise. Il estima qu'il était trop tôt pour que Guéret fût déjà parti et poussa la porte de l'auberge. A genoux, manches relevées, la servante lavait le sol à grande eau.

— Vous êtes bien matinal ! s'exclama-t-elle.

Martial jeta un coup d'œil circulaire. Pour sûr, il était bien le premier à entrer ici en ce matin de Noël !

— Je cherche François Guéret, il a dû louer une chambre pour la nuit.

Abandonnant sa brosse, la jeune femme se redressa pour le regarder. Martial savait qu'elle travaillait depuis peu à l'auberge. Reynal, le patron, l'avait engagée par compassion quelques semaines auparavant.

« Une pauvre fille, avait-il confié à l'artisan, elle élève seule un enfant sans père.

— Elle n'a pas de famille ?

— Si, mais je ne peux pas t'en dire plus. »

Leurs propos n'étaient pas allés plus loin.

La servante essuya ses mains sur son tablier puis haussa les épaules. Elle ne semblait pas connaître le nom des gens qui dormaient à l'étage. En attendant que quelqu'un le renseigne, Martial manifesta son désir de s'asseoir et de manger quelque chose. Dès qu'il fut installé, elle se dirigea vers la grande cheminée où somnolait un petit feu et souleva le couvercle d'une marmite en fonte dont le contenu mijotait doucement. Elle versa alors quelques louches de soupe dans un bol qu'elle vint poser devant lui.

— Ça sent bon ! dit-il.

Avant qu'il ne s'apprête à goûter, il remarqua qu'elle le fixait, debout à côté de la table. Une idée lui traversa l'esprit.

— Et si je vous demandais de m'accompagner ? proposa-t-il. Personne ne vous en fera grief, aujourd'hui, j'y veillerai !

— Je veux bien, répondit-elle avec une promptitude qui l'étonna.

Elle amena un autre bol, ainsi que du pain et une bouteille, et prit place en face de lui avant de commencer à manger avec avidité.

— Vous aviez faim !

Sa remarque la troubla. Elle rougit et reposa sa cuillère.

— Non, non, j'ai du travail qui m'attend, c'est tout.

— Il y a des jours où l'appétit ne se commande pas ! constata Martial en pensant qu'elle ne devait pas manger tous les jours à sa faim.

Au bout de quelques minutes, il apprit qu'elle se prénommait Suzanne et qu'elle avait dix-neuf ans.

— Ma fille en a vingt, renchérit-il, et bientôt, je serai même grand-père !

Contre toute attente, le visage de la jeune femme se rembrunit.

— J'ai dit quelque chose qui ne va pas ?

Elle se leva pour débarrasser la table.

— Ce n'est rien, le rassura-t-elle, mais j'ai encore beaucoup de travail à faire et les clients ne vont pas tarder.

Comme elle se dépêchait de partir, Martial la retint par un bras.

— Vous êtes si jeune, la vie ne doit pas être facile avec un enfant… Vous n'avez donc personne pour vous aider ?

Elle tourna son regard vers la fenêtre. A travers la

vitre, on apercevait un coin de ciel éclairé par une lumière encore pâle.

— Le plus difficile, ce n'est pas d'être seule, fit-elle, c'est de ne pas pouvoir répondre aux questions d'un enfant...

Pendant quelques secondes, un profond silence envahit la salle. Même au-dehors, aucun bruit ne s'élevait. Le bourg paraissait tout engourdi dans une étrange torpeur.

— Vous n'avez aucune famille ? insista Martial.

— Mon nom est Fraysse, lâcha-t-elle soudain, je suis la fille du vigneron. Tout le monde le sait, par ici.

L'artisan, abasourdi, écarquilla les yeux mais elle s'était déjà échappée vers le fond de la salle où traînait encore sa brosse. Il ne resta pas longtemps ainsi pétrifié, une voix forte s'éleva derrière lui :

— Tu es tombé de ton lit, Pérol ?

L'aubergiste, qui venait d'entrer, s'approchait de lui, la mine réjouie.

Martial n'eut même pas à le questionner. D'un coup de menton, Reynal lui désigna l'étage.

— Il dort là-haut, dans la première chambre à droite.

— Merci, répondit le tonnelier, c'est pour lui que je suis venu.

Il se dirigea vers l'escalier et monta les marches une à une tandis que Reynal, emporté par sa bonne humeur, commençait à chanter.

A peine arrivé sur le palier, Martial se retrouva face à Guéret qui sortait de sa chambre.

— Je ne peux pas te laisser partir comme ça, expliqua-t-il tout de suite, je suis venu avec ma carriole pour t'accompagner jusqu'à la gare.

Ensemble, ils redescendirent vers la salle où plusieurs habitués buvaient déjà. L'un d'eux, un peu éméché, crut bon d'ironiser en voyant Guéret :

— Il n'y a donc pas de place dans le lit de ta fille, Pérol ?

Des rires gras s'égrenèrent autour de lui tandis qu'une flambée de colère embrasait Martial :

— Si tu ne te tais pas, persifla-t-il, ta place à toi sera bientôt ici !

D'une main, il lui montra le sol et, de l'autre, le menaça de son poing fermé.

— Continue ! acheva-t-il. Et on va voir !

Aussitôt, le buveur recula d'un pas.

— C'est bon, calme-toi ! Je plaisantais.

L'aubergiste, qui voulait éviter un affrontement, intervint :

— J'offre une tournée !

Des cris de joie le remercièrent. Martial en profita pour s'éclipser en compagnie de Guéret.

Quand ils grimpèrent dans la carriole, un petit soleil réchauffait le jour.

Avant de mettre Bacchus au trot, l'artisan examina le ciel.

— Regarde, dit-il en pointant son doigt, ces petits nuages apporteront la pluie en fin de matinée.

Guéret sourit. Qui mieux que lui pouvait prévoir les changements de temps ou discerner les prémices des saisons ? Plus d'un vigneron venait le consulter pour protéger ses vignes et parer aux intempéries. En apprenant à choisir les meilleurs bois, il avait arpenté, foulé chaque parcelle de terre et scruté le ciel. Sa vie s'était construite là, à l'air libre, au détour d'une futaie ou d'une clairière, sous la pluie ou dans ces grandes bourrasques de vent qui embrassent plateaux et vallées d'un seul souffle. Combien de fois déjà ne lui avait-il raconté ces escapades faites avec son père, lorsque ce dernier lui répétait qu'il serait le plus réputé des tonneliers ?

Bacchus commença de trotter le long de la route. Bientôt, il dépassa des groupes de fidèles qui se rendaient à l'église. Au milieu des pèlerines sombres, les coiffes et bonnettes blanches amidonnées luisaient sous le soleil. Leurs missels sous le bras, des femmes tenaient par la main des petites filles emmitouflées dans des capes ou des garçonnets dont les pantalons trop courts découvraient des sabots neufs. Et tout ce petit monde se hâtait, appelé par les cloches des églises et des chapelles environnantes qui carillonnaient à l'unisson.

Assis côte à côte dans la carriole, Martial et François ne se parlaient guère mais l'artisan avait son plan en tête. De temps à autre, il palpait la poche intérieure de sa veste ou pensait encore à Suzanne et à ce qu'il avait appris. Il aurait donné beaucoup pour connaître les tenants et les aboutissants de cette histoire. Comment Fraysse avait-il pu abandonner sa propre fille ?

Alors que se profilaient les premières maisons d'Objat, il se souvint des paroles du vigneron, qui ne fêtait jamais son anniversaire. Le fardeau de sa vie, n'étaient-ce pas sa fille et son enfant sans père ?

— On arrive ! constata soudain Guéret.

Martial dirigea Bacchus à travers les voitures et les carrioles qui se pressaient autour de la gare. Quand il arrêta son cheval, Guéret se tourna pour prendre sa valise, posée à l'arrière.

— Merci de m'avoir amené jusqu'ici, dit-il, mais je ne crois pas que cela puisse changer grand-chose.

Les rênes encore en main, Martial s'inquiéta :

— Tu veux toujours renoncer à Mathilde ?

— C'est elle qui renonce à moi, corrigea-t-il.

Il baissa les yeux, comme absorbé par la contemplation d'un point fixe sur le plancher de la carriole. Lorsqu'il les releva, Martial serrait quelque chose.

— Tiens, fit l'artisan, c'est pour toi. Tu vas en avoir besoin.

D'office, il plaça une liasse de billets pliés sur ses genoux. D'abord ébahi, Guéret n'eut pas de réaction mais quand le vent souleva quelques feuillets, par crainte qu'ils ne s'envolent, il plaqua sa main sur eux.

— Il y a au moins mille francs, estima-t-il, c'est trop ! Pourquoi fais-tu cela ?

— Par les temps qui courent, on ne sait jamais, prends-les !

Il fit semblant de s'occuper de Bacchus mais son œil averti discerna tout de suite la lutte qui se jouait dans l'esprit de son gendre. Au bout de quelques instants, il comprit qu'il avait visé juste lorsque François effeuilla un à un les billets pour les compter.

— Mille francs ! C'est bien ce que je disais, je ne vais pas pouvoir te rembourser de sitôt.

L'artisan, qui s'appliquait à vérifier le harnais de son cheval, le rassura :

— Tu ne me dois rien.

Sa courte nuit lui avait porté conseil. D'après ce qu'avait raconté Mathilde, il savait que Guéret n'allait pas refuser cet argent. N'était-ce pas le meilleur moyen d'acheter sa patience et d'éviter ce divorce dont il ne voulait pas entendre parler ?

Avec rapidité, François empocha l'argent et quitta la carriole. Sur le quai, prêt au départ, le train crachait déjà ses fumées opaques. Guéret étreignit Martial en le remerciant une nouvelle fois.

— Je ne sais pas ce que je vais faire de cet argent, précisa-t-il, mais ton geste me touche.

Il enfonça son chapeau et se dirigea vers le compartiment de première classe. Avant de monter sur le marchepied, il se retourna.

— Dès demain, je t'envoie de nouvelles commandes.

Il hésita un petit moment, le temps d'une brève réflexion, puis continua :

— Ne t'inquiète pas pour Mathilde, rien ne presse !

Un sourire satisfait sur les lèvres, Martial attendit qu'il s'installe. Quand les sifflements du train retentirent et que les wagons s'ébranlèrent, il agita la main jusqu'à ce que le train disparaisse puis décida de rentrer.

Curieusement, sa jambe ne le gênait presque plus tant il se sentait léger.

La joie d'avoir pu arranger ce qui, hier encore, lui paraissait perdu, lui redonnait du courage. D'un geste plein d'allant, il secoua les rênes pour faire avancer Bacchus. Malgré les premières gouttes de pluie et le vent qui se renforçait, il se mit à fredonner la chanson que l'aubergiste chantait.

19

C'est un peu avant l'entrée du bourg qu'il prit sa décision.

Au-dessus de lui, un amoncellement de nuages plombait le ciel et une pluie drue tombait, fouettant la carriole et Bacchus. Martial avait enfilé la cape qu'il emmenait toujours avec lui, mais son visage et ses mains ruisselaient de gouttes. Au passage, sans le faire exprès, il éclaboussa des marcheurs qui longeaient le bas-côté de la route. Il les entendit pester contre lui mais n'y prit pas garde. Une seule idée le préoccupait : arriver à temps.

Pour aller plus vite, il emprunta le chemin qui contournait le cimetière. De grandes flaques boueuses s'étalaient sur le sol détrempé. Par endroits, les roues de la carriole patinèrent sur place ; il fut obligé de manier le fouet et d'encourager son cheval de vigoureux « Hue ! Ma bête, hue ! » qui amusèrent quelques gamins passant par là. Enfin, le carillon de l'église sonnait la none lorsqu'il l'aperçut. Elle courait sous la pluie battante, un simple châle serré autour de sa tête et de ses épaules. Il pressa Bacchus.

— Suzanne, s'écria-t-il, attendez-moi !

Elle s'abrita sous les branches d'un chêne et se retourna.

Martial arrêta son cheval et se pencha.

— Est-ce que je peux vous rapprocher ?

Il vit un doute traverser ses yeux et comprit qu'elle se méfiait.

— Merci, répondit-elle, mais je ne vais pas loin.

Elle allait repartir quand la pluie redoubla, l'obligeant à se coller contre l'arbre. Aussitôt, Martial lui tendit le parapluie noir de Jeanne qu'elle laissait toujours dans le fond de la carriole.

— Avec ça, vous serez protégée.

Comme elle acceptait de le prendre, il lui proposa une nouvelle fois de monter.

— Par ce mauvais temps, je veux bien, finit-elle par dire. Je vais à côté de la scierie, chez la mère Soulier, elle me loue une chambre et garde mon fils dans la journée.

Elle s'assit à ses côtés tandis qu'il remettait la carriole en route.

— La mère Soulier est une fameuse sage-femme, commenta-t-il, elle a mis mes enfants au monde. Dommage qu'elle n'exerce plus !

A l'abri sous le parapluie ouvert, Suzanne sourit sans répondre. Martial patienta quelques minutes, le temps que la pluie diminue d'intensité et que le ciel redevienne plus clair. Puis, n'y tenant plus, il posa la question qui le tourmentait :

— Cela ne me regarde peut-être pas, mais depuis ce matin, je me demande comment vous faites pour vivre seule avec votre enfant.

— Ce n'est pas toujours facile, soupira-t-elle, je suis revenue au pays avant que l'aubergiste ne m'embauche. Un seul véritable ami m'a aidée sans que je lui demande quoi que ce soit…

Martial la dévisagea. Qui, dans le bourg, pouvait être ce bienfaiteur ?

— Tout le monde le connaît par ici, précisa-t-elle, chaque hiver, il travaille dans les bois.

En une fraction de seconde, un nom et un visage s'imposèrent à lui :

— C'est Joseph, le feuillardier !

Suzanne partit d'un grand rire qui découvrit de petites dents fines comme celles d'un enfant.

— Vous voyez bien, vous aussi, vous le connaissez !

Sa spontanéité et sa fraîcheur avaient quelque chose d'émouvant qui le déconcertait. Au moment où elle descendit de la carriole, il glissa dans la poche de son tablier le seul billet de cent francs qu'il avait gardé sur lui.

— C'est pour le Noël du petit, expliqua-t-il.

Puis, sans même lui donner le temps de réagir, il mit Bacchus au galop. La carriole fit une embardée avant de s'éloigner à vive allure.

Derrière elle, Suzanne brandissait en vain le parapluie oublié.

Peu à peu, les gouttes de pluie s'espacèrent. Quelques trouées bleues dans le ciel laissèrent prévoir une accalmie. Autour de la carriole, le sol exhalait une odeur de mousse humide et de glaise fraîche. Martial arrêta Bacchus au bord d'un chemin pour humer les senteurs de la terre. Jamais il n'avait pensé à quitter ce pays. Au fil des jours, des saisons, il était devenu une partie de lui. Il laissa errer son regard entre les rangées d'arbres et quelques talus dénudés. Tout ce qu'il venait de vivre lui semblait irréel. Il avait suffi que Suzanne se présente sur sa route pour que, d'un seul coup, le temps chavire. En pensant à elle, il pensait aussi à Mathilde. Qu'aurait-il fait à la place de Fraysse si elle était venue lui annoncer qu'elle attendait un enfant ? Il frissonna. Cette idée lui était tellement insupportable qu'il la chassa de son esprit avant d'encourager son cheval à repartir. A présent, un vent plus froid cinglait son visage et ses mains. En s'approchant de la tonnellerie, il crut reconnaître le feuillardier qui marchait le long d'un chemin, mais ce n'était que le cantonnier qui revenait du village voisin. Presque déçu, il manœuvra pour engager la carriole dans la cour sans s'apercevoir que quelqu'un le guettait derrière la grille.

Seul le sentiment d'une présence le força à se tourner.

— Antoine ! Que fais-tu ici ?

Emmitouflé dans une grosse veste dont l'un des revers s'ornait du ruban de sa confrérie, le compagnon tenait sa canne au pommeau torsadé. Sa tenue des grands jours alerta Martial.

— Diable ! continua-t-il. Te voilà paré pour un défilé !

En se moquant, il s'extirpa de la carriole mais refusa de s'appuyer sur le bras que Charroux lui tendait.

— Merci. Ma jambe va bien, dit-il un peu sèchement.

Il n'aimait pas le voir habillé ainsi pour lui rappeler ce qu'il n'avait jamais pu être. A chaque fois, quelque chose se fermait en lui et la contrariété le rendait cassant. Sans le regarder, il prit son cheval par une bride de son harnais pour le mener vers l'écurie.

— C'est donc si important ce que tu veux me dire ?

— Je crois que oui, répondit Antoine.

Le visage fermé, l'artisan donna du foin à Bacchus tandis que Charroux se postait à l'entrée du petit bâtiment.

— Rentre, invita Martial, nous pourrons parler.

Antoine obtempéra à contrecœur. Il pressentait déjà ce qui allait se passer. En faisant autre chose, le tonnelier affichait son désintérêt. Sa tactique était toujours la même, c'était sa façon de dominer les situations gênantes. Le compagnon s'assit sur l'une des bottes de foin qui se trouvaient là et se mit à jouer avec sa canne.

— Alors, « l'Ami fier », l'apostropha tout à coup Martial, je t'écoute !

Une main sur la croupe de son cheval, il dardait sur lui un regard froid. Son visage était empreint d'une expression à la fois hautaine et goguenarde.

Alors, le désir qui avait poussé Antoine jusqu'ici s'évanouit. Rien ne sortirait de cette confrontation où l'artisan s'acharnait à prouver sa supériorité. Il réalisa qu'il avait fait fausse route et que les emblèmes qu'il arborait ne contribuaient qu'à le desservir. Il quitta la botte de foin où il s'était posé et se dirigea vers la porte.

— Ça peut attendre un autre jour, lâcha-t-il sur un ton laconique, rien ne presse.

Martial le suivit des yeux. Qu'avait-il donc voulu lui dire ?

Au moment où il franchissait le seuil, une idée germa dans sa tête.

— Antoine ! rappela-t-il. Tu es vêtu comme pour une demande en mariage.

Presque au-dehors, Charroux s'arrêta de marcher. Le vent rabattait le ruban attaché à sa boutonnière et s'engouffrait sous son large chapeau en soulevant quelques boucles de ses cheveux bruns qui dépassaient. La fin de l'après-midi dessinait de larges taches d'ombre autour de lui. Son long silence renforça Martial dans ses prémonitions. Certain d'avoir découvert le vrai but de sa démarche, il s'avança vers lui et planta son regard dans le sien.

— Mathilde ne sera jamais à toi, gronda-t-il. Tu es peut-être le meilleur ouvrier de l'atelier mais je suis encore le maître chez moi.

Il se tenait si près que, malgré le vent, Antoine sentait la chaleur de son souffle. Une envie soudaine de le frapper comme il l'avait déjà fait montait en lui. A la flamme qui s'alluma dans ses yeux, Martial devina son intention. Aussitôt, il baissa la voix :

— Allez, fit-il sur un ton conciliant, beau gars comme tu es, elles doivent toutes te courir après…

Il se mit à rire et, dans un geste à la fois paternel et amical, l'entoura de son bras pour l'entraîner vers la tonnellerie.

De loin, il lui désigna la porte fermée et le tas de bois qui séchait sous l'auvent.

— Si tu sais bien t'y prendre, continua-t-il en se tenant toujours près de lui, peut-être qu'un jour nous serons associés.

— Peut-être, reprit seulement Charroux, qui comprenait le dessein de l'artisan : lui faire abandonner toute vue sur Mathilde avec, à la clef, l'assurance d'un confortable avenir.

— Tu vois, insista-t-il avec une malice calculée, j'avais pensé à toi comme héritier mais, avec la prochaine naissance de mon petit-fils, tout a changé. Alors, si je t'associe à mon affaire, tu ne seras pas perdant.

Dans la pénombre qui s'accentuait, il scruta le visage du compagnon pour voir l'effet produit par ses paroles. Mais, les yeux rivés à l'atelier, Antoine se taisait.

— Bon, acheva-t-il, tu y réfléchiras !

Désormais assuré de contrôler la situation, il le laissa pour rentrer chez lui.

— J'étais juste venu vous proposer d'autres fabrications, s'écria Charroux dans son dos, je sais aussi faire des cuves ou des bassiots[1] et même des baquets pour les tanneurs !

Martial s'immobilisa avant de pivoter sur lui-même. A quelques pas de lui, la silhouette du compagnon s'estompait déjà dans l'air du soir.

— Bonne nuit, patron ! entendit-il. Nous en reparlerons demain.

— Bougre d'eifouni[2], marmonna l'artisan entre ses dents, il m'a encore possédé !

Les semaines suivantes, les lettres et les commandes de Guéret arrivèrent avec une régularité exemplaire. En dépit de l'argent investi, Martial avait réussi à atteindre son objectif. Guéret, qui avait repris ses voyages à travers la France et la Belgique, écrivait même qu'il envisageait de dépasser les frontières du Rhin. Se sentant redevable, il se consacrait à rehausser son image de marque auprès de Martial et, du coup, ne parlait plus du retour de Mathilde dans leur maison de Brive.

Il était bien le seul négociant à vendre les produits de la vigne et à proposer aux viticulteurs qui le rémunéraient les fûts de l'atelier Pérol. L'artisan connaissait ses difficultés. Combien de ces vignerons rechignaient à signer des commandes pour une tonnellerie corrézienne dont ils n'avaient jamais entendu parler ? Seules la force de sa persuasion et sa réputation de bon vendeur venaient à bout de bien des doutes et des tergiversations.

1. Récipients qui reçoivent l'eau-de-vie.
2. Bougre d'idiot.

L'hiver s'acheva dans une activité incessante durant laquelle l'atelier produisit sans relâche. Puis, un matin, en ouvrant ses volets, Martial décela l'apparition du printemps comme un lièvre qu'on débusque. Un imperceptible froissement d'herbes, une agitation furtive près d'une haie, et la terre, réveillée de son engourdissement, lui renvoyèrent les promesses d'une vie nouvelle. Alors, il sut que sa jambe était guérie et, tout heureux, descendit le premier dans la salle. Comme chaque année, ce renouveau entrait en lui en l'inondant d'une énergie libératrice. Il se tailla une large tranche de pain qu'il accompagna, pour moitié, de lard finement coupé et, pour l'autre, d'un bon morceau de fromage. Même le vin qu'il se versa avait le goût annonciateur de la belle saison. Pour ne pas être en reste, il décida d'inviter ses ouvriers à fêter le printemps autour d'une bonne bouteille. N'était-ce pas le meilleur moyen d'encourager leur ardeur au travail ?

Dès qu'il reconnut le pas de Jeanne dans l'escalier, il sortit pour aller ouvrir la porte de l'atelier. A peine au-dehors, il inspira l'air frais avec lenteur, puis se remit à marcher, plus guilleret. Comme il avançait le dos tourné à la grille, il ne vit rien d'anormal, ce n'est que le grincement des gonds en fer qui l'avertit. Deux gendarmes, ceux-là mêmes qui étaient déjà venus, se dirigeaient vers lui. Une fois de plus, il pensa à Jules et à Charroux. Quelle faute avaient-ils commise cette fois-ci ? L'un des gendarmes porta deux doigts à son képi pour le saluer ; c'est alors qu'il aperçut un homme de petite taille qui semblait se terrer, derrière lui, menottes aux poignets. Il se pencha et, stupéfait, reconnut le feuillardier qui lui adressait un sourire contraint.

— Monsieur Pérol, dit l'un des gendarmes, vous avez déjà vu cet homme, n'est-ce pas ?

— Oui, répondit Martial, prudent, beaucoup le connaissent par ici...

— Il affirme que vous êtes amis et que vous pouvez vous porter garant de son intégrité.

Derrière les trois hommes, Etienne et Antoine poussaient la grille à leur tour. L'artisan leur fit un geste pour qu'ils gardent leurs distances. Mieux valait qu'ils ne s'en mêlent pas.

A ce moment, le deuxième gendarme fouilla dans la sacoche qu'il portait en bandoulière et sortit la dépouille encore chaude d'un faisan qu'il montra à tout le groupe.

— Voilà ce qu'on a trouvé sur lui, ce matin ! Et ce n'est pas fini…

Quelques rires s'échappèrent de l'attroupement qui s'était formé devant la grille. Uniformes et menottes suscitaient toujours la même curiosité. Cette fois, le gendarme exhiba deux jupons en dentelle et des mouchoirs brodés. Les rires s'intensifièrent.

— La mercière a été formelle, expliqua-t-il, elle l'a vu les voler sur son étal.

Martial lui-même eut du mal à réprimer un sourire. Comment imaginer ce falot aux mains calleuses et courtaudes en train de toucher ces tissus fins et blancs ?

— C'est suffisant pour le mettre sous les verrous, commenta enfin le gendarme.

Espérant une intervention salutaire, le feuillardier jeta un coup d'œil suppliant vers Martial. Dans l'embarras qui le gagnait, l'artisan se souvint du lièvre offert, de sa chair à la fois ferme et délicate cuisinée par Jeanne avec une sauce aux herbes et au vin. Il en salivait encore.

— Allez ! coupa-t-il soudain à l'adresse des deux gendarmes. Entrez boire quelque chose ! Il faut que nous fêtions le début des beaux jours !

La réputation de sa cave n'était plus à faire, les deux hommes acceptèrent de le suivre. Pour la circonstance, il choisit l'une de ses meilleures bouteilles qu'il déboucha en la vantant comme un trésor.

Un silence recueilli salua la première gorgée. Les gendarmes échangèrent un regard tandis que le feuillardier, toujours attaché, baissait la tête avec obstination, comme s'il savait que son sort se jouait là.

— Alors, votre avis, messieurs ? demanda Martial.

Des moues admiratives s'ébauchèrent sur leurs

visages. Presque en même temps, ils repoussèrent leurs képis vers l'arrière.

— Vous méritez votre renommée, Pérol, déclara le gradé.

Sans attendre, Martial remplit de nouveau leurs verres et trinqua avec eux. A cette heure matinale, l'effet du vin ne tarda pas à se faire sentir. En une demi-heure, les deux hommes avaient dégrafé leur cape, retroussé leurs manches et buvaient en compagnie du feuillardier, libéré. Martial racontait des histoires drôles, de chasse et de futaille, vécues au hasard de ses promenades ou de ses livraisons. Bientôt, il apprit que deux autres filous, se réclamant du feuillardier, avaient été arrêtés dans un hameau voisin. Il pensa aux agresseurs d'Antoine mais n'en souffla pas mot. Entre deux rires, les gendarmes évoquèrent leurs menus larcins comme de simples bons tours.

— Ils sont moins dangereux, confièrent-ils, que certains vagabonds prêts à tuer pour de l'argent.

Au bout de trois bouteilles, leurs éclats de voix mêlés de rires traversèrent les murs. Sous l'auvent de la remise où elle accrochait du linge, Jeanne les entendait comme si la fenêtre était ouverte.

Même dans l'atelier, Antoine comprit que Martial essayait encore de sauver le coupable. Contrarié, il rabroua Etienne plusieurs fois et faillit se blesser avec une scie. Enfin, quand la porte de la maison s'ouvrit, il se précipita pour voir.

Leurs capes négligemment posées sur le bras, les deux hommes prenaient congé de l'artisan en le remerciant. Face au soleil tiède qui couronnait le ciel de mars, ils clignèrent des yeux et placèrent leurs mains en visière pour regarder la route. Charroux se faufila sur le côté de la maison.

— Alors, c'est sûr, entendit-il, tu quittes le pays ?

L'un des gendarmes questionnait le feuillardier sous l'œil attentif de Martial. A l'abri de leurs regards, Antoine les épiait sans rien perdre de leurs échanges.

— Oui, répondit l'autre, avec la belle saison, je vais

chercher à me louer comme saisonnier dans une ferme d'un pays voisin.

— Il n'est pas méchant, intervint Pérol, j'en connais de bien pires qui courent toujours…

— C'est vrai, reconnut le gradé, mais quand même, cela fait deux fois qu'il nous berne.

— A la troisième, reprit Martial, c'est à moi qu'il aura affaire ! Si vous me le permettez, messieurs ?

Qui ne savait par ici que le tonnelier pouvait être aussi redoutable que clément ?

— C'est bon, soupira le gradé, puisqu'il quitte le pays, on ne veut plus en entendre parler.

Libre, une fois de plus, le feuillardier marcha vers la route à pas pressés. En apercevant Jules, qui était debout à l'entrée de la tonnellerie, il agita la main dans sa direction et s'en fut. Son départ perturbait Charroux. Loin d'être neutralisé, il pouvait encore sévir. Le compagnon attendit que Martial raccompagne les deux gendarmes, toujours gais et volubiles, jusqu'à la grille pour regagner l'atelier. Lorsqu'il arriva près de la porte, Jules montrait à Etienne la sacoche de l'un des gendarmes et s'esclaffait. Du rabat mal fermé, les plumes du faisan dépassaient avec un bout de dentelle blanche.

— Ce soir, il y aura fête chez lui ! s'exclama-t-il.

Le rire d'Etienne se joignit au sien. Seul Antoine s'attela au travail sans broncher.

20

Mathilde avait établi ses points de repère dans la cabane. Malgré l'inconfort, cet endroit était devenu le lien secret qui l'unissait à Antoine. De cette vie bourgeoise, dont son père avait tant rêvé pour elle, ne restait aujourd'hui que cette passion cachée qui rongeait ses jours dans une clandestinité forcée.

Sans doute à cause de la vigueur nouvelle qui coulait en lui, aussi impétueuse que des eaux en crue, Martial se remit en tête de la distraire. Un soir, il chercha un conseil auprès de Jeanne. Elle lavait la vaisselle lorsqu'il quitta le banc placé devant la cheminée. Abandonnant *L'Indépendant de la Corrèze*, son journal habituel, il enfonça les mains dans ses poches et se mit à marcher, pensif.

— Est-ce que Mathilde te parle ? demanda-t-il soudain.

— Que voulez-vous dire ?

— De jour en jour, un fossé se creuse entre elle et moi…

Il s'arrêta près de la fenêtre. Une pluie fine commençait à frapper les volets. Sans qu'il se l'explique, une impression de vide s'abattit sur lui. La rancœur de Mathilde, son mutisme, les longues journées qu'elle passait seule, enfermée dans sa chambre, le déconcertaient. La préférence qu'il avait toujours ressentie pour elle étouffait sur pied comme une plante qui se dessèche faute d'être alimentée.

— Mais toi, reprit-il, tu es une femme, tu dois savoir…

Jeanne posa l'assiette qu'elle essuyait, le temps de trouver ses mots.

— Il vaudrait mieux la séparer de celui qu'elle n'aime plus, se risqua-t-elle à dire, et la laisser trouver son bonheur.

Sa phrase le dérouta. De quel bonheur pouvait-il s'agir, alors qu'elle ne paraissait manifester ni désir ni goût pour qui que ce soit ?

— Tu veux parler du choix d'un autre homme ?

— Pourquoi pas ? fit Jeanne en s'emparant de la bassine d'eau sale pour aller la vider dehors.

Martial la regarda ouvrir la porte et s'échapper vers la cour. Quelque chose lui disait qu'elle en savait plus qu'elle ne voulait l'avouer. Lorsqu'elle revint, il était toujours debout à la même place.

— Elle a peut-être un gentil garçon en tête ? interrogea-t-il dans l'espoir d'en apprendre plus.

— Un gentil garçon, souligna Jeanne, c'est avant tout un jeune homme qui a de la fortune, n'est-ce pas ?

— Bien sûr ! Les saltimbanques ou les gagne-petit n'entreront jamais chez les Pérol !

— Alors, vous ne pensez pas à son bonheur, mais à votre intérêt !

— Toutes ces histoires me fatiguent, se plaignit-il. Demain, j'ai une dure journée.

Et, sans rien ajouter, il monta vers sa chambre.

Malgré l'obscurité et le silence, il ne réussit pas à s'endormir tout de suite. Longtemps, il écouta le bruit de la pluie contre les volets fermés. Ce qui l'étonnait le plus, c'était de se rendre compte que le départ du feuillardier le peinait. Mieux que Jules, ce petit homme avec lequel il partageait la même blessure, la perte brutale d'une épouse et son cortège de chagrin, l'aurait sans doute conseillé.

Lorsqu'il réussit à fermer les yeux, le ciel blanchissait déjà au-dessus des toits et des tintements lointains de clochettes signalaient l'arrivée des troupeaux dans les pâturages.

De l'autre côté du bourg, Jules, lui, n'avait pas cessé de veiller.

Il avait eu beau s'allonger, chercher à fermer les yeux, le sommeil n'était pas venu. Au bout de plusieurs heures, il s'était levé pour boire un peu d'eau puis il s'était assis devant la cheminée où la paillasse du feuillardier traînait encore.

C'était bien son absence qui l'empêchait de dormir. Le voir partir libre l'avait soulagé, mais son empreinte flottait encore entre les murs. Il ne comprenait pas pourquoi il s'était autant attaché à sa présence. En dépit des disputes et des désaccords, de vrais liens s'étaient noués entre eux. Lorsqu'il avait évoqué le couple que formaient Antoine et Mathilde, le feuillardier avait juste hoché la tête d'un air entendu. « Il paiera ! Il paiera ! » avait-il seulement répété.

Puis, après un silence, il avait précisé que c'était dommage pour Mathilde mais qu'on n'y pouvait pas grand-chose et Jules n'avait rien appris de plus. Cet homme, rompu à toutes les ruses, détenait des renseignements sur les uns et les autres que tous ignoraient. En ne les livrant qu'avec parcimonie, il se réservait le meilleur rôle : celui de faire croire qu'il était dans le secret des dieux.

Dérouté, Jules marcha jusqu'à la fenêtre. Au loin, le chant d'un coq saluait déjà le jour. Encore un peu, et il faudrait reprendre le chemin de la tonnellerie. Ce n'étaient ni le courage ni l'ardeur qui le désertaient ; seule l'implacable volonté de Martial à garder Charroux le minait. Plus les jours passaient, plus il s'en persuadait : le compagnon manœuvrait dans l'ombre pour obtenir Mathilde et des parts dans la tonnellerie. L'unique événement qui pouvait encore éviter le pire devait être la prochaine naissance de l'héritier tant attendu par Martial. Ce petit Pérol suffirait à remettre Charroux à sa place. Rien que d'y penser, il se sentait déjà plus léger.

Tout au long du jour, comme il le faisait depuis quelque temps, il travailla aux côtés d'Etienne sans adresser la moindre parole au compagnon. Au moment de la pause, Martial se moqua d'eux en les traitant de chien et de chat, mais son rire provocateur était teinté d'irritation. Jules le ressentit comme un avertissement. Combien de temps l'artisan supporterait-il encore ce climat tendu ?

Quand Mathilde vint apporter le repas, l'ouvrier fut frappé par sa pâleur et ses pommettes saillantes. Son visage et sa silhouette amincis témoignaient de son manque d'appétit et d'entrain.

Pour la première fois, Martial la rabroua un peu sèchement, les pommes de terre, qui accompagnaient le plat de viande, n'étant pas assez cuites à son goût.

— Ce n'est pas moi qui prépare le repas, se contenta-t-elle de rappeler.

Mais l'artisan persévéra :

— Si tu es ici, gronda-t-il, au moins que cela serve à quelque chose !

Vexée, la jeune femme prit la fuite. Alors, le tonnelier referma son couteau.

— Il est temps de se remettre au travail ! ordonna-t-il.

A toute vitesse, Etienne avala sa dernière bouchée avant de le suivre. Il l'avait déjà deviné : durant le reste de la journée, aucun des trois hommes n'aurait droit à l'erreur.

Personne ne sut si ce qui arriva fut le résultat de cette peur ou celui d'un trop grand désir de bien faire. Soudain, en plein milieu de l'après-midi, Martial, qui vérifiait le jointage de plusieurs tonneaux, se mit à gesticuler.

— Arrête ! hurla-t-il.

D'emblée, Etienne comprit qu'il s'adressait à lui et ne bougea plus. Chacun de leur côté, Jules et Antoine firent de même. Le visage en feu, l'artisan s'approcha de l'apprenti, qui n'osait même plus respirer.

— Tu viens de saccager mes meilleures douelles ! s'écria-t-il en l'empoignant par le col de sa chemise pour l'écarter.

Dans son saisissement, Etienne laissa tomber la scie

qu'il tenait, ce qui déclencha un nouvel accès de colère chez Martial :

— Et en plus, tu abîmes les outils !

Presque tremblant, l'artisan se pencha vers les morceaux de bois qui venaient d'être découpés et les ramassa.

— Il faut trente ans pour faire un beau chêne comme ça, fit-il plus bas, et deux malheureux coups de scie pour les réduire à néant.

Sa voix vibrait. Jules savait que son emportement n'avait d'égal que sa douleur presque physique devant un bois mal découpé qui devenait inutilisable. De rage, il jeta les douelles sur le sol.

— Décidément, persifla-t-il, je me suis trompé, tu ne seras jamais un vrai tonnelier !

Il tendit son doigt en direction de la porte.

— Déguerpis ! Je ne veux plus te voir !

La tête basse, l'apprenti s'exécuta mais, quand il passa près d'Antoine, deux larmes roulaient sur ses joues. Charroux le retint par un bras :

— Ne pars pas !

Cette fois, le visage de Martial se décomposa. Il allait répliquer avec violence lorsque la porte s'ouvrit et Jeanne, affolée, surgit.

— Marie est en douleurs ! s'écria-t-elle. Et la jeune sage-femme dit que l'enfant ne se présente pas bien.

La surprise les cloua tous sur place. Martial essaya bien de courir mais une douleur fulgurante lui déchira la jambe. Il s'appuya contre un mur en grimaçant alors que Jules tentait de l'aider.

— Ce n'est rien, se défendit-il, j'ai oublié que je n'étais pas un cabri !

Un rire de dérision le secoua avant qu'il ne se remette à marcher en boitillant. Au moment de sortir, il regarda Etienne et Antoine qui l'observaient.

— Le devoir m'appelle, nous réglerons tout ça demain, messieurs !

Puis il se hâta vers la carriole qui attendait devant la grille.

Jeanne voulut l'accompagner mais il lui conseilla de rester pour surveiller l'atelier.

— A mon retour, dit-il, tu me raconteras comment ils se sont comportés.

Il désirait aller seul chez la vieille Marguerite Soulier pour tenter de la convaincre. Il se souvenait encore avec précision de la façon dont elle avait œuvré à la naissance de Guillaume. Pour lui aussi, on avait craint le pire. En l'absence du médecin, retenu à Objat, elle avait pu sauver l'enfant et sa mère sans autre aide que son sang-froid et son expérience. Quand il tambourina contre sa porte, méfiante, elle pointa son nez dans l'embrasure.

— Je suis venu vous chercher, dit-il, mon petit-fils ne se présente pas bien…

— Il faut un médecin, je suis trop vieille, à présent. Elle ouvrit toute grande la porte et montra ses doigts déformés par les rhumatismes.

— Vous voyez, je ne vous mens pas.

Mais il ne voulait rien entendre. Le temps d'aller jusqu'à Objat et l'enfant pouvait mourir ; chaque minute paraissait interminable.

— Je vous en prie, supplia-t-il, la sage-femme qui est auprès de ma bru n'a pas vos longues années de pratique, vous pourrez la conseiller, au moins.

Sa mine défaite et la sincérité de sa voix la touchèrent. Elle finit par se diriger vers sa cheminée devant laquelle un berceau en bois était posé.

— J'arrive, je m'occupe du petit.

Martial comprit qu'il s'agissait du bébé de Suzanne. Elle enroula deux sangles autour du berceau pour empêcher l'enfant de tomber, puis rejoignit l'artisan.

La carriole faillit verser tant Pérol forçait l'allure.

Quand il l'arrêta devant la ferme, située à l'entrée de Vertougit, l'artisan aperçut son fils qui marchait de long en large dans la cour. En découvrant la vieille femme qui accompagnait son père, Guillaume eut un mouvement de recul. Voilà longtemps qu'il ne l'avait revue. Petite et maigre, son tablier encore noué sur sa longue jupe grise, elle ressemblait à une herbe flétrie. Il la trouva étrangement vieille. Seuls ses yeux éclairaient son visage ridé. Il l'embrassa avec réticence.

— Tu n'as pas changé ! fit-elle d'une voix espiègle. Tu as la figure aussi renfrognée qu'à ton premier jour !

Elle voulut se tourner vers Martial pour rire avec lui, mais il la poussa avec fermeté en direction de la maison.

— Ne perdez pas de temps !

La mère Soulier avait mis au monde plus de la moitié des jeunes du bourg et des hameaux voisins. A trois ou quatre lieues à la ronde, sa réputation d'accoucheuse n'était plus à faire. Lorsqu'il la vit entrer dans la ferme, Guillaume fouilla dans la poche de sa veste et sortit une blague à tabac pour en proposer à son père. Depuis la soirée agitée de Noël, les deux hommes ne s'étaient guère parlé, mais l'heure n'était ni aux reproches ni aux règlements de comptes.

— Il devait naître plus tard, dit Guillaume en humectant le papier de sa cigarette, il ne sera pas à son terme.

Martial regarda vers l'étage. Derrière les volets clos de la chambre, sous la lumière d'une ou deux lampes à pétrole, il se représenta les femmes qui assistaient Marie, luttant comme elle pouvait. De faibles plaintes lui parvenaient sans qu'il pût distinguer s'il s'agissait du vent qui s'intensifiait ou des gémissements de la jeune mère qui traversaient les murs.

— Dans ces moments-là, continua Guillaume d'une voix triste, on ne sert à rien.

Martial posa une main sur son épaule et désigna le banc installé devant la grange.

— Asseyons-nous ! l'invita-t-il, elles viendront nous chercher.

Sans doute était-ce l'une des rares fois qu'il osait un geste tendre envers son fils. Au fil des ans, une incompréhension mutuelle avait creusé un gouffre entre eux. Et de se retrouver côte à côte, tendus vers le même espoir, les laissait presque sans voix. Un soupir s'échappa des lèvres de l'artisan.

— C'est que j'en ai besoin de ce pichou !

L'émotion de sa voix trahissait son malaise. Il avait

refusé la cigarette de Guillaume mais, pour patienter, il se préparait à priser. Là-haut, peut-être une lutte contre la mort s'engageait-elle ?

Le jour faiblissait quand Mathilde arriva. Profitant de la carriole d'un voisin, elle n'avait pu rester sans nouvelles. Un grand châle jeté autour de ses épaules, elle courut vers eux.

— Y a-t-il du nouveau ?

Ni Martial ni Guillaume ne furent capables de la renseigner. A la vue des nombreux mégots qui jonchaient le sol, elle comprit que, depuis des heures, rien n'avait changé. C'est alors qu'un cri strident franchit l'épaisseur des murs et vibra jusque dans la cour. Mathilde rentra la tête dans les épaules tandis que Martial et Guillaume, alarmés, fixaient la fenêtre.

— Il faut que j'aille voir, dit Guillaume.

Il n'avança que de quelques pas. Tout à coup, deux mains écartèrent les volets, et la tête d'une voisine apparut.

— L'enfant est là ! s'écria-t-elle.

Dans son dos, les vagissements sonores d'un nouveau-né perçaient déjà l'atmosphère confinée de la pièce. Suivie par Martial et Guillaume, Mathilde s'élança.

A l'intérieur, ils se heurtèrent à la première sage-femme qui descendait de l'étage, une bassine recouverte d'un linge entre les mains. Elle ne permit qu'à Guillaume de monter.

— Comment va l'enfant ? interrogea Martial. Il est en bonne santé, n'est-ce pas ?

La jeune femme eut une moue.

— L'enfant, oui, mais la mère…

— Le médecin a promis d'être là d'un moment à l'autre, les rassura Mathilde.

— Il vaut mieux, commenta-t-elle avant d'aller remplir sa bassine avec l'eau tenue au chaud dans la cheminée.

En prenant garde de ne pas la renverser, elle voulut de nouveau accéder à l'étage, mais Martial lui barra la route.

— Je voudrais voir mon petit-fils !

Placide, elle lui adressa un sourire narquois :

— Pour votre tonnellerie, monsieur Pérol, vous devrez encore attendre, c'est une petite-fille qui vous est née !

Et, comme si de rien n'était, elle le contourna et reprit sa montée.

21

Le soir tombait quand le médecin arriva. Il laissa sa voiture et son demi-sang près de la ferme et pénétra dans la cour, une sacoche en cuir à la main. En le croisant, Martial, qui s'en allait, s'excusa :

— Ma place n'est plus ici, je ne peux pas servir à grand-chose.

Comme Mathilde s'approchait, il lui confia la carriole et Bacchus pour faciliter son retour et s'en fut à pied.

Sur la route, il fut presque content de marcher dans la lumière tamisée du crépuscule qui le préservait des regards. Plus que le combat de Marie, pour laquelle, il le savait, il ne pouvait rien, la venue au monde de cette petite-fille le terrassait. D'abord, il avait eu du mal à y croire : « Que dites-vous ? s'était-il écrié. C'est une plaisanterie, n'est-ce pas ? »

Mais, tout en montant l'escalier, la sage-femme avait confirmé la nouvelle. Alors, il avait senti quelque chose se briser en lui, l'entailler comme une pointe qui s'enfoncerait dans sa chair, et il avait serré les dents. A présent, le long des arbres qui bordaient la route, dans cette nature pleine de sève et de vie qui s'endormait, paisible, le sentiment d'une malédiction alourdissait ses pas.

Aucune des deux sages-femmes ne lui avait caché la vérité. Si Marie s'en sortait, il ne serait plus question pour elle d'avoir d'autres enfants.

Il en était sûr, on le punissait. Il se souvint des crucifix décrochés et brûlés avec leur buis, après la mort de Julie. Qui d'autre que la justice divine pouvait ainsi s'acharner sur lui ? Inquiet, il leva les yeux. La fraîcheur grandissait autour de lui et quelques piaillements d'oiseaux se répercutaient dans les arbres. Pour ne pas rester seul, il décida de prendre le raccourci qui menait à l'auberge et s'engagea sur le chemin qui débouchait près du bourg. Après avoir dépassé quelques hêtres, il se faufila à travers des taillis touffus qui obstruaient le passage et s'arrêta, stoppé dans son élan. A deux pas de lui, des flammes s'échappaient par la fenêtre d'une maison. Devant elle, pour tenter d'éteindre l'incendie, des hommes et des femmes se passaient des seaux d'eau tirés d'un puits. Le souffle coupé, il réalisa que c'était la maison de la mère Soulier qui brûlait. Alors, malgré la douleur qui tiraillait sa jambe, il courut pour les aider. Une seule image, une seule expression s'accrochait à ses lèvres : sauver l'enfant de Suzanne !

— Vite, vite ! se mit-il à hurler en arrachant un seau des mains d'une femme.

Il se battait et s'acharnait avec la fougue du désespoir : celui de son rêve anéanti. Pour se sentir de nouveau utile, il lui fallait coûte que coûte arracher cet enfant à une mort certaine. De tous, il fut le plus tenace. Lorsque le feu s'éteignit enfin, il leva la main le premier pour faire cesser les efforts. Tous, hommes et femmes, se regardèrent. Ceux qui avaient essayé de forcer le barrage des flammes avaient encore le visage noir de suie, les autres tentaient de reprendre haleine. Dans ses efforts, Martial avait perdu son chapeau et des mèches de ses cheveux gris se collaient à son front mouillé de sueur. Au cœur de la nuit, la maison ressemblait à une grande carcasse fumante d'où pendaient des poutres à moitié calcinées. L'un des hommes s'approcha.

— Il ne doit plus rien rester là-dedans…

— L'enfant ? questionna seulement Martial, l'air hagard.

Il se tenait face à la maison, les bras ballants, la veste

déchirée et les doigts endoloris par les nombreux seaux portés. Autour de lui, les gens parlaient ou s'interrogeaient sur l'origine du sinistre mais il ne les entendait pas.

Quelques lampes-tempête s'allumèrent. Deux hommes déblayèrent les décombres et réussirent à se frayer un passage à l'intérieur, mais ils ressortirent en secouant la tête avec gravité.

— Il n'y a plus rien, annonça l'un d'eux.

Les femmes se signèrent et se mirent à genoux. Entre quelques ultimes craquements et la chute des derniers gravats, leurs voix s'unirent dans un murmure monotone. A l'écart, une main sur le visage, Martial pleurait.

Il resta là une bonne partie de la nuit, juste assez pour voir une carriole amener le curé ; puis tout se brouilla, comme si sa mémoire refusait les cris, les lamentations de la mère Soulier et de Suzanne, arrivées peu après. Quand un voisin le déposa chez lui, il n'avait plus conscience du temps. A Jeanne qui l'avait attendu, il demanda plusieurs fois s'il faisait jour ou nuit. Mathilde lui prépara un breuvage additionné d'une poudre préconisée par le médecin pour le faire dormir. Dès l'annonce de la naissance, à sa figure mortifiée et à son teint blême, elle avait compris qu'il faudrait l'intervention de celui qu'il abhorrait.

Etendu sur son lit, Martial continua de délirer. Puis, sous l'effet du sédatif, il finit par s'endormir, ânonnant encore quelques paroles inaudibles. Assise près de son lit, Mathilde le veilla jusqu'au matin.

Il n'était pas loin de midi lorsqu'il s'éveilla. Le soleil s'infiltrait à travers les persiennes, dessinant sur le sol de longs rais clairs. Il s'accouda sur son oreiller.

— Les fûts ! s'écria-t-il. Les fûts à livrer !

Mathilde, qui s'était assoupie depuis peu, sursauta.

— Calmez-vous, père ! Jules et Antoine doivent s'en occuper.

Il bondit de son lit pour ouvrir les volets mais la forte lumière du soleil l'aveugla. Au moment où il détournait la tête, tout le drame de la nuit déferla devant ses yeux. Mathilde le vit se crisper.

— Marie va bien, s'empressa-t-elle de dire comme si elle voulait lui annoncer la nouvelle qui le rassurerait.

Il ne répondit pas et referma la fenêtre avant de frotter ses joues noircies de barbe.

— Tant mieux ! fit-il à voix basse.

— Et le médecin a dit que le bébé deviendrait une belle petite fille !

Il n'eut ni l'envie ni le courage de renchérir. A la place, une constatation douloureuse émergeait en lui : s'il n'était pas venu chercher la mère Soulier, l'enfant de Suzanne serait encore en vie.

— Va te reposer, conseilla-t-il à Mathilde, tu dois être fatiguée.

Il la remercia encore du mal qu'elle s'était donné, puis décida de rejoindre la tonnellerie.

Quand il sortit de la maison, la tiédeur du jour le surprit. Des hirondelles planaient au-dessus des vergers. Le contraste entre la nuit et le jour en paraissait encore plus saisissant. La voix de Jules qui l'appelait ne le fit pas réagir tout de suite, ce n'est qu'en le voyant hisser des fûts sur la charrette qu'il réalisa que, pour lui comme pour les autres, la vie continuait.

— J'arrive ! cria-t-il.

Après quelques enjambées, il s'empara d'un tonneau de trois cents litres qu'il roula d'un seul mouvement dans le fond de la voiture.

A sa figure marquée, Jules devina les ravages de sa déception.

Tôt le matin, Jeanne était venue jusque chez lui pour le prévenir. Elle quittait Guillaume et mêlait des larmes de joie et de tristesse. D'un côté, Marie et sa petite fille lui apportaient le goût d'un bonheur presque familial, mais de l'autre, la souffrance de Martial la bouleversait. Jules l'avait consolée comme il pouvait avant de repartir avec elle vers la tonnellerie. Un voisin, rencontré sur la route, leur avait raconté comment l'artisan s'était battu toute la nuit pour venir à bout de l'incendie. Sa détermination et son courage n'avaient échappé à personne. Tous ceux qui l'avaient entouré vantaient encore sa vaillance et son cran.

Une fois le chargement des fûts terminé, Jules remarqua le visage de plus en plus blafard de Martial.

— Il fait beau, patron, dit-il, vous devriez aller vous promener. Je vais conduire moi-même la charrette jusqu'à Objat.

— Je ne suis ni à ménager ni à plaindre ! lança Pérol sur un ton irrité.

L'ouvrier se réfugia dans un silence prudent tandis que Martial contrôlait l'assise des fûts. Après avoir fait le tour de la voiture, l'artisan se rapprocha de lui.

— Je crois que je vais vendre la tonnellerie, lâcha-t-il d'une voix sourde.

Le vent, qui s'était levé, jouait dans la crinière de Bacchus et ramenait des odeurs de bois sec en provenance de l'atelier. Jules se demanda s'il avait bien entendu.

— Que dites-vous, patron ?

Martial fixait l'horizon au-delà de la grille et des vergers qui brillaient comme des carrés de soie verte. Son visage avait une expression lointaine, presque détachée.

— Le ciel m'avertit que je dois tirer ma révérence…

Jules n'esquissait plus un geste, n'articulait plus un mot. Jamais, il n'avait vu Martial dans un tel état de renoncement.

— Personne ne peut affirmer que vous n'aurez pas d'autre héritier, se risqua-t-il à dire.

Pérol eut un ricanement.

— Sur qui dois-je compter, à présent ? Va donc porter ces fûts ! acheva-t-il. J'ai mieux à faire.

Et, sans autre explication, il s'en alla vers la route.

Jules hésitait à le rattraper. Près de lui, la charrette était prête et le train qui devait transporter les fûts à destination ne tarderait pas à entrer en gare. Mentalement, il calcula le temps qui lui restait et la distance à parcourir. Il n'avait pas le choix : à lui seul, Etienne ne pouvait assurer le voyage ; quant à Charroux, il avait une commande à finir pour le soir même. Malgré son embarras, il grimpa dans la carriole pour faire avancer Bacchus.

— Tant pis ! estima-t-il. Les fûts avant tout !

La journée s'étira dans une douceur presque estivale. En se promenant dans le jardin, Mathilde découvrit des papillons qui voletaient. Avec ses bruits habituels, la tonnellerie avait repris son rythme. Quand Jules revint d'Objat, le cintrage de quatre barriques occupa tout son après-midi. Il eut à peine le temps de penser à Martial et misa sur son inépuisable énergie pour le sortir de son marasme. Pérol n'avait-il pas souvent prouvé qu'il était de la même veine que ces chênes sauvages dont il palpait l'écorce avec émotion ?

L'angélus égrenait son lent carillon quand Jeanne entra dans l'atelier.

Etienne, trop content de ne pas avoir été inquiété par l'artisan, était déjà parti. Seuls Jules et Antoine finissaient un travail en cours.

— Je viens de m'en rendre compte, déclara-t-elle d'une voix blanche, il a pris son fusil !

Les deux hommes se dévisagèrent. La chasse était fermée ; pour quelle raison Martial avait-il emporté cette arme ? Jeanne paraissait si nerveuse que Jules crut qu'elle allait pleurer.

— Je n'ai rien dit à Mathilde, souffla-t-elle, surtout ne parlez pas non plus !

Antoine ôta son long tablier.

— Je vais passer par l'auberge et, s'il ne s'y trouve pas, j'irai jeter un coup d'œil dans les bois.

— Je viens avec toi, fit aussitôt Jules.

En l'assurant qu'ils seraient vite de retour, ils quittèrent Jeanne et prirent la direction de l'auberge. Une première déception les attendait. Personne ici n'avait aperçu Martial. Devant leurs mines préoccupées, deux vignerons proposèrent de se joindre à eux pour les recherches. L'un d'eux était celui qui avait raccompagné l'artisan après l'incendie.

— Je ne l'ai jamais vu aussi épuisé, raconta-t-il. J'ai

eu l'impression que sa tête et son corps s'étaient vidés d'un seul coup !

Le père Reynal, qui avait toujours ressenti une certaine sympathie pour lui, s'offrit également de les suivre. Arpenter les bois et les gorges autour du bourg nécessitait d'être à plusieurs et il fallait faire vite avant la nuit.

Trois hommes, dont Jules, se dirigèrent vers les gorges de la Vézère tandis que l'aubergiste et Antoine se rendaient dans les massifs boisés où l'artisan aimait chasser. Dès la tombée de la nuit, tous convinrent de se regrouper à l'entrée du bois, près d'une grosse pierre qu'on disait sacrée.

Avec le père Reynal dans son sillage, Antoine ne put prendre l'allure qu'il voulait. L'aubergiste, assez corpulent, n'avait guère l'habitude de ce genre de randonnée et s'essoufflait à chaque montée un peu raide. De temps en temps, Charroux s'arrêtait pour mettre ses mains en porte-voix : « Patron ! criait-il, où êtes-vous ? »

Sa voix se perdait entre les arbres, provoquant des fuites affolées d'oiseaux ou de petits animaux à travers les buissons. Derrière lui, l'aubergiste peinait mais tenait bon.

— Des années que je le connais, confiait-il entre deux souffles, je sais tout de sa vie…

Il reprenait haleine, regardait autour de lui.

— A des lieues à la ronde, c'est le meilleur tonnelier !

Ravalant son inquiétude, Antoine progressait sans parler. Le jour qui s'éteignait ne facilitait pas la tâche. Encore un peu et, faute de clarté, le soir interromprait les investigations. Découragé, le compagnon appela de nouveau Martial, sans résultat. Alors, Reynal le tira par l'une de ses manches.

— On ne le trouvera plus, maintenant. Faisons demitour !

Antoine comprit qu'il était fatigué. Lui-même, après sa journée de travail, avançait péniblement. Une dernière fois, il observa les arbres qui se dressaient autour de lui. L'ombre de plus en plus dense empêchait de discerner quoi que ce soit à plus de quelques pas.

— Rentrons ! reprit l'aubergiste. Il est trop tard.

D'en bas leur parvenaient déjà les appels de ceux qui se regroupaient, bredouilles.

Charroux écarta les bras en signe d'impuissance :

— Je pensais bien qu'il serait ici. C'est là qu'il venait chasser avec son chien.

— Il faut avertir les gendarmes, conseilla Reynal, nous ne pouvons plus rien.

A regret, ils rebroussèrent chemin en direction du point de ralliement. Mais, tandis qu'ils descendaient avec précaution, un bruissement proche de feuilles et de broussailles les alerta. Antoine redouta la présence d'une laie protégeant ses petits.

— Dépêchons-nous ! fit-il.

Tant bien que mal, Reynal essaya de courir. En le voyant se démener comme un gros insecte malhabile, le compagnon réalisa qu'il risquait d'être attaqué le premier. Alors, il s'empara d'un bâton qui traînait par terre.

— Allez chercher de l'aide ! ordonna-t-il. Je vais essayer de la mettre en fuite.

— D'accord ! répondit l'autre en s'efforçant d'accélérer l'allure.

Une boule au fond de la gorge, Antoine se prépara. Devant lui, il le pressentait, l'animal furieux franchissait les derniers taillis. Chaque craquement de branchages, chaque halètement indiquait qu'il se rapprochait. Le compagnon déglutit avec peine tant il savait que le déchaînement de ces bêtes pouvait atteindre de redoutables proportions. Il n'espérait qu'une chose : que les renforts arrivent !

Le frémissement d'un dernier buisson acheva de le renseigner sur la proximité de l'animal. Tous ses muscles se tendirent et ses mains serrèrent le bâton avec force.

A une vingtaine de pas devant lui, une petite forme apparut. Dans la lumière affaiblie du soir, il crut qu'il ne s'agissait que d'un jeune sanglier et respira. L'alerte avait été chaude. Abandonnant sa position de combat, il se redressa et passa la main sur son front. C'est à cet instant qu'il entendit des plaintes qui ressemblaient à des couinements. L'animal parut se coucher sur le sol.

— Bouleau ! s'exclama Antoine.

Deux jappements lui répondirent et le chien rampa vers lui, la langue pendante.

Pendant quelques secondes, il le caressa et le flatta avec une joie qui mêlait soulagement et reconnaissance. Puis, il se douta que Martial n'était pas loin et suivit Bouleau le long d'un sentier ombragé. Ils débouchèrent sur une trouée où des troncs de hêtres et de châtaigniers, récemment coupés, jonchaient le sol. Sur l'un d'eux, Martial était assis, son fusil posé en équilibre à côté de lui.

— Qui est là ? fit-il soudain en saisissant son arme.

— C'est moi, patron, je vous cherche depuis tout à l'heure…

— Va-t'en ! Je n'ai besoin de personne.

Autour de l'artisan, l'obscurité, qui grandissait, donnait aux arbres tombés des formes d'épaves échouées. Antoine les compara à des coques de bateaux fracassées par la tempête. Dans ce décor presque irréel, surplombé par un ciel où s'allumaient quelques étoiles, Martial ressemblait à un vieux capitaine sombrant avec son navire.

Le compagnon adoucit sa voix pour ne pas le brusquer.

— Jules, le père Reynal et les autres ne vont pas tarder, on est venus pour vous ramener. Vous ne pouvez pas rester ici.

Pérol parut se voûter. Il se recroquevilla sur lui-même en gardant la tête basse. Il semblait vouloir s'enferrer dans cette forêt comme un animal s'isole pour mourir. Là, au milieu de ces arbres, il atteignait enfin sa plénitude et le but de son sacrifice.

— Va-t'en ! répéta-t-il. Je suis foutu.

Antoine ne céda pas d'un pouce. Quelque chose le poussait à persévérer. Ce gaillard, cette force de la nature, même chancelante, n'avait pas tout à fait baissé les bras.

— Vous ne pouvez pas abandonner comme ça. On vous attend.

— Qu'ils viennent donc sonner l'hallali ! reprit Martial sans le regarder. Je ne vois que des morts autour de moi.

Antoine effectua quelques pas prudents. Comme l'artisan ne bougeait toujours pas, il s'assit près de lui, un peu en retrait, et caressa de nouveau la tête de Bouleau.

— Toi, continua-t-il, tu es de ceux qui s'attachent jusqu'au bout. Jamais tu n'oublieras le souvenir de celui qui t'a fait du bien…

Troublé par sa phrase, Martial leva la tête.

— Que veux-tu dire ?

— Que votre devoir d'homme et de tonnelier, c'est de ne pas lâcher ceux qui vous font confiance !

Au loin, on entendait déjà des bruits de voix confuses.

Le chien se mit à gronder.

— Les voilà ! constata Martial.

Sa main vint se poser sur le bras d'Antoine.

— C'est toi qui me succéderas à la tonnellerie, sinon, tout cela n'a aucun sens.

Charroux se redressa. Les hommes arrivaient sur le sentier qui menait jusqu'à eux. Quelques lueurs s'agitaient dans la nuit. Soudain, la voix sonore de Jules calma les aboiements de Bouleau.

— Alors, insista Martial, tu es d'accord ?

— Qui peut dire de quoi demain sera fait ? murmura Antoine.

A ce moment, l'aubergiste émergea du groupe en levant les bras.

— Par tous les diables, Pérol, s'écria-t-il, c'est que tu nous aurais presque fait peur !

22

Les semaines suivantes, Martial ne quitta pas l'atelier. Travailler le bois avait toujours été pour lui l'unique façon de refaire surface lorsqu'un drame survenait dans sa vie.

Il ne connaissait pas de joie plus grande que celle de signer le fond d'une barrique. Combien de fois déjà n'avait-il pas raconté à Jules l'émotion qui le prenait quand il retrouvait, au hasard de ses visites dans des chais, le nom de son grand-père gravé comme le sien sur de vieux fûts ? Dans son besoin de s'étourdir de travail, il avait même accepté de garder Etienne.

Dès le lendemain de l'altercation, la casquette à la main, humble jusqu'à l'excès, le père de l'apprenti était venu implorer la clémence du tonnelier. « Au prochain problème, avait déclaré l'artisan avant de refermer sa porte, je n'aurai aucun état d'âme ! » Puis, il s'était tourné vers Jeanne qui les écoutait : « Après tout, lui ou un autre, quelle importance ? Si je ne les surveillais pas, ils feraient tous des bêtises. »

Depuis, Etienne redoublait de vigilance et d'empressement. Dix fois par jour, il quémandait un conseil ou un avis. Son attitude ne déplaisait pas à Martial qui trouvait là de nouvelles raisons pour se sentir indispensable au bon fonctionnement de son atelier.

Le seul qui regardait toute cette agitation d'un mauvais œil était Jules. Plusieurs soirs de suite, après l'escapade dans les bois, il avait attendu en vain la visite de l'artisan. Déjà, sur place, en le découvrant aux côtés d'Antoine, quelque chose s'était déchiré en lui. Il ne lui était resté que l'espoir de le voir arriver chez lui pour se confier. Mais, là encore, la déception avait été cruelle. Sa place d'ouvrier préféré était menacée. Martial ne tissait-il pas avec Antoine des liens plus profonds, plus étroits, qui évoquaient ceux d'un père avec un fils adoptif ? Une bourrade, un clin d'œil, un rire complice entre eux, et ses doutes se confirmaient en l'atteignant de plein fouet. Il imaginait un pacte secret d'où il était exclu. Le sentiment que tout lui échappait le fortifiait dans une rancune sournoise et implacable envers le compagnon. Trop malheureux et démuni, il voulut agir.

Une imprévisible circonstance lui en donna l'occasion.

Un matin, en l'absence de l'artisan, Charroux lui demanda s'il ne connaissait personne susceptible de lui louer une chambre à un modeste prix.

— Fraysse t'a donc mis dehors ? ironisa Jules.

— Non, mais je dois aller ailleurs.

L'ouvrier réfléchit quelques instants, puis se remit au travail sans rien dire. Seul Etienne promit de s'informer. Vers midi, après une tournée chez des vignerons, Martial poussa la porte de l'atelier. Avant même que le compagnon n'ouvrît la bouche, Etienne le devança :

— Antoine cherche une nouvelle chambre, patron, avez-vous quelqu'un à lui proposer ?

L'artisan se demanda ce qui avait pu se passer entre Fraysse et lui, mais Charroux n'avait rien à cacher.

— En fait, expliqua-t-il, sa fille, Suzanne, est revenue habiter chez lui.

Martial eut l'impression qu'une bouffée d'air pur entrait en lui. Si ses efforts n'avaient pu sauver l'enfant, au moins ce drame avait-il infléchi le cours du temps et réconcilié le père avec sa fille. L'apparition de Jeanne, qui apportait le repas, abrégea ses réflexions. Les quatre hommes s'assirent.

— Pourquoi ne viendrais-tu pas habiter chez moi ?

proposa soudain le tonnelier. J'ai une chambre de libre à côté du grenier.

Antoine sourit. Etre si proche de Mathilde pouvait présenter des avantages, mais aussi bien des dangers.

Placé en face d'eux, Jules avait cessé de manger et guettait la réaction du compagnon.

— Il faudrait que vous en parliez chez vous, finit par dire Antoine, je ne suis pas le seul concerné.

— Bonne idée ! approuva Martial.

D'un geste vif, Jules trancha le morceau de viande qui garnissait son assiette et le porta à sa bouche.

Le soir venu, quand l'angélus libéra Etienne, sur un ton provocateur, l'ouvrier lança lui-même son invitation :

— Et si nous buvions un coup chez moi, patron ?

Martial rechigna. Il ne voyait ni l'urgence ni la nécessité d'accepter. Sa prise de position en faveur d'Antoine pesait aussi dans la balance. Ce n'est pas qu'il reprochait quelque chose à Jules mais il le considérait plus comme un exécutant que comme un maître d'œuvre. Charroux, au contraire, développait un réel sens de la responsabilité et du devoir. Avec lui, il était tranquille. Même s'il s'absentait, l'atelier conservait son rythme de fabrication et les compétences du compagnon suffisaient au maintien et à la renommée de sa tonnellerie. Il déclina son offre en le ménageant :

— Reste donc souper avec nous ! l'invita-t-il. Nous aurons tout le loisir de parler.

La mine embarrassée de son ouvrier l'irrita. En aucun cas, il ne supportait qu'on refuse de partager sa table.

— Je n'ai rien à cacher, continua-t-il un peu brusquement, si tu as quelque chose à me dire, vas-y !

Le ton de sa voix n'incitait pas aux confidences. Le moment semblait mal choisi pour lui révéler la liaison de Mathilde et d'Antoine. Jules se défendit comme il pouvait.

— Non, je n'ai rien de spécial à dire. Je me sens juste un peu isolé, en ce moment…

Il enleva son tablier en scrutant le sol où traînaient quelques copeaux ayant échappé au balayage d'Etienne.

— Raison de plus pour que tu te joignes à nous, souligna Martial.

L'ouvrier se sentait pris à son propre piège. Non seulement il ne pourrait pas lui parler, mais il allait se retrouver en face de Mathilde qu'il évitait depuis le soir de Noël. Il n'acquiesça qu'à contrecœur pour ne pas l'offenser.

Le repas se déroula comme il l'avait prévu. Il apprit simplement que Martial refusait toujours de voir sa petite-fille. Jeanne essaya de parlementer, mais Pérol s'obstina avec l'esprit buté de ces vieux paysans qui ne tolèrent pas d'être contredits.

— Je ne leur veux aucun mal, expliqua-t-il, mais la page est tournée. J'ai donné des terres à Guillaume, il est à l'abri du besoin. S'il ne veut plus me voir parce que je n'accepte pas la naissance de sa fille, peu m'importe ! Nos routes ne se croiseront plus.

Mathilde, qui mangeait du bout des dents, lui jeta un regard noir. C'était la première fois que Jules décelait chez elle un tel rejet.

— Toi, la défia Martial, je sais ce que tu penses, mais pour l'instant, c'est encore moi qui commande dans cette maison !

La jeune femme détourna la tête et n'articula plus le moindre mot.

Par la fenêtre ouverte, une brise arrivait par vagues jusqu'à la table, donnant à la soirée un avant-goût d'été. Une fois son fromage avalé, Martial refusa de toucher au milhassou [1] cuit par Jeanne et se dirigea vers la porte. L'accablant silence de sa fille lui devenait insupportable. Avec le ton autoritaire dont il ne pouvait se départir, il demanda à Jules de l'accompagner. Mais dès qu'ils furent dehors, dans un élan réparateur, il passa un bras autour de ses épaules.

— Une promenade entre hommes, ça nous fera du bien, pas vrai ?

Un ricanement fusa hors de ses lèvres.

1. Gâteau fait avec de la farine de millet, du lait et des œufs.

— Je ne sais pas si c'est à cause de Dieu ou du diable, en tout cas, il n'y a qu'une « pisseuse » de plus dans la famille !

Et, comme pour conjurer un mauvais sort, il cracha sur le sol avant de s'asseoir sur le banc du jardin qui s'adossait à un charme.

— Rien ne vaut le calme d'une belle soirée pour se remettre ! railla-t-il.

Jules savait ce que dissimulait son ironie. En refusant d'admettre cette petite-fille, il se privait lui-même des joies les plus simples et les plus élémentaires.

— Vous allez donc rester en froid avec Guillaume ?

Martial chercha sa blague à tabac. Autour d'eux, la nuit se chargeait de senteurs boisées, portées par un vent doux. Il renifla deux fois la petite dose de tabac qu'il déposait toujours sur le dos de sa main, puis se leva pour marcher vers la niche de Bouleau. A peine libéré, le chien bondit en lui faisant la fête.

— Tu vois, fit-il en revenant sur ses pas, lui, au moins, ne nous déçoit jamais !

Il s'assit de nouveau sur le banc et caressa la tête de l'animal.

— Il paraît que mon fils envisage de quitter la région, as-tu appris quelque chose ?

Dans le bourg, en effet, cette rumeur courait depuis quelque temps. A l'auberge, ne racontait-on pas que le fils Pérol, fâché à mort avec son père, projetait de s'installer sous d'autres cieux ?

— Ce que les gens colportent, répondit Jules, n'est pas forcément la réalité…

— Les ragots devancent souvent les actes, constata l'artisan avec un air désabusé.

A leurs pieds, Bouleau mordillait un morceau de bois ramassé par terre. Jules se pencha pour le lui ôter de la gueule et le jeter au loin. En aboyant, le chien se rua vers son jouet.

— Il faut que je m'invente une famille, déclara tout à coup Martial, je vais prendre Antoine chez moi.

Jules, qui observait Bouleau, eut un haut-le-corps.

— Mais vous ne connaissez rien de lui, méfiez-vous !

La vivacité de sa réaction réveilla les anciens doutes du tonnelier :

— Quelqu'un t'a parlé de lui ?

Malgré l'obscurité, il aperçut le visage de Jules qui se contractait. Bouleau, qui rapportait le morceau de bois, en fut pour ses frais ; personne ne lui relança le bâton qu'il tendait dans sa gueule.

— Je trouve qu'il s'intéresse de trop près à Mathilde, lâcha alors l'ouvrier.

En prétextant un soudain besoin de sommeil, il remercia pour le repas et prit congé. Martial suivit sa démarche un peu pataude jusqu'à la grille. Il s'attarda encore quelques instants sur le banc avant de reconduire son chien dans sa niche. A l'étage de la maison, les fenêtres des chambres s'éteignaient une à une.

Le matin, l'artisan fut le premier à l'atelier. Une pluie printanière arrosait le jardin. Dans le ciel, des nuages gris galopaient sans cesse dans un chevauchement continu. La journée s'annonçait grise et maussade. Martial remonta ses manches et commença d'éprouver les fûts qui devaient être livrés. Ce n'est qu'en fin de matinée qu'il écarta l'une des barriques et plaça les poings sur ses hanches.

— Alors, Antoine ? interrogea-t-il. As-tu trouvé une chambre ?

Jules, aux aguets, faisait semblant d'être absorbé par le maniement de son rabot.

— Pas encore, répondit Charroux, mais j'ai deux adresses dont l'une chez un vigneron de Vertougit.

— C'est bien, dit Martial en essuyant ses mains mouillées sur son tablier, parce qu'en fait ma proposition ne peut pas tenir. Mathilde ne veut pas que je t'héberge…

Son regard avisé sonda le visage du compagnon, mais il n'eut droit qu'à un tressaillement de paupières vite réprimé.

— Elle a raison, plaisanta Antoine, je ne suis guère fréquentable !

Etienne se mit à rire. Jules, imperturbable, continuait de faire aller son outil. L'artisan se gratta le bras dans un geste qui montrait sa perplexité. Il avait déjà pu admirer la façon dont Charroux se tirait d'affaire mais, une fois de plus, sa parade le déconcerta. Il préféra reprendre son travail sans rien ajouter.

Vers le soir, lorsqu'il sortit de la tonnellerie, la pluie avait fait place à de faibles rayons de soleil mais toutes les feuilles des arbres luisaient encore de la dernière averse. Il aperçut Mathilde qui rentrait dans la cour et se dit qu'elle devait sans doute revenir de chez Guillaume. Elle marchait, tête baissée, comme préoccupée par quelque chose. Avant de la rejoindre, il vérifia si tout était en ordre dans l'atelier, puis tourna deux fois la clef dans la serrure.

Lorsqu'il poussa la porte de la maison, tout de suite, il fut frappé par le visage altéré de Jeanne. Assise près d'elle, Mathilde semblait aussi affectée.

— Que se passe-t-il ?

La voix forte de l'artisan les fit sursauter.

— Guillaume, Marie et leur petite Julie s'en vont… dit Jeanne d'une voix étouffée.

C'était la première fois que Martial entendait le prénom de sa petite-fille. Il encaissa le choc puis se perdit dans la contemplation du sol, l'air absent.

— Ils quittent le pays, poursuivit-elle, pour aller à la ville, sans doute à Aubusson.

— Mais leurs terres et leurs fermes ? s'étonna-t-il.

— Je leur ai proposé de les mettre moi-même en fermage, intervint Mathilde, et de tout surveiller. En gardant une part de leurs loyers, je pourrai être indépendante.

L'artisan crut défaillir. Ce plan tracé à l'avance, cette organisation où rien ne paraissait livré au hasard ressemblait à une cabale. Et, pour couronner le tout, sa propre fille allait travailler. Le déchaînement de sa colère fut instantané. Il s'approcha de la table et son poing s'abattit sur elle avec violence.

— Des terres acquises à la sueur de mon front, s'écria-t-il, les mieux exposées, les plus riches et que tout le monde m'envie, voilà ce que vous en faites !

Révulsé par l'indignation qui le submergeait, il tremblait de tout son corps. Atterrée, Jeanne, qui savait quelle ampleur pouvaient atteindre ses crises, s'était réfugiée près de l'évier et ne bougeait plus.

Seule Mathilde faisait preuve d'une surprenante détermination. Debout et droite, elle résistait à la tempête.

A présent, Martial arpentait la salle, les mains derrière le dos, ressassant tout haut son aigreur :

— Des fermiers sur mes terres, autant les vendre ! Jamais un Pérol n'a fui devant ses responsabilités. Et pour me dire merci, ils vont mener grand train à la ville !

Comment ce fils pouvait-il être capable de tout laisser, de couper des racines que des générations avant lui avaient enfouies, consolidées au cœur de cette terre où ils étaient même enterrés ? Ceci lui semblait le pire des sacrilèges.

— Et toi, poursuivit-il, menaçant, l'index pointé vers Mathilde, tu veux devenir le contraire de ce que j'ai toujours voulu que tu sois : une femme du monde avec un vrai rang social. Tu me fais honte ! acheva-t-il, hors de lui.

Pas une seconde, Mathilde ne frémit. Le rejet et l'incompréhension qu'elle avait accumulés depuis des mois la rendaient presque invulnérable. Elle ne se posait même plus de questions. Voilà trop longtemps qu'elle avait tout accepté, subi sans désobéissance ni révolte. Son mariage arrangé, l'impossibilité d'être heureuse avec Antoine, et maintenant, la mise à l'écart de la petite Julie… Tout se nouait dans une ronde infernale. Elle se posta devant Martial, les yeux brillants de ressentiment.

— Je ferai ce que j'ai dit ! gronda-t-elle. Mon mariage m'a rendue majeure. Tant pis pour vous !

L'artisan n'en fut même pas conscient. Tout à coup, son bras se leva et il la gifla à toute volée. Les lèvres serrées pour ne pas crier, elle porta la main à son visage avant de s'enfuir vers les escaliers.

Hébété, Martial laissa retomber son bras. Ses yeux allèrent vers Jeanne qui le regardait, bouche bée.

— Qu'as-tu donc à me fixer ainsi ? hurla-t-il. Va-t'en ! Je veux être seul.

Sans demander son reste, elle fila par la porte du cellier. Alors, le tonnelier se dirigea vers le vaisselier où l'on rangeait les alcools. Le silence qui provenait de l'étage le mortifiait. Il allait se servir un verre d'eau-de-vie lorsque les pas de Mathilde résonnèrent à nouveau dans les escaliers.

Dos tourné, il continua ses gestes, persuadé qu'elle lui adresserait la parole en premier. Mais il n'entendit que le froufroutement de sa robe et le bruit de ses bottines contre les dalles du sol. C'est quand la porte grinça qu'il se retourna.

Sa pèlerine enfilée, un volumineux bagage à la main, Mathilde partait.

— Où vas-tu ? demanda-t-il aussitôt.

La jeune femme le dévisagea sans broncher.

— Je ne peux plus vivre ici.

Par la fenêtre, le crépuscule dispersait les dernières clartés du jour. De place en place, de grands reflets rougeoyants embrasaient l'horizon qui s'étendait comme une ligne phosphorescente derrière les collines. Martial pensa que ce ciel de feu et de sang annonçait l'irréversible.

— Reste ! fit-il sur un ton qui avait perdu tout panache.

Il n'était plus celui qui imposait ou dictait sa loi mais un simple père qui avait peur de perdre sa fille.

Mathilde ne céda pas. L'humiliation de cette gifle était bien pire que la douleur qui persistait encore.

Elle sortit puis referma la porte avec l'assurance de quelqu'un qui ne reviendra pas sur sa décision.

Alors, Martial serra le verre qu'il tenait avec une telle force qu'il éclata en mille morceaux, scarifiant sa peau de fines coupures en étoile.

23

Quand Jeanne entrebâilla la porte, l'artisan lavait sa main, penché au-dessus de l'évier.

— Entre ! l'invita-t-il. Je me suis blessé.

A ses pieds, des éclats de verre, dont certains étaient tachés de sang, s'éparpillaient sur le sol. Elle s'approcha avec la réserve de quelqu'un qui se méfie. Malgré la demi-heure qui s'était écoulée depuis l'épisode de la gifle, elle craignait d'autres retombées. Comme elle cherchait à examiner sa main, il se défendit :

— Ce n'est que superficiel. Un mouchoir suffira pour arrêter les saignements.

Il enroula lui-même un tissu autour de ses doigts et lui demanda de l'aider à faire un nœud pour le maintenir en place. Elle obéit sans poser de questions.

Du jardin, où elle venait de trouver refuge, elle avait aperçu Mathilde qui sortait de la maison. « Je pars, avait dit la jeune femme, mais je te donnerai des nouvelles. » Après un rapide baiser, elle s'était enfuie vers la route comme s'il fallait qu'elle quitte cette maison au plus vite.

En retenant ses pleurs, Jeanne s'agenouilla pour ramasser les morceaux de verre parsemés sur le sol. Après le départ de Guillaume, puis celui de Mathilde, l'heure des épreuves sonnait. Sans eux, tout un pan de sa vie sombrait. Comment Martial ne se rendait-il pas compte du vide qu'il créait autour de lui ?

Quand elle se releva, l'artisan était occupé à allumer une lampe à pétrole. Il lui jeta un coup d'œil et la surprit en train d'essuyer ses yeux. Alors, quelque chose l'étreignit à la gorge. Il dégrafa son col de chemise comme s'il cherchait à respirer et se dirigea vers la porte.

— Je sors, dit-il, ne m'attends pas !

A peine était-il au-dehors que, étourdie de chagrin, elle s'effondra sur une chaise et sanglota.

Sur la route, Martial marchait à grands pas.

Au-dessus de sa tête, quelques étoiles scintillaient dans le ciel sombre. Il allait, sans regarder autour de lui, pressé, tendu comme son cœur qu'il sentait battre à coups précipités. Il dépassa plusieurs maisons, emprunta des chemins de traverse et dévala une ou deux pentes avant de longer quelques champs. Les larmes de Jeanne avaient fini par le décider. Mathilde devait être chez Guillaume. En débouchant sur le chemin pierreux qui menait à la ferme de son fils, il retrouva son souffle et son assurance. C'est alors qu'il aperçut une petite forme noire et courbée qui venait vers lui. Cette silhouette un peu tassée lui rappelait quelqu'un mais il ne pouvait dire qui. Intrigué, il s'arrêta.

Une longue cape la recouvrait de la tête aux pieds ; elle allait à petits pas comme chargée d'un fardeau. Il pensa qu'il s'agissait d'une vieille femme qui ramassait du bois et se remit en marche. Ce n'est qu'en parvenant à sa hauteur qu'elle se plaça devant lui avec ostentation.

— Vous vous souvenez de moi, Pérol ?

Dans la pénombre, il dut s'y reprendre à deux fois pour distinguer ses traits mais, lorsqu'elle darda sur lui ses yeux clairs et brillants comme des billes, il la reconnut tout de suite : la mère Soulier le défiait. Elle sortit un paquet des plis intérieurs de sa cape et le lui tendit.

Martial eut du mal à réagir tant sa présence ici lui paraissait saugrenue. En balbutiant un vague bonsoir, il souleva son chapeau et recula devant le paquet blanc qu'elle lui mettait sous le nez.

— Prenez-le ! insista-t-elle. C'est pour vous.

Son ton autoritaire et l'intensité de son regard le décontenançaient. Sans oser s'insurger, il reçut entre ses bras l'objet enveloppé qu'elle lui proposait.

Des linges superposés semblaient cacher quelque chose de mou. Elle les écarta avec douceur. Un visage de bébé apparut entre les langes. Eberlué, il comprit qu'il s'agissait de sa petite-fille.

— Reprenez-la ! fit-il tout de suite.

— C'est votre petite Julie, continua-t-elle, voyez comme elle vous ressemble ! Elle a votre nez et votre front, aussi têtu que toutes les mules des alentours !

Par crainte de le laisser tomber, Martial lui rendit l'enfant. Cette mise à l'épreuve ne lui plaisait pas. La vieille femme avait dû le guetter, et sortir de chez Guillaume au moment opportun pour le surprendre. Là-bas, derrière l'une des vitres éclairées de la ferme, il était sûr qu'on les épiait. Il s'apprêta à rebrousser chemin. Pas plus ce soir que les autres jours, il ne tolérait ce genre de guet-apens.

— Vous partez ? demanda la vieille femme tandis que le bébé commençait à vagir.

— Je me suis trompé, répondit seulement Martial en effectuant un demi-tour, ce n'est pas ici que je voulais venir.

— Vous le regretterez, Pérol ! lança-t-elle dans son dos. Si Guillaume n'avait pas été là pour m'abriter et me confier la petite, où serais-je aujourd'hui ?

Sous l'effet de la nouvelle, il marqua un temps d'arrêt, puis rejoignit la route qui menait au bourg. La nuit drapait les arbres et la terre d'un voile obscur et tenace. Dans le ciel, plus aucune étoile ne clignotait. Impressionné par le silence, il scruta le paysage qui l'environnait. Son regard fut attiré par les yeux jaunes d'un hibou, perché au sommet d'un chêne. Il connaissait la mauvaise réputation de ces oiseaux de nuit et prit une pierre pour la jeter contre l'arbre. Aussitôt, l'oiseau s'envola dans un battement d'ailes apeuré.

— Vas-y, sauve-toi ! murmura-t-il en le suivant des

yeux. Fais comme elle ! Il n'y a que les justes qui restent…

Allongée près d'Antoine, Mathilde repensait à sa fuite.

Une fois la grille refermée, elle avait redouté le pire. Martial n'allait-il pas la poursuivre ? La rattraper ? Entamer avec elle un faux dialogue qui se solderait par un nouveau tour de force ?

Son bagage bien en main, elle s'était dépêchée d'avancer sur le chemin qui descendait vers le hameau de Colombeix. Emoustillés par des vapeurs d'alcool, quelques fêtards qui sortaient d'un bal l'avaient accostée. En la reconnaissant, l'un d'entre eux avait prévenu les autres :

— Attention ! C'est la fille Pérol.

Ils s'étaient tous écartés, se contentant de quelques rires et plaisanteries pour ne pas perdre la face, mais Mathilde n'avait plus été ennuyée. Lorsqu'elle s'était retrouvée devant la maison qu'on lui avait indiquée, à l'étage, les volets étaient clos. Alors, elle avait lancé une pierre, puis deux, contre les battants, jusqu'à ce qu'ils s'entrouvrent et qu'Antoine passe la tête. Avant de la questionner, il l'avait fait monter par le vieil escalier extérieur, accolé à la façade, puis l'avait accueillie dans la chambre aménagée qu'il louait ici depuis peu.

Elle se tourna vers lui : le front encombré de quelques mèches de cheveux en désordre, il avait la candeur d'un enfant qui s'abandonne au sommeil. Pour ne pas le réveiller, elle s'efforça de rester sans bouger. La rusticité du lit et du décor de la pièce ravivait en elle le souvenir des années de pensionnat où ses nuits s'étaient heurtées au même inconfort. Un sourire étira ses lèvres. Personne dans cette maison ne soupçonnait sa présence. D'ici peu, il lui faudrait s'échapper, discrète, pour ne rien déranger. Elle repoussa le drap et entreprit de se lever sans bruit mais Antoine ouvrit les yeux.

— Tu pars ?

— Il est encore tôt, chuchota-t-elle, dors !

Il se tourna sur le côté pour replonger dans ses rêves. Sa nuit avait été brève. Après avoir longtemps parlé, exténué par une journée harassante, il s'était endormi d'un seul coup, la tête sur l'épaule de Mathilde.

Une cuvette et son pot en faïence étaient posés sur une table. La jeune femme fit sa toilette et s'habilla avant de reprendre son bagage. Quand elle ouvrit la porte qui donnait sur l'extérieur, elle remarqua qu'une brume grise voilait le ciel. En se disant que le soleil ne tarderait pas à la dissiper, elle s'engagea dans l'étroit escalier.

Par chance, elle ne rencontra personne et put continuer sa route. Sur son passage, de ferme en ferme, des chiens aboyèrent ; elle croisa quelques carrioles qui se rendaient au marché et salua leurs conducteurs. Ce premier matin de liberté l'étourdissait. Face aux rayons du soleil qui perçaient çà et là les nappes de brume, un exaltant sentiment de joie la transportait. Même son bagage semblait léger. Elle venait de tout raconter à Antoine : ses projets, l'organisation de sa nouvelle vie et son besoin d'indépendance. Mais c'est surtout à Marie qu'elle devait ces grands changements.

La jeune mère voulait s'en aller à tout prix, quitter ce pays où l'ombre de Martial, ce beau-père dominateur et intransigeant, l'empêchait d'être heureuse. Elle avait emporté Mathilde dans un tourbillon de paroles où elle se disait prête à abandonner toutes ses terres, même celles de ses parents. Une seule idée la guidait : s'éloigner et ne plus revenir ici tant que Martial vivrait, oublier l'homme dont le cœur était plus dur qu'un bois asséché par le soleil.

Lorsqu'elle parvint enfin devant la ferme de son frère, Mathilde vit Léon, le journalier, qui entassait du linge et quelques meubles dans une carriole garée au milieu de la cour. Derrière lui, Guillaume, en bras de chemise, portait des sacs et des paniers tandis que Marie, un peu à l'écart, berçait la petite Julie. Dès qu'elle aperçut Mathilde, elle vint au-devant d'elle pour l'embrasser.

— Tout est prêt, annonça-t-elle, maître Biard a les papiers. Tu iras le voir pour les formalités.

Elle jeta un coup d'œil vers le bagage que Mathilde avait posé par terre.

— Tu vas pouvoir t'installer. Nous avons laissé l'armoire et le lit. Tu ne vas pas regretter, au moins ?

Mathilde comprit qu'elle craignait un revirement ou une réconciliation avec Martial.

— Ne t'inquiète pas, la rassura-t-elle. Quoi qu'il advienne, je surveillerai les fermages avec l'aide du notaire.

Les hommes achevaient de bâcher la carriole pour la protéger.

— Guillaume va conduire, expliqua Marie. Léon va rester ici pour t'aider.

Mathilde admirait sa manière de tout organiser. En prenant la décision de partir, son effacement, sa passivité d'autrefois avaient laissé place à une étonnante fermeté.

— Il faut que tu le saches, confia-t-elle encore, Guillaume a installé la mère Soulier dans la petite maison désaffectée que nous possédons à l'entrée de Meilhac. Avec Léon, ils l'ont remise en état.

— C'est bien, dit seulement Mathilde.

Le soleil, qui déchirait les dernières brumes, caressa la joue du bébé, qui gazouillait entre les bras de sa mère.

— Si elle n'avait pas été là, reprit Marie en se penchant vers l'enfant, qui sait où nous serions, toi et moi ?

— Il faut y aller, s'écria alors Guillaume, nous avons de la route à faire !

Longtemps, comme si elle ne parvenait pas à les laisser, Mathilde se tint sur le bord de la route pour les regarder s'éloigner. Quand il ne resta plus de leur passage qu'un petit nuage de poussière soulevé par le vent, sans regret, elle estima qu'il était temps de s'atteler à la tâche et rentra.

Deux jours plus tard, elle reçut une lettre d'Aubusson dans laquelle Marie lui racontait qu'ils avaient obtenu la gérance d'une auberge à l'entrée de la ville.

Ils hébergeaient des voyageurs et assuraient les repas. « Au bout de quelque temps, précisait-elle, nous envisageons même d'en devenir acquéreurs. » Elle terminait en l'invitant à leur rendre visite dès qu'elle le pourrait.

Mathilde lut ces lignes à la fin d'une matinée claire où le soleil persistait. Par la fenêtre de la salle, elle vit Léon qui s'activait autour de l'étable où la litière des bêtes était à changer. Le nouveau fermier, un certain Jean Blanchard, devait arriver tout à l'heure. Choisi en accord avec le notaire, il allait s'occuper des terres et rendre des comptes. Pour un peu, elle en aurait presque oublié la maison de son père et les jours difficiles qu'elle venait d'y vivre. Ici, elle était même libre de recevoir Antoine.

A la tonnellerie, l'humeur massacrante de Martial empoisonnait l'atmosphère de travail. L'artisan ruminait sa rancœur contre le soleil et tout ce qui favorisait les cultures. Il aurait presque souhaité qu'un cataclysme détruise la terre et les semences des champs ou des vignes de son fils pour que Mathilde, sans un sou, revienne le supplier de la reprendre. Le plus dur était de s'apercevoir qu'elle tenait parole et ne réapparaissait pas. Après avoir fait promettre à Jeanne de ne jamais remettre les pieds dans la ferme de Guillaume, en cachette, il chercha à se renseigner sur ce qui se passait là-bas. Au hasard des conversations avec les uns ou les autres, il tendit l'oreille aux nouvelles qui circulaient dans le bourg.

Mais à peine se mêlait-il des bavardages que les bouches se fermaient et que l'appréhension faisait dévier les échanges sur un autre sujet. Par l'aubergiste, il apprit que Mathilde dirigeait les fermages avec une rare assurance et qu'elle participait même à l'un ou l'autre des travaux des champs. Cela suffisait à maintenir son ressentiment contre le ciel. Plusieurs soirs de suite, il fit de longues promenades et se rendit chez des connaissances. Ce n'était pas sa solitude qu'il supportait mal mais le fait, comme il disait, d'avoir été trahi par ses propres enfants.

Un matin, Jeanne le surprit dans la chambre de Mathilde, en train de toucher les meubles et le lit fait, comme pour se prouver que tout avait bien existé et reviendrait peut-être un jour. La porte refermée, il était descendu dans la salle pour manger sa soupe et son pain en silence. Puis, au bout de quelques instants, il avait levé vers Jeanne un regard fatigué.

— Je sais bien que cela te chagrine de ne plus la voir… Tu peux y aller, si tu veux, mais ne me dis rien sur elle. Pour moi, elle n'existe plus.

Et, sans attendre, il avait rejoint la tonnellerie.

Quelques semaines plus tard, quand le temps vira au gris, il n'eut même plus l'envie de se réjouir. A Jules, qui était au courant de ses drames, comme à tous ceux qui l'approchaient, il interdit seulement qu'on prononce le nom de ses enfants devant lui. Sa colère finie, peu lui importait la couleur du ciel. Au contraire, le retour des averses le lavait de son aigreur. Une fois de plus, en essayant de tirer le rideau sur ce tournant noir de sa vie, il s'inclinait devant une fatalité qui le dépassait.

Enfin, un soir, il se décida à écrire une longue lettre à Guéret. Avec précaution, il le mit au courant de la nouvelle vie de Mathilde et insista sur le sentiment de déshonneur qui les liait. « Comme je me sens responsable envers toi d'une partie de cet affront, avouait-il, dis-moi ce que tu envisages de faire. Je suis prêt à réparer dans la mesure du possible. »

Il ne parlait ni d'argent ni des affaires qu'ils avaient conclues, mais tout était suggéré à travers les mots. Tôt le lendemain, il porta lui-même cette lettre à la poste, conscient d'avoir scellé un pacte avec celui qui devait rester son beau-fils. Solidaires dans l'injuste sort qui les frappait, ils en devenaient plus proches et plus unis.

Sa missive envoyée, la cassure se fit plus nette encore. Il tira les volets dans la chambre de sa fille et ferma la porte à double tour, puis il cacha la clef au fond d'un tiroir où s'entassaient pêle-mêle divers objets oubliés. Le soleil, qui s'annonçait derrière les nuages, acheva de le motiver. Son chien sur les talons, il arpenta les rives de la Vézère et passa l'après-midi à bavarder avec des pêcheurs. Le soir, deux d'entre eux l'accompagnèrent chez lui et Jeanne dut cuisiner une dizaine de truites et un plein panier d'écrevisses qu'ils dégustèrent, arrosées de quelques bonnes bouteilles, jusque fort tard dans la nuit.

La réponse qu'il espérait tant ne vint pas tout de suite. Guéret n'eut connaissance de sa lettre qu'à son retour d'un périple en Flandres. Parce qu'il pensait à quelques réclamations pour des impayés, avant de décacheter l'enveloppe, il préféra prendre un déjeuner revigorant, servi par Victoire, sa nouvelle servante. Engagée depuis un mois, cette jeune femme blonde au teint vif était mariée. Recommandée par des amis qui employaient son mari comme palefrenier, il l'avait recrutée après quelques tentatives infructueuses pour remplacer Marthe. A bien des égards, Victoire Trachet lui parut parfaite. Sans être d'une grande beauté, son charme était certain et son rang de femme mariée le mettait à l'abri d'un désir trop envahissant. Comme à son habitude, il misa sur le temps et son savoir-faire pour parvenir à la faire succomber sans dégâts.

Lorsqu'elle lui apporta son café, il admira ses manières douces et les petites boucles de sa chevelure qui frisottaient sur ses tempes et dans son cou.

Son regard s'accrocha aussi à sa démarche et aux formes rondes qu'il devinait sous sa longue jupe. Un sourire aux lèvres, il attendit qu'elle referme la porte pour s'emparer de la lettre de Martial.

En un instant, son humeur changea. La transformation de Mathilde le heurtait comme une agression. En lui échappant, en échappant à son père, elle affirmait une volonté d'autonomie qui la rendait libre. Il chiffonna la lettre avec rage et lança la boule de papier contre le mur. Il devait divorcer, se séparer d'elle puisqu'il ne comptait plus. Il abandonna sa tasse de café refroidi et se mit à marcher en réfléchissant. Avec un divorce, il serait sans doute montré du doigt, rejeté de cette bonne société qu'il commençait à fréquenter. Pour l'instant, il avait le beau rôle quand il racontait à qui voulait l'entendre que son épouse, souffrante, vivait à la campagne et qu'il allait la retrouver de temps en temps. Grâce à ses nombreux déplacements, rien ne paraissait anormal. Lorsqu'il revenait, on lui demandait seulement quelques nouvelles, qu'il s'empressait de donner avec force détails. Il inventait des bulletins de santé auxquels il finissait lui-même par croire. Du coup, sa légende d'homme malheureux lui apportait des satisfactions inattendues. Quelques femmes s'offraient à lui dans un élan de compassion qui l'étonnait toujours mais qu'il ne refusait jamais.

Après avoir arpenté la pièce, il s'arrêta près de la fenêtre ouverte. Le petit jardin étincelait sous un soleil presque estival et ses parterres fleuris accueillaient des abeilles au vol encore incertain. Soudain, il crut voir la silhouette de Mathilde se dessiner devant ses yeux. Malgré les mois d'éloignement, son ombre flottait encore entre les fleurs et les arbustes. Il ferma les yeux, des images dansèrent sous ses paupières. Là, elle cueillait des roses, là, elle dormait sur le banc adossé au noyer, là encore, elle chassait des insectes du bout de son ombrelle alors que la lumière du soir donnait à ses cheveux des reflets d'ambre. Il eut du mal à se secouer tant ces souvenirs semblaient encore vivants. Il fit un pas en arrière puis, dans un geste de colère, referma brutalement la fenêtre. Il s'en voulait de n'avoir pas su la retenir et la maudissait en même temps. Pour lui, c'était sûr : elle aimait un autre homme et personne ne le savait. Quelle force différente de l'amour pouvait amener de tels bouleversements ?

En s'asseyant dans l'un des fauteuils du salon, il passa en revue la vie de la tonnellerie. Seul le visage d'Antoine émergea de cette mise à l'épreuve. La finesse de ses traits, le charme presque vénéneux de ce garçon qu'il jugea trop séduisant pour être honnête lui suffirent. Ses soupçons se focalisèrent sur lui. Martial n'en parlait-il pas en termes élogieux ? Même dans ses lettres, il lui arrivait de mentionner les prouesses techniques de cet ouvrier qu'il qualifiait de parfait. Le doute se transformait en certitude. Guéret pensa qu'il fallait agir vite avant que l'irréparable ne s'accomplisse. N'y avait-il pas déjà entre Pérol et lui un pacte tacite ? A peine le mariage décidé, l'artisan avait désigné Mathilde comme héritière de la tonnellerie. « Ainsi, avait-il assuré, tu en seras également l'heureux bénéficiaire. Avec ses terres et sa ferme, Guillaume n'est pas perdant. » Mais, lorsque Marie avait été enceinte, il avait imaginé de nouvelles dispositions : « Si tout se passe bien, Mathilde aura l'usufruit de la tonnellerie et, à ma mort, mon petit-fils en deviendra propriétaire. En contrepartie, elle disposera de la maison, d'une belle somme d'argent et de quelques terres que je vais acheter. »

A l'époque, Mathilde avait obtempéré sans discussion mais, à présent, toutes les cartes se brouillaient.

Pour Guéret l'affaire paraissait lumineuse. Une fois libérée de ses engagements matrimoniaux, Mathilde pouvait faire ce que bon lui semblait. A cette heure, elle avait dû recevoir la carte qu'il lui envoyait à chacun de ses retours ; il calcula que d'ici la fin de la semaine, il recevrait une lettre d'elle et se cala dans son fauteuil, un sourire narquois sur les lèvres. Lequel des deux saurait jouer au plus fin ?

En ouvrant ses volets, Mathilde s'accouda longtemps à la fenêtre. Des passereaux et des hirondelles volaient déjà au-dessus des champs de blé et de seigle qu'elle apercevait au loin. Leur vol rapide et gracieux évoquait les arabesques d'un ballet aérien. Elle inspira profondément, avide de cet air saturé de parfums de fleurs et de fruits. Devant elle, sur le chemin qui longeait la ferme, Antoine s'éloignait. Elle admira le délié de sa silhouette, puis son regard se perdit vers l'horizon où le disque du soleil montait en flèche. Aujourd'hui, elle ne pouvait se dérober, sa décision était prise : elle devait écrire à François. Elle quitta la fenêtre de sa chambre pour rejoindre la salle du rez-de-chaussée.

Sur le bahut traînait encore la dernière carte de Brive. Elle la rangea dans un tiroir. Il fallait que cette comédie cesse. Voilà plus d'un mois qu'elle était partie de chez son père. Même Jeanne, qui venait parfois lui rendre visite, ne restait jamais longtemps par peur d'éventuelles représailles. Leur confiance mutuelle s'était alourdie d'une ombre : celle de Martial, dont elles n'osaient jamais prononcer le nom.

Elle regarda vers la table sur laquelle traînait le livre de comptes, à côté du bol vide d'Antoine, entouré de miettes de pain. Plus loin, une lampe à pétrole à la mèche noircie témoignait de l'heure tardive à laquelle ils avaient rejoint leur chambre, hier soir. Elle s'assit sur une chaise et repoussa les objets qui symbolisaient sa vie, à présent. Le papier et l'encre n'étaient pas loin. Les mots, qu'elle taisait depuis longtemps, affleurèrent ; elle n'eut qu'à les laisser s'enchaîner.

24

Le premier tournant franchi, Antoine s'arrêta. D'ici, il était certain que Mathilde ne pouvait le voir. Le long du chemin, l'herbe dense parsemée de petites fleurs jaunes et blanches semblait l'inviter à s'asseoir. Avec la tiédeur du soleil qui montait, il ne put résister et s'assit près d'un ruisseau bordé d'aulnes. Pour une fois, il n'était pas pressé d'arriver le premier à l'atelier. Des libellules volaient autour de lui. Il contempla leurs ailes argentées qui s'agitaient dans l'air calme. En les regardant, il pensait à Mathilde. Depuis qu'il venait à la ferme, elle s'était transformée. Epanouie, sûre d'elle, rien ne paraissait pouvoir faire obstacle à ses volontés. Elle s'inquiétait de savoir pour quels fournisseurs l'atelier travaillait ou combien de fûts partaient en livraison chaque semaine. Plus elle entrait dans le monde de la terre et de ses rendements, plus elle se comportait comme l'héritière qu'elle serait un jour.

La jeune femme effacée, soumise à l'autorité de son père, n'existait plus. En gérant l'exploitation de son frère, elle devenait une femme de tête qui projette et planifie sans laisser de prise au hasard. Souvent, Antoine l'écoutait, stupéfait de ce qu'il découvrait. Si sa beauté s'était raffermie de cet équilibre intérieur retrouvé, il ne rencontrait plus chez elle cette timidité qui l'avait tant bouleversé.

Une peur le saisit. Hier soir encore, elle avait évoqué

son divorce et, sans même lui donner le temps de réagir, avait organisé leur avenir. Il n'avait même pas pu protester ou poser de questions. Avec ce rire en cascade et ce mouvement d'épaule qui la rendaient si impudique et désirable, elle avait appuyé sa main sur sa bouche.

— Chut ! Tu verras comme nous allons être heureux !

Cette phrase trottait toujours dans sa tête et se mêlait au chuintement du ruisseau qui courait près de lui. Tout cela allait trop vite. Il s'en voulait de n'avoir rien dit. Il retourna ses mains pour examiner ses doigts et sa peau. Ces mains-là, comme celles de Martial, avaient pris la couleur et la dureté du bois. « Des mains de faiseur, répétait le tonnelier, pas des mains de curé ! » Il entendait son rire et sa façon de déboucher une bouteille : « Nous, on est des hommes, pas vrai ? »

Une tristesse s'empara de lui. Il se leva, réajusta sa musette sur son épaule. N'avait-il pas maintes fois averti Mathilde qu'il était de ceux qui suivent les routes ? Il se remit à marcher. Tant pis s'il était en retard, ce matin, trop de choses le préoccupaient.

A personne, pas même à elle, il n'avait parlé de ce que Martial lui avait proposé deux jours auparavant. Avant que l'atelier ne se vide, l'artisan lui avait adressé un signe en cachette de Jules et d'Etienne, puis il s'était approché : « J'aimerais t'inviter à manger quelque chose; si on allait à l'auberge ? Nous y serions tranquilles. »

Antoine avait accepté sans enthousiasme. Chez Martial, ce genre d'invitation n'était pas anodin : quelle affaire ou quel arrangement cela préparait-il ?

L'artisan avait attendu que le soir tombe pour l'emmener avec sa carriole. Visiblement, il tenait à ce que leur sortie soit discrète. A peine rentré dans l'auberge, au clin d'œil qu'il avait échangé avec l'aubergiste, Antoine avait compris que ce rendez-vous avait été prévu.

Le père Reynal leur désigna une table dressée à l'écart, près de la cheminée où un petit feu chauffait une marmite en fonte.

— Je vous sers moi-même, déclara-t-il, Suzanne n'est plus là.

— Ah ? s'étonna Martial en s'asseyant. Que devient-elle ?

— Elle va se marier avec un éleveur de moutons qui habite les Trois Villages, près d'Allassac.

Les yeux de l'artisan croisèrent ceux d'Antoine mais le compagnon prit place en face de lui, le visage impassible.

— Je suis content pour elle, fit Pérol en fixant toujours son hôte, elle a assez souffert.

Un bref instant, Charroux soutint son regard, puis il sortit de sa poche le couteau qui ne le quittait jamais et joua avec lui.

— Ils seront heureux, commenta-t-il avec un sourire, et auront de beaux enfants…

— Et toi, rétorqua aussitôt Martial, quand vas-tu prendre femme et nous les faire, ces beaux enfants ?

Le sourire d'Antoine s'accentua. Quelle mouche avait piqué l'artisan ? Sa curieuse façon d'avoir tourné autour de lui, tout l'après-midi, et maintenant cette question… que manigançait-il ?

L'aubergiste apporta le plat qu'il gardait au chaud : un ragoût de mouton agrémenté de châtaignes blanchies. Un repas solide et copieux comme les aimait Martial. Avec le cahors, rien ne manquait à cette savoureuse soirée.

Au fur et à mesure que la bouteille se vidait, l'artisan ôta sa veste puis dégrafa son col de chemise en invitant Antoine à en faire autant. Il paraissait dans une forme éblouissante et parlait sans arrêt, glissant au hasard de ses propos des détails valorisants sur la tonnellerie. Sa production était en hausse, sa valeur marchande aussi ; un acheteur de Gironde ne venait-il pas de lui en offrir un prix qui l'aurait mis à l'abri du besoin jusqu'à la fin de ses jours ? Entre deux phrases, il apostrophait l'aubergiste, louait sa cuisine, le pouce levé, comme pour signifier qu'il était un as, puis incitait Antoine à trinquer de nouveau avec lui en son honneur.

Ce n'est qu'au moment du fromage qu'il s'accouda sur la table.

— J'ignore si Jules t'a informé, confia-t-il, l'air plus grave, mais à présent, je suis seul. Guillaume et Mathilde sont fâchés avec moi.

Antoine cligna des paupières pour lui montrer qu'il était au courant.

— Tout se sait par ici, commenta-t-il.

En se coupant une part de tome au lait de brebis, Martial réprima avec peine une grimace.

— Et que dit-on sur moi ?

— Que vous êtes le meilleur tonnelier à des lieues à la ronde !

Un rire le secoua.

— Tu me plais bien, Antoine ! J'aurais aimé avoir un fils qui te ressemble.

Il but presque d'une traite un autre verre de vin, puis s'essuya la moustache et la bouche avec sa serviette.

— Profite bien de la vie, mon gars ! Tu ne sais pas ce que le sort te réserve.

Antoine sentait le moment crucial arriver. Il écarta son assiette vide et commença de rouler une mie de pain entre ses doigts.

— Je t'ai invité, continua Martial d'une voix redevenue sérieuse, parce que ma décision est prise…

Il observa une pause comme s'il se concentrait.

— Si je disparais, c'est toi qui hériteras de la tonnellerie.

Ses yeux s'accrochèrent à ceux d'Antoine ; sans doute espérait-il la trace d'une émotion qui le conforterait dans son choix, peut-être même une ombre de reconnaissance ou d'affection ?

— A quelle condition ? demanda seulement le compagnon.

L'artisan le dévisagea, bouche bée. Une fois de plus, il lui tenait tête en allant droit au but. L'aubergiste leur présenta un dessert mais ni l'un ni l'autre n'en avaient envie. A la place, Martial voulut faire goûter à Antoine une eau-de-vie dans laquelle avaient macéré des baies de houx. Avant de boire, il planta de nouveau son regard dans celui du compagnon.

— La condition, reprit-il, c'est que tu me promettes de laisser Mathilde tranquille !

Antoine ne toucha même pas à son verre d'alcool. L'aubergiste, un peu en retrait, qui espérait une réflexion gratifiante sur sa production, en fut pour ses frais.

— Laissez-nous ! fut l'unique remarque qu'il entendit.

Aussitôt, il s'esquiva en emmenant sa bouteille. Alors, Antoine put se pencher vers Martial :

— Ecoutez-moi, patron, personne ne me possédera pour de l'argent ou pour des biens ! J'ai toujours voulu être libre, je le resterai. Quand la tonnellerie Pérol ne m'intéressera plus, je partirai.

Il se mit debout, prêt à s'en aller. Martial le fixait sans y croire. Comment pouvait-il refuser un tel héritage ? Il avait tout imaginé, des pleurs aux remerciements bafouillés dans une intempestive reconnaissance. Il s'était même vu haussé au rang de bienfaiteur ou de père. Et voilà que ce jeune homme sans le sou lui opposait distance et renoncement au nom d'une liberté illusoire.

— Merci pour cet excellent repas, dit encore Antoine, mais demain, la journée démarre tôt…

Il ajusta son chapeau et ramassa la musette qu'il avait emmenée, puis, en quelques enjambées, rejoignit la porte. Martial jeta un billet sur la table.

— Tu me rendras la monnaie un autre jour, cria-t-il à l'aubergiste, je n'ai pas le temps.

Sans même attendre la réponse, il s'élança au-dehors.

— Antoine ! appela-t-il.

Le compagnon se retourna.

— Je croyais que nous n'empruntions pas le même chemin…

Le tonnelier ne releva pas l'ironie du ton, quelque chose de plus important le tracassait.

— Nous ne pouvons pas nous quitter comme ça, fit-il.

Ils étaient seuls dans cet endroit peu fréquenté. Au-dessus d'eux, un ciel de plomb semblait peser sur le bourg et la campagne.

— Tu comprends, poursuivit Martial à voix basse, si tu acceptais mon offre, je serais soulagé. La mort ne m'a jamais fait peur, c'est la tonnellerie que je veux sauver.

Autour d'eux, un vent doux commençait à souffler. Quelque chose en lui émouvait Antoine. Il paraissait usé comme ces vieilles statues qui jalonnent parfois les parcs. Ses traits affaissés, presque blafards, avaient perdu l'éclat trompeur, avivé par l'alcool et la bonne chère.

Des gouttes volèrent. Soudain, l'artisan parut pressé d'en finir.

— On est là comme deux idiots, et la pluie ne va pas tarder. Dis-moi simplement si je peux compter sur toi.

Sa phrase s'acheva dans un murmure. Il y avait du grandiose en lui. Antoine ne parvenait pas à détacher ses yeux de sa figure au teint blême.

— Il faut que je réfléchisse, répondit-il, on ne doit rien précipiter.

Une lueur d'espoir traversa les yeux de Martial tandis qu'une pluie drue commençait à tomber.

— Bonne nuit, patron ! souhaita Antoine. Ne vous inquiétez pas !

Il enfonça son chapeau sur sa tête pour se protéger de l'ondée que le vent portait et se mit à courir le long de la route.

— Nous trouverons bien une solution ! s'écria-t-il alors que le tonnelier le regardait s'enfuir.

En deux minutes, la pluie redoubla. Antoine regagna sa chambre trempé jusqu'aux os. Il enleva ses vêtements et enfila un autre pantalon avant de descendre. Pas un bruit ne s'élevait. Le maréchal-ferrant qui l'hébergeait devait dormir. Dans la salle du rez-de-chaussée, il trouva une chandelle, qu'il alluma, et s'approcha de la cheminée où le feu était en train de s'éteindre. Il disposa sa veste mouillée et son pantalon sur le banc qui faisait face à l'âtre. Avec un peu de chance, d'ici le matin, ses affaires seraient sèches. Il rajouta quelques branches et s'empara du soufflet pour réactiver le feu. La flambée repartit. Il n'avait guère envie de dormir et se blottit devant la chaleur des flammes. Le nouveau comportement de Mathilde se joignait aux phrases de Martial pour le dérouter. Hériter de la tonnellerie signifiait la fin de ses rêves de compagnonnage. Il allait s'enfermer dans ce pays, y prendre racine et devenir patron ou maître tonnelier. Jamais il n'avait songé à s'établir quelque part, construire un destin où il endosserait des habits qui ne lui convenaient pas. N'avait-il pas choisi cette voie pour parcourir la France ? Voyager et s'interroger sans cesse ? Ce que Martial lui proposait allait à l'encontre de son idéal mais comment pouvait-il le comprendre, lui qui avait construit sa vie à l'image de ces arbres austères qui s'abattent sans même un craquement ?

Sous ses yeux, le feu pétillait dans un embrasement joyeux qui éclairait la pièce. Antoine se sentait bien, seul, ici, dans le silence de cette maison endormie. La solitude ne lui avait jamais fait peur, elle était son double, son éternelle compagne, et c'est bien ce que Mathilde lui reprochait.

Il se leva et, du talon de sa chaussure, écrasa de minuscules morceaux de branches enflammées que le feu projetait jusqu'à ses pieds.

Sa décision montait en lui comme ces flammes qui prenaient de la hauteur, implacables et ardentes. Il ne pouvait plus la différer, elle devenait presque une question de vie ou de mort et ce qui la motivait appartenait à ce qu'il possédait de plus cher et de plus fort : son insatiable besoin de liberté. A présent, il en était persuadé : l'heure était venue de rompre avec Mathilde.

La pluie avait duré toute la nuit mais, avec le matin, le soleil réapparut. Au fond des vallées, les herbes humides scintillaient de fines gouttelettes aux reflets irisés. En s'éveillant, Mathilde fut frappée par la lumière qui baignait la campagne à perte de vue. Elle aimait ces jours clairs qui succédaient aux nuits agitées. Durant quelques minutes, elle admira le paysage, puis marcha jusqu'à la table, proche du lit. Avant de commencer sa toilette, elle prit le petit miroir qui était posé dessus et défit sa chemise de nuit. D'abord, elle regarda son visage et, de son doigt, suivit les cernes bleutés qui bordaient ses paupières ; puis elle examina le haut de son corps et le léger affaissement de ses seins. Plus bas, jusqu'à son ventre, la peau blanche et lisse paraissait plus tendue. Depuis quand ne s'était-elle pas examinée ainsi ? Elle ferma les yeux. Durant des années, elle s'était bornée à n'être qu'une image, la copie conforme que voulait son père.

Ce jour plein de soleil qui entrait par la fenêtre l'invitait à d'autres fêtes. L'arrivée d'Antoine dans sa vie avait bousculé ses habitudes et son quotidien. Aujourd'hui, elle en était certaine, ce corps qu'elle contemplait sans rigueur ni indulgence, mais avec le simple besoin de se rassurer, était habité.

Là, tapie dans son ventre un peu plus rond, une vie se formait. Et, malgré le risque d'être bannie ou montrée du doigt, elle désirait cet enfant, plus que tout au monde.

Sa toilette terminée, elle choisit d'aller s'asseoir dans le jardin qui s'étalait derrière la ferme et, perdue dans ses pensées, ne bougea presque pas de la journée. Pourtant, le mois de mai touchait à sa fin et les comptes devaient être vérifiés avant qu'elle ne les envoie à Guillaume et à Marie. Il fallait également organiser la tonte des moutons et les semailles de chanvre et de maïs avec Blanchard, le nouveau fermier, mais elle ne réussissait pas à s'abstraire. Une seule chose importait en attendant la visite d'Antoine : comment lui annoncer la nouvelle ?

Pour s'encourager, elle prépara le repas qu'il préférait : des tourtous, dont il ne se lassait pas. Une heure avant qu'il arrive, elle le guettait déjà derrière la fenêtre. Dès que la grosse horloge à balancier égrena ses sept coups, elle se mit à son poste de vigie et garda les yeux fixés sur la barrière de la cour.

Tout au long du jour, ni Blanchard ni Léon n'avaient pu obtenir quelque chose d'elle. « Demain, demain, nous verrons cela», avait-elle répété en leur faisant signe de la laisser.

Maintenant, le crépuscule enflammait une partie du ciel et Mathilde scrutait la cour comme si Antoine venait à elle pour la première fois. Il était en retard. Une crainte irraisonnée la saisit. L'élan de joie qui la portait depuis le matin s'estompait comme les derniers rayons du soleil qui se couchait. A la place, une inquiétude naissait : et s'il refusait cet enfant dont il n'avait jamais envisagé l'existence ? Ou s'il choisissait la fuite ? Ce n'est que lorsqu'elle vit se profiler enfin sa silhouette qu'elle décida de se taire et de patienter pour ne pas le brusquer.

Il poussa la barrière, les yeux baissés, et se dirigea vers la porte. Lorsqu'il entra dans la salle, un froid inhabituel parcourut la pièce et parvint jusqu'à elle, qui s'affairait près de la cheminée. Déjà, une odeur de graisse chaude et appétissante s'échappait de la «galetière» qu'elle tenait.

— Je te prépare des tourtous dont tu me diras des nouvelles ! lança-t-elle.

— Je crois que je n'ai pas faim, répondit-il en restant au milieu de la pièce.

— Tu as toujours aimé ça, tu ne peux pas refuser !

L'intonation de sa voix avait quelque chose d'autoritaire et de véhément qui lui déplut. Ce n'était sans doute pas sa faute parce qu'elle n'en avait guère conscience, mais sa façon de réagir, d'ordonner, l'exaspérait. Elle était bien devenue la maîtresse des lieux. En gérant cette ferme, elle se donnait en même temps le droit d'annexer sa vie et ses désirs. Encore un peu, elle lui demanderait de vivre ici et de remplacer ce mari qui l'avait tant déçue.

— Je n'ai pas faim ! souligna-t-il à nouveau sur un ton sec.

Cette fois, elle posa la galetière et se retourna pour le dévisager. Ses traits avaient une dureté qu'elle ne lui avait jamais vue. Droit et bien campé sur ses jambes, il semblait amarré sur place, prêt à affronter toutes les turbulences.

— Assieds-toi, invita-t-elle alors d'une voix radoucie, quelque chose a dû se passer à la tonnellerie…

Il secoua la tête.

— Je dois te parler, fit-il comme s'il voulait en terminer au plus vite.

Puis il se perdit dans la contemplation du sol.

— Nous devons nous quitter, Mathilde. Nous sommes trop différents. Le moment est venu d'arrêter cette histoire. Jamais, je le sens, je ne serai capable de te rendre heureuse.

Lorsqu'il releva la tête, le teint livide de la jeune femme et le tremblement de ses mains le renseignèrent sur l'émotion qu'elle ne contrôlait pas.

Son regard rencontra le sien. Il crut qu'elle allait se mettre à pleurer mais elle se durcit et ses yeux, pourtant brillants, ne cillèrent pas.

— As-tu bien réfléchi ? demanda-t-elle d'une voix qui s'efforçait d'être ferme.

Mais il n'était plus en mesure de faire de longs discours et hocha simplement la tête.

— Oui, souffla-t-il.

Aussitôt, le visage de Mathilde se teinta d'une haine sourde et sauvage.

— Alors, pars ! ordonna-t-elle. Mais tout de suite !

Dans la lumière ténue du soir, entre le feu qui crépitait et le rougeoiement du ciel, sa beauté devenait encore plus attirante.

Antoine réalisa qu'un rien pouvait tout changer. Il suffisait qu'elle redevienne celle qu'il avait aimée en secret dans la tonnellerie ou dans la cabane, qu'elle s'abandonne à nouveau avec cette fraîcheur et cette spontanéité qu'il espérait encore.

— Pars ! redit-elle en le fixant.

Ses yeux noirs paraissaient plus brûlants que les braises crachées par le feu qui s'emballait.

Il n'en supporta pas davantage et se détourna pour aller vers la porte. Au moment de l'ouvrir, il fit une dernière pause comme s'il souhaitait qu'elle le retienne, mais seul un écrasant silence lui répondit. Alors il appuya sur la clenche et sortit.

25

Il n'était pas loin de midi lorsque Martial prit la lettre que Jeanne lui tendait. Tout de suite, il reconnut l'écriture de Guéret.

Près de lui, Jules, Antoine et Etienne épongeaient leurs tempes et leurs fronts mouillés de sueur. Une chaleur lourde et accablante entrait par les fenêtres et la porte ouvertes. De temps en temps, le bourdonnement d'un insecte égaré interrompait leur travail. D'un geste, ils chassaient l'intrus ou riaient quand, d'un coup d'outil, ils parvenaient à l'assommer. L'été, chaque effort comptait double et l'atelier surchauffé n'offrait aucune rémission.

Après avoir donné la lettre à Martial, Jeanne déposa deux bouteilles de cidre frais sur le seuil. Dans ces périodes de forte chaleur, elle devinait ce que représentait pour ces hommes le plaisir de boire quelques verres rafraîchissants. En la remerciant, les trois ouvriers s'assirent à l'ombre devant l'entrée de la tonnellerie et commencèrent à déboucher les bouteilles. Martial enfouit la lettre dans l'une de ses poches et les rejoignit. L'important pour lui était d'abord de trinquer avec eux, de leur montrer qu'ils passaient avant tout. A cette condition seulement, il s'estimait en droit d'exiger efficacité et rendement.

Après le partage d'un deuxième verre, Martial repensa à la lettre. Rien qu'en la palpant, il avait été étonné par son épaisseur. Que pouvait bien lui répondre Guéret qui nécessitait un tel développement ? Il avait dû mettre à profit le temps écoulé pour peaufiner sa réaction et ne pas céder à un mouvement d'humeur. L'artisan préféra s'isoler pour la lire.

— Je dois me rendre au Saillant, ne m'attendez pas ! déclara-t-il à ses hommes.

Il parcourut une assez grande distance avant de repérer un coin ombragé où il était sûr de ne pas être dérangé et sortit l'enveloppe. Assis au pied d'un hêtre, il voyait devant lui le chemin se perdre dans des vallonnements boisés. D'en bas, montait le long murmure de la Vézère qui se mêlait aux stridulations des premiers grillons, cachés dans les hautes herbes. Avant de lire, ses yeux furent attirés par les sautillements insouciants d'un chardonneret dont le plumage exaltait les couleurs de l'été. A peine déplia-t-il les feuillets que l'oiseau s'envola. Alors, il entreprit de déchiffrer l'écriture familière.

Guéret parlait d'une prochaine visite à Voutezac mais ne fixait ni le jour ni l'heure. Il annonçait aussi s'être associé avec Lucien Thyroux, un ami de longue date, en qui il avait une absolue confiance. « Mes ventes évoluent si bien, écrivait-il, que je dois prendre quelqu'un pour me seconder. Dans ces conditions, tu auras bientôt les retombées de ce marché. Prépare-toi à embaucher du personnel ! »

Martial s'apaisa ; il ne mentionnait même pas Mathilde et semblait ne concentrer son attention que sur le développement de son affaire pour en faire profiter la tonnellerie. Voilà qui était plutôt rassurant. A la fin de la première page, ses impressions se confirmèrent. François apparaissait droit et courageux, conforme à ce qu'il en avait toujours pensé.

Le deuxième feuillet avait dû être rédigé plus tard car l'écriture, plus nerveuse, plus assurée, évoquait une copie à partir d'un brouillon. Le ton lui-même était différent. Cette fois, Guéret se plaignait. Il racontait son errance sentimentale, sa solitude malgré ses efforts pour se rapprocher de Mathilde. « A présent, confiait-il, ma vie est brisée. » Avec diplomatie pour ne pas le froisser, il sous-entendait que l'artisan était en partie responsable.

Tout son art consistait à vanter les mérites de Martial en lui faisant comprendre qu'il n'avait pas toujours été à la hauteur de ses engagements. Son habile tactique eut l'effet qu'il espérait. La lecture de cette page achevée, Martial oscilla entre le désir de se racheter et la compassion pour une souffrance qu'il n'avait même pas soupçonnée. Seul le post-scriptum l'éclaira sur la conduite à suivre. Guéret suggérait à l'artisan de le rendre copropriétaire de la tonnellerie. « Engagés, comme nous le sommes, vers des objectifs communs, terminait-il, si tu disparais avant moi, je saurai m'occuper de tout. Notre association trouverait alors un juste et plein épanouissement, tel que nous l'avons rêvé. »

Le troisième et dernier feuillet n'était que le modèle qui devait servir de lettre type pour la rédaction de ces accords. Afin d'éviter les déplacements inutiles, Martial n'avait plus qu'à le recopier et à lui renvoyer signé.

Pérol devint songeur. Près de lui, maintenant, une pie moqueuse s'aventurait sans crainte, fouillant le sol de son bec à la recherche d'un ver ou de quelques graines. Sous une brise tiède, les feuilles des arbres se balançaient mollement. Martial avait envie de s'allonger dans l'herbe, de goûter enfin à une vraie tranquillité. Depuis quand ne s'était-il pas arrêté ainsi ? Chaque matin éveillait en lui le défi qu'il s'était lancé : progresser, arracher à bout de bras une rentabilité qui le menait jusqu'au soir avec la satisfaction d'avoir produit plus et mieux. Toute sa vie s'était bâtie autour de cette course solitaire et voilà qu'à présent, assis au pied de cet arbre, au moment de s'engager, il hésitait. Guillaume et Mathilde partis, il se retrouvait face à lui-même, face à son combat. Que restait-il de ces années passées à travailler sans relâche ?

A qui d'autre qu'à lui servirait la prospérité de son atelier ? Une amertume s'immisça dans son esprit. Guéret ne dissimulait-il pas une voracité suspecte ? Et Charroux, si prudent, si secret, quel jeu jouait-il ? Même

Jules, avec sa farouche opposition au compagnon, devait comploter quelque chose. Tous ces hommes aux insaisissables arrière-pensées le gênaient. Sur qui pouvait-il compter ?

De nouveau, il regarda la lettre. L'aspiration au repos prenait le pas sur ses incertitudes. Après tout, c'était bien grâce à François que la tonnellerie se développait. L'intéresser aux bénéfices n'était pas forcément un mauvais plan s'il acceptait deux conditions : ne pas divorcer et garder le nom des Pérol, quoi qu'il arrive. Résigné, il retourna vers l'atelier. Sa nouvelle décision ne le soulageait même pas, elle n'était qu'une sorte d'imparable aboutissement, presque une contrainte. Le rêve commun dont parlait Guéret n'existait pas. Le sien, celui qu'il avait nourri en vain, avait les traits imaginaires et troublants de ce petit-fils dont le visage le hantait toujours certaines nuits.

Le reste de l'après-midi, il travailla avec ses ouvriers en affichant un entrain forcé. A la fin de la journée, au moment où Jules et Antoine allaient partir, il les interpella d'une façon déconcertante :

— Ça y est, s'écria-t-il, j'ai réglé mes affaires !

Jules fronça les sourcils. Seul Antoine, l'air détaché, continua de ranger ses outils et de plier son tablier.

— Il faut que vous le sachiez, reprit-il, je ne suis plus seul propriétaire de la tonnellerie. S'il m'arrive quelque chose, mon gendre s'occupera de l'atelier. C'est à lui que vous devrez rendre des comptes.

La nouvelle refroidit Jules. Elle n'avait que le mérite d'écarter Antoine. Mais pourquoi Martial était-il allé si vite ? Ne cherchait-il pas à se venger en imposant à Mathilde une situation dont il était le maître ?

— Bonsoir ! souhaita Antoine comme si tout cela ne le concernait pas.

Il sortit de l'atelier sous le regard sombre de l'artisan. Jules se demanda si cette décision ne visait pas aussi un règlement de comptes avec le compagnon.

Rentré chez lui, l'ouvrier dîna d'un reste de fromage et de quelques tranches de pain. L'histoire de cet héritage occupait trop ses pensées pour lui permettre de se préparer un vrai repas. La joie de voir Charroux évincé laissait place à une aigreur.

Jusqu'au bout, il avait espéré que Martial ferait un geste envers lui. Même s'il ne s'attendait pas à tout obtenir, par reconnaissance de son dévouement, le tonnelier aurait pu le faire participer d'une manière ou d'une autre à l'avenir de la fabrique.

Il se sentait floué de toutes ces années durant lesquelles il n'avait ménagé ni son temps ni son amitié. Si demain Pérol disparaissait, il se retrouverait sous les ordres de ce Guéret qu'il détestait autant que Charroux. Désormais, les jours allaient s'enchaîner aux jours dans cette unique perspective : tôt ou tard, Guéret serait un autre maître…

L'envie de s'établir ailleurs le tenaillait tant qu'il n'entendit même pas que quelqu'un frappait à sa porte. Seul un coup assené plus fort le fit sursauter. Soudain, il en fut sûr, Martial venait lui parler. D'un bond, il courut pour ouvrir. La nuit qui tombait l'empêcha de distinguer la silhouette qui se tenait un peu à l'écart.

— C'est vous, patron ? questionna-t-il.

Un froissement de tissu monta dans l'air, puis une voix féminine s'éleva :

— Non, c'est moi, Jules.

Abasourdi, il découvrit Mathilde qui s'avançait.

— Pardon, bredouilla-t-il en s'effaçant pour la faire entrer, je ne vous attendais pas…

Il reboutonna le col de sa chemise et ôta sa casquette pour lisser ses cheveux. Il avait beau la connaître depuis toujours, il n'osait plus la tutoyer. Le regard de Mathilde fit le tour de la pièce. Cette petite maison avait l'aspect traditionnel de la plupart des habitations du pays. Au milieu de l'unique salle, la table, entourée de deux bancs, était coiffée d'un râtelier à pain suspendu aux poutres. Dans un angle, le grand lit haut perché, qui avait dû appartenir aux parents de Jules, côtoyait un coffre à linge, posé devant un vaisselier. Enfin, près de la cheminée, des ustensiles de cuisine, dont une bassinoire en cuivre, s'empilaient pêle-mêle.

— Je boirais bien quelque chose, fit-elle en s'asseyant près de la table.

Jules s'empressa de lui apporter un verre et d'y verser un peu de vin. Puis il prit place en face d'elle. Les deux chandelles allumées qui brûlaient sur un coin de la table donnaient des scintillements d'étoiles à ses yeux noirs.

— Je crois bien que c'est la première fois que je viens.

— Oui, répondit-il d'une drôle de petite voix.

— Je sais que cela doit te surprendre, reprit-elle en employant exprès le tutoiement qui les liait, mais tu es le seul à qui je peux parler…

Elle fixa les dalles du sol, cherchant sans doute à rassembler les mots qu'elle devait dire. De son lourd chignon s'échappaient quelques boucles qui retombaient en mèches souples dans son cou. Jules ne la quittait pas des yeux. Plus il détaillait le grain fin de sa peau, la courbure de sa nuque et son profil délicat, plus il imaginait la main d'Antoine caressant ce qu'il ne touchait que des yeux ; et des aiguilles s'enfonçaient dans sa poitrine.

— Il se passe des choses graves, continua-t-elle à voix basse, il faut que je te le dise avant que tu ne l'apprennes par quelqu'un d'autre. J'attends un enfant.

D'abord, il se crispa comme sous l'effet d'une douleur, puis son menton se mit à trembler.

— Je suppose que le père n'a pas l'intention de réparer ?

A son silence, il comprit qu'il avait visé juste et se dirigea vers le vaisselier. Ce n'était plus du vin qu'il lui fallait mais un alcool fort. Il prit la première bouteille qu'il trouva et se remplit un verre. Il pensait à Martial, à Guéret, au compagnon, et leurs visages dansaient autour de lui comme une ronde menaçante. Il en voulait à Mathilde de l'avoir choisi pour se confier. Il aurait préféré ne rien apprendre, ne rien savoir. Depuis des jours et des jours, il s'était fait à l'idée de ne plus compter pour elle. A force de volonté, il avait réussi à se persuader qu'en s'amourachant d'Antoine, elle s'excluait elle-même du bon chemin et que personne ne pouvait plus la sauver. Et voilà qu'elle était assise ici, espérant qu'il allait lui tendre la main, alors qu'il la rejetait comme il rejetait les blessures endurées à cause d'elle.

— Je ne vois pas ce que je peux faire, dit-il soudain.

— Pardon, s'excusa-t-elle, je n'aurais pas dû…

Il ne parvenait pas à apaiser le flot de ressentiment qui le noyait. Après tout, ce destin, elle l'avait construit elle-même malgré les mises en garde ou la réputation de Charroux. Incapable de prononcer une parole pour la retenir, il la vit ranger son mouchoir et marcher vers la porte. Avant de sortir, elle s'arrêta.

— Tu as raison. Tout cela ne concerne que moi.

Elle tira sur le loquet et se glissa au-dehors comme quelqu'un qui ne veut pas laisser de traces. Lorsqu'elle referma la porte, un souffle d'air éteignit l'une des chandelles.

Le lendemain, il arriva en retard à l'atelier. Après une nuit sans sommeil, l'aube venue, il s'était écroulé comme une masse. Martial ne lui adressa qu'un bref mais virulent regard. Seul Etienne se moqua :

— Elle était bien ? ironisa-t-il en passant près de lui.

Mais Jules ne releva même pas sa remarque. Déjà concentré sur sa coulombe, ce grand rabot renversé en forme de banc, il s'évertuait à rendre ses bois droits et lisses pour rattraper le temps perdu.

— Débrouillez-vous ! lança l'artisan à la cantonade. Ce soir, la livraison pour la Belgique doit être prête.

L'ouvrier comprit qu'il n'avait pas le choix et que ce n'était pas le jour de le contrarier. « Tant pis, se dit-il, je ne ferai pas de pause. »

Il s'attaquait à une deuxième douelle, lorsqu'un homme, habillé avec soin, se présenta à l'entrée du hangar.

— Je cherche M. Pérol, clama-t-il.

Martial, qui était occupé à placer des rivets dans des cerclages en fer, se redressa.

— C'est moi, monsieur, que puis-je pour vous ?

Impressionné par sa stature, l'individu, plutôt fluet, se racla la gorge.

— Mon nom est Castagnier, je viens de Cognac.

L'artisan parut réfléchir puis son visage s'illumina. Avec un large sourire, il s'avança, la main tendue.

— Mais oui, vous êtes l'un de mes meilleurs clients. Vous auriez dû me prévenir !

Castagnier ne serra pas la main qu'il lui offrait. Ses lèvres et ses narines se pincèrent.

— Si j'ai fait tout ce voyage, ce n'est pas pour vous féliciter.

Le bras de Martial retomba. Cet homme venait de recevoir une livraison de cinq fûts ; s'il s'était déplacé jusqu'ici, c'est que quelque chose ne lui convenait vraiment pas.

— Vous n'avez pas l'air satisfait, se risqua-t-il à dire.

— Le mot n'est pas assez fort, cher monsieur ! Par votre faute, j'ai gâché le quart de ma dernière fabrication. Trois de vos barriques ont laissé fuir leur contenance sans que je m'en aperçoive, puisque j'étais en voyage. A mon retour, ma meilleure réserve, la plus prometteuse, s'écoulait en flaques dans mes chais.

Cette fois, la figure de Martial se décomposa. L'offense l'atteignait de plein fouet. Il tenta de se remémorer les circonstances du façonnage des fûts. Oui, il s'en souvenait, c'était le moment où Mathilde l'avait quitté. Plusieurs jours de suite, il avait déserté la tonnellerie, avant de réaliser que sa place était encore là. Etienne, débutant, ne pouvait être mis en cause. Son regard alla vers Antoine et Jules, mais aucun des deux ne bronchait.

— Je vais vous dédommager, s'empressa-t-il de proposer.

Son interlocuteur ne répondit pas. Il semblait attendre autre chose, sans doute le nom du coupable. En sa présence, Martial ne voulait pas pousser plus loin ses investigations. Une fois les fûts sortis de son atelier, il s'estimait le seul responsable.

— Soit je vous rembourse, précisa-t-il encore, soit je vous fais parvenir d'autres barriques dans la semaine.

Castagnier pointa son doigt vers Etienne.

— Votre main-d'œuvre est trop jeune, Pérol, si vous persistez, vous aurez des catastrophes !

L'artisan allait répliquer quand, soudain, Charroux fit un pas en avant et se plaça devant lui.

— C'est ma faute, déclara-t-il, je n'ai pas eu assez de temps pour les éprouver. Les jointages ont dû bouger pendant le transport. Je suis prêt à vous suivre pour aller réparer sur place.

— Cet aveu vous honore, commenta Castagnier, mais ça ne remplacera pas mon alcool perdu ! C'est bon, décida-t-il alors, de toute façon, ces fûts sont inutilisables. J'attends que vous me les remplaciez et nous en resterons là.

— Comptez sur moi ! assura Martial en le raccompagnant jusqu'à la grille. Après une poignée de main tout juste cordiale, les deux hommes se séparèrent. L'un et l'autre savaient qu'ils ne se reverraient plus.

Quand l'artisan réintégra l'atelier, un silence de mort l'accueillit. Il s'empara du cercle en fer qu'il avait laissé par terre.

— L'un d'entre vous n'a pas dû fixer les barres en bois sur les fonds pour les renforcer, expliqua-t-il, du coup, la pression du liquide était trop forte…

Sans faire attention aux trois hommes qui l'observaient, pétrifiés, il se remit à monter ses rivets.

— Je ne suis pas sûr, poursuivit-il en lorgnant vers Charroux, que tu sois le coupable, mais peu m'importe ! Vous aurez tous ces fûts à refaire en plus des commandes, et c'est moi qui les éprouverai !

L'angélus avait sonné depuis longtemps lorsque les trois ouvriers s'en allèrent. Le surcroît de travail n'était qu'une punition minime par rapport à la peine qu'ils avaient cru encourir. La clémence de Martial leur paraissait suspecte.

En empruntant le chemin qui le menait chez lui, Jules avait l'impression de ne plus être le même. Entre la visite de Mathilde et la fin de cette journée, le temps s'était multiplié, accéléré. A qui pouvait-il confier les sentiments contradictoires qui l'habitaient ? L'autoaccusation volontaire du compagnon le chavirait encore. Pourquoi s'était-il mis en avant alors que c'était lui, Jules, le véritable fautif ? Par inadvertance ou distraction, il avait bel et bien oublié de rajouter les fameuses barres indispensables pour les fûts qui contiennent du cognac. Cette omission, indigne d'un ouvrier chevronné, aurait pu le rayer à vie du métier. Et voilà que Charroux le déchargeait de sa faute, sans aucune explication. Il avait beau ne rien comprendre à son attitude, cet acte l'auréolait d'une autre dimension. Le désir de vengeance, qui s'était exacerbé avec les révélations de Mathilde, s'effritait comme un fer rongé par la rouille.

A peine réveillé de sa nuit, Antoine se posa des questions sur le sort que lui réservait Martial. Son apparente clémence lui paraissait douteuse.

Lorsqu'il déboucha sur le chemin qui se faufilait entre les champs et les vergers jusqu'à Voutezac, la grisaille du ciel annonçait un jour chargé de nuages. Par ce temps, le travail serait moins pénible. Le dernier tournant dépassé, il se pencha pour arracher une brindille, quand il sentit une présence qui l'incita à se retourner.

A deux pas de lui, juché sur sa carriole, les rênes encore en main, l'artisan était là. Dans le contre-jour, son grand chapeau de feutre ombrait en partie son visage.

— Bonjour, patron, dit Antoine en s'approchant pour flatter le museau de Bacchus, c'est moi que vous guettiez ?

— Oui, répondit Martial.

A sa mine renfrognée, le compagnon devina que le moment était venu. Un règlement de comptes entre quatre yeux se profilait sur cette route.

— Je suis venu te parler des cinq fûts, enchaîna Pérol sur un ton sec.

Il n'avait pas dû bien dormir car ses traits tirés accusaient le renfoncement de ses yeux. Charroux se prépara comme un soldat qui va combattre. Ce visage-là, cette silhouette ramassée et ses mains qui tenaient les rênes avec nervosité annonçaient un déchaînement proche. Le plus curieux, c'est que cela ne l'étonnait pas. Pas un instant il n'avait cru à sa mansuétude. L'artisan descendit de sa carriole pour se retrouver face à lui et bomba le torse comme quelqu'un qui ne craint aucun danger. Antoine pensa qu'il allait le frapper et se tendit mais, au lieu de cela, les yeux du tonnelier parurent s'attacher à un point lointain et il s'immobilisa. Charroux pivota sur lui-même. Dans les champs qui s'étendaient derrière eux, des groupes d'hommes et de femmes, porteurs de faux et de faucilles, se répandaient en chantant. Comme chaque année, une fois la Saint-Médard fêtée, ils s'occupaient des foins à engranger. En tête de file, Mathilde marchait, le front couvert d'un large chapeau de paille, un cruchon d'eau fraîche dans chaque main.

Martial paraissait ne voir qu'elle. Il la suivit jusqu'à ce qu'elle s'asseye à l'ombre d'un orme, imitée par d'autres femmes. Lorsque les faux maniées par les hommes commencèrent à siffler en cadence, brusquement, il fit demi-tour et regrimpa dans sa carriole.

Antoine porta à sa bouche la brindille qu'il avait cueillie.

— Je sais que ce n'est pas toi, fit alors l'artisan, aucun des fûts ne portait ta signature.

Il allait encourager Bacchus à repartir quand il se ravisa.

— Vos arrangements entre Jules et toi ne me regardent pas. Cette semaine, c'est toi qui auras deux jours de moins sur ta paie.

Après un claquement de fouet, la carriole démarra si vite que Charroux n'eut que le temps de s'écarter pour l'éviter.

A la fin de la journée, Antoine prit Jules à part.

— Il faut que je te parle, dit-il en l'entraînant hors de l'atelier.

Plus loin, au-delà de la route, les faucheurs terminaient leur travail et les femmes achevaient de lier les dernières javelles avec des pailles de seigle.

— J'ai un service à te demander, continua-t-il.

Avant que l'ouvrier ne réponde, il lui montra le champ où il avait aperçu Mathilde, le matin même.

— Là, parmi ces femmes, il y a celle à qui je voudrais faire parvenir ça.

De l'une de ses poches, il sortit un papier plié et cacheté.

— J'ai confiance en toi, tu es le seul qu'elle écoutera.

— C'est pour Mathilde ?

Charroux fit signe que oui.

Jules avait tout imaginé, sauf d'être un médiateur entre elle et lui. Avec un geste de somnambule, il s'empara du papier.

— Dépêche-toi, conseilla Antoine, ils s'en vont.

L'ouvrier se mit à courir. A chaque foulée, le jeu calculé de Charroux lui sautait aux yeux. Il avait dû capter des regards, des attitudes, s'apercevoir d'une manière ou d'une autre de la haine qu'il lui vouait à cause de Mathilde. En se servant ainsi de lui, il le neutralisait en le forçant à être complice. Lorsqu'il arriva près des champs, leur faux sur l'épaule, les hommes remontaient vers le village. Dans leur sillage, les femmes, avec leur chapeau de paille noir, bavardaient. Jules repéra Mathilde et la rejoignit. Avec une indifférence feinte, elle le salua et lança quelques réflexions sur les parcelles de terre qui restaient à faucher, puis demanda des nouvelles de l'atelier. Parce qu'il devinait le regard d'Antoine braqué sur eux, il fut bref et tendit le papier.

— C'est pour toi !

Un coin d'herbe sur un petit talus proche lui sembla propice ; il s'y assit tandis qu'elle dépliait le billet. En un instant, il vit sa figure se transformer. Avec la précision d'un rapace qui lacère une proie, elle déchira le papier en fins morceaux et les éparpilla.

— Ecoute, fit-elle, les yeux injectés de colère, tu vas dire à celui qui t'envoie que c'est trop tard.

Puis elle se détourna et s'enfuit vers la route. Là-haut, Antoine avait abandonné le hêtre qui l'abritait et partait aussi. Jules était seul. Des petits bouts de papier volaient à ses pieds ; il se baissa pour en saisir quelques-uns et tenter de reconstituer des phrases. Mais la lettre d'Antoine était presque réduite à l'état de poussière. Il haussa les épaules et remonta vers le chemin qui le conduisait chez lui. Plus il avançait, plus son corps lui semblait fourbu. A présent, Mathilde avait une fausse image de lui, celle d'une entente secrète avec Antoine. A cette heure, elle devait les maudire ensemble, de la même façon. Après le rejet qu'il lui avait signifié, elle n'avait plus aucune raison de le voir différent de ces hommes qui l'avaient bafouée. Charroux, Guéret et, sans doute, Martial avaient dressé autour d'elle un mur d'incompréhension et de tromperies.

Les derniers faucheurs se dispersaient. Quelques mains s'agitèrent encore, puis le silence du soir retomba sur la campagne. Un caillou rentré par mégarde dans l'un de ses sabots força Jules à claudiquer ; il s'en débarrassa avant de s'affaler dans un coin où l'herbe tendre et les haies l'isolaient des regards. Là, il s'allongea, les mains derrière la tête, les yeux tournés vers le ciel, et attendit la nuit. Il ne lui manquait plus rien : ni la chaleur d'un lit ni le confort d'une maison. Des étoiles s'allumèrent au-dessus de lui ; comme l'aurait fait un enfant, il se mit à les compter et s'endormit.

Une sensation de fraîcheur l'éveilla.

Ses cheveux et sa nuque baignaient dans la rosée. Autour de lui, des fils de la Vierge s'accrochaient entre les herbes, brillant comme du vif-argent sous les premiers rayons de soleil. Il se demanda combien de temps il avait pu dormir. Au loin, un carillon d'église mêlait ses coups étouffés à des bêlements plus proches. Il se frotta les yeux, un jour clair commençait ; une seule idée occupait son esprit : revoir Mathilde et lui parler. Il fit quelques pas, repéra un petit ruisseau qui coulait près d'une butte et s'agenouilla pour se laver. Puis, tant bien que mal, il essaya de discipliner ses cheveux et réajusta sa casquette. D'après la position du soleil, il calcula qu'il devait lui rester une bonne heure avant la reprise du travail. Alors, il se mit en route.

Lorsqu'il entra dans la cour, il aperçut Léon qui entassait des bottes de foin dans la grange et le salua avant d'aller frapper à la porte de la ferme.

Comme il l'avait prévu, c'est Mathilde qui lui ouvrit. Déjà prête pour se rendre aux champs, elle portait un grand tablier sur une simple jupe en droguet et des chaussures montantes pour la préserver d'éventuelles morsures de vipère.

— Je n'ai pas beaucoup de temps, prévint-elle tout de suite.

Il comprit qu'elle se méfiait.

— Je ne serai pas long.

Avec sa casquette à la main, ses yeux encore fatigués par un réveil trop matinal ou peut-être une insomnie tenace, il n'avait rien d'un intrigant ni d'un calculateur.

— Entre ! finit-elle par dire.

Il s'engouffra dans la salle et s'arrêta devant la longue table installée au centre. Mathilde avait préparé une soupe pour Léon. Elle lui en proposa une assiette qu'il refusa malgré la faim de loup qui lui tordait l'estomac.

— Je ne suis pas venu pour ça, dit-il.

Elle se cabra :

— C'est encore lui qui t'envoie, n'est-ce pas ?

— Non, fit-il en baissant la voix. Voilà des jours que j'y pense.

Il laissa passer un silence avant de continuer.

— Tu vas être seule avec le petit, alors, si tu le veux bien, je pourrais lui servir de parrain…

Comme elle se taisait, il eut peur qu'elle ne le repousse.

— Peut-être préfères-tu attendre avant de me donner ta réponse ?

A ce moment, la voix de Léon s'éleva au-dehors et deux coups résonnèrent contre la porte. Jules se leva. Ce n'est qu'en traversant la cour qu'il entendit Mathilde le héler. Debout sur le seuil, elle le regardait partir.

— Je suis d'accord, cria-t-elle, à bientôt !

En peu de temps, il se retrouva sur la route qui menait au bourg. Face à lui, la montée régulière du soleil s'accompagnait déjà d'une lourde chaleur, mais il ne la sentait pas. Il pensait au travail qui l'attendait, à Charroux dont il venait en quelque sorte de se venger. S'introduire à une place essentielle dans la vie de Mathilde, n'était-ce pas le distancer ? Il aborda la dernière côte avec un nouvel élan. Même Martial ne lui faisait plus peur. Tandis qu'il grimpait, la silhouette d'un homme qui marchait dans la direction opposée attira son regard. Aveuglé par la lumière du soleil, il dut cligner plusieurs fois des yeux avant de s'arrêter, surpris.

— Patron ! s'exclama-t-il. Que faites-vous là ?

Pérol s'arrêta mais, au lieu d'esquisser un sourire, il ne lui adressa qu'une mine défaite, presque hagarde.

— Quelque chose ne va pas ? s'inquiéta aussitôt Jules.

L'ombre d'un client mécontent surgissait à nouveau. Par mesure de prudence, il recula d'un pas. Mais, toujours silencieux, Martial plongea la main dans la poche de sa veste et en tira un journal plié.

— Là ! fit-il en lui désignant un article.

Jules, qui savait à peine lire, essaya de déchiffrer le gros titre noir en détachant chaque syllabe à voix haute.

— Laisse ! abrégea l'artisan.

Il ajusta la feuille sous ses yeux et, d'une voix mal assurée, commença :

— « La nuit dernière, un crime particulièrement odieux a été commis. Un homme a été retrouvé poignardé dans sa maison. D'après les premiers éléments de l'enquête, les coupables seraient un couple de domestiques qu'il avait pris à son service. »

Il releva la tête.

— C'est François, articula-t-il dans un souffle, ils l'ont tué !

Tout à coup, autour d'eux, il n'y eut plus que des bourdonnements d'insectes et les bruits ordinaires du village qui s'éveillait. Jules regardait Martial sans bien réaliser. Peut-être se trompait-il ? Rien que pour le voir abandonner cette figure de mort vivant, il espérait encore.

— Ce n'est pas forcément lui…

— Si, reprit-il tout bas, les gendarmes viennent de me le confirmer.

Une charrette transportant des foins s'engagea derrière eux ; deux hommes et deux femmes qui s'y tenaient debout les saluèrent avec des rires et de grands gestes.

— Je vais chez Mathilde, continua le tonnelier sans même leur jeter un coup d'œil, je dois lui annoncer moi-même la nouvelle.

Il arriva au moment où elle s'apprêtait à quitter la ferme. Rien qu'à sa démarche, elle comprit que quelque chose de grave avait dû se passer. Il avait beau chercher à se tenir droit, ses épaules s'affaissaient et son corps semblait porter la marque d'une épreuve. Il souleva son chapeau.

— J'ai une triste nouvelle à t'apprendre : François est mort, lâcha-t-il tout de suite.

— Que dites-vous ?

Martial lui tendit le journal qu'il avait montré à Jules. Elle parcourut les lignes puis s'appuya contre le montant de la porte, le visage livide.

— Je n'irai à Brive que si l'on me le demande, fit-elle en se reprenant.

Ce drame amenait d'autres résonances. Elle connaissait les fréquentations douteuses de Guéret. La violence de sa mort ne prolongeait-elle pas ses choix de vie ?

— Il jouait, confia-t-elle soudain, et beaucoup de ses relations n'étaient guère recommandables.

C'était la première fois que Martial l'entendait ainsi parler de lui.

— Tu ne devrais pas, gronda-t-il, le moment est malvenu.

Mais, déjà, elle ne pensait plus qu'à l'enfant qu'elle portait, à cette vie qui dessinait un autre avenir. Elle passa la main sur son ventre à peine arrondi.

— Il y aura une enquête et l'affaire se saura.

Comme Martial ne répondait pas, elle se dirigea vers la barrière de la cour devant laquelle Léon patientait.

— De toute façon, s'écria-t-elle en se retournant une dernière fois, jamais je ne pourrai revenir à la tonnellerie.

Puis elle se hâta vers les champs où les fenaisons s'achevaient.

26

Martial se déplaça jusqu'à Brive pour s'occuper de tout. Les foires franches s'achevaient. De toutes parts, des charrettes et des charretons convergeaient vers la sortie de la ville dans un tohu-bohu plein de braiments ou de hennissements. Les auberges hébergeaient encore des clients qui concluaient leurs dernières affaires devant une chopine de rouge ou un plantureux repas.

Pour la première fois depuis des années, l'artisan se tint à l'écart. Le déroulement de l'enquête ne lui ménagea aucun répit. En quelques jours, il apprit sur Guéret ce qu'il n'aurait jamais voulu entendre. En présence d'un commissaire de police, il rencontra Victoire et Emile Trachet, accusés d'avoir fomenté l'assassinat. Guéret s'était-il laissé piéger ? Ou bien ses audaces envers la servante avaient-elles servi d'alibi au mari floué ? Le fait est qu'en pleine nuit Emile Trachet avait réussi à s'introduire chez lui pour le poignarder et lui dérober son argent. La police n'avait pas été longue à mettre la main sur les deux présumés coupables qui s'obstinaient encore à nier. De fil en aiguille, Martial eut confirmation de ce qu'avait avancé Mathilde. Sur le carnet d'adresses de son beau-fils, les lieux de rendez-vous suspects côtoyaient des prénoms de femmes aux échos évocateurs.

Atterré par ce qu'on lui révélait, il s'ingénia à faire taire la rumeur publique. Une fois la date de l'inhumation fixée, il entreprit de rendre visite à chaque directeur de journal et, grâce à quelques sommes d'argent non négligeables glissées de la main à la main, il obtint le silence. Même le curé contacté pour les obsèques fut sensible à la peine qui l'affectait. Moyennant deux billets pour ses œuvres, il accepta de célébrer l'enterrement presque en catimini, dans la chapelle Saint-Antoine. Aux amis qui essayèrent de se présenter, Martial opposa un vigoureux refus. Seuls Lucien Thyroux, l'associé de fraîche date, et sa mère furent admis. La brève cérémonie achevée, parce qu'il avait des questions pressantes à leur poser, l'artisan les invita à prendre une collation dans une auberge proche. Malgré de minutieuses recherches, il n'avait pu retrouver la lettre qui officialisait son gendre héritier de la tonnellerie.

Le jeune Lucien, qui ne cachait pas sa tristesse, le suivit avec une mine résignée. Quant à sa mère, retranchée derrière son éducation bourgeoise, elle paraissait n'afficher qu'un air de circonstance. Lorsqu'elle le questionna sur Mathilde, Martial devint évasif, mais un regard échangé avec son fils le renseigna. Sans en parler, ce dernier devait être au courant de la situation. A peu près du même âge que Guéret, Lucien avait un abord plutôt sympathique. De figure carrée, il portait une moustache drue et brune qui faisait ressortir ses yeux sombres. Aucune mollesse ou fadeur ne transparaissait dans ses traits ou sa façon de se tenir. Son unique défaut venait peut-être de son perpétuel assujettissement à sa mère. Elle ne pouvait formuler une demande ou émettre un désir sans qu'il se précipitât pour le réaliser.

Mme Thyroux était de ces femmes qui déguisent leur abusive autorité sous des mots doucereux. Martial la prit vite en horreur.

Il patienta jusqu'au dessert, jusqu'à ce qu'elle cesse, faute d'explications suffisantes, de le harceler sur la tonnellerie et sur Mathilde, pour aborder le problème qui le préoccupait.

— Avez-vous entendu François évoquer une lettre que je lui ai récemment envoyée ?

— Non, répondit-elle aussitôt.

Le ton péremptoire et la rapidité de sa réponse l'étonnèrent. Il se tourna vers Lucien mais celui-ci, penché sur son assiette, s'appliquait à manger sa part de gâteau aux noix. L'artisan se souvenait d'avoir fouillé la maison de fond en comble ; il était certain qu'aucun recoin ne lui avait échappé.

— Comment s'appelle votre notaire ?

Là encore, sa question resta en suspens. Dans un mouvement soudain, Mme Thyroux sortit de son sac une photo, qu'elle plaça d'office sous son nez.

— C'est la dernière image que nous avons de lui.

Martial découvrit François en train de poser aux côtés de Lucien. Au-dessus d'eux, trônait une pancarte sur laquelle on pouvait lire : *Maison Guéret-Thyroux. Vente de vins*. Visiblement, les deux amis avaient souhaité immortaliser leur nouvelle association.

— Vous pouvez la donner à votre fille, précisa-t-elle, nous en referons tirer d'autres.

Comme l'artisan hésitait, Lucien s'empara de la photo et la rangea dans une poche intérieure de sa veste.

— J'aimerais me rendre à Voutezac, continua-t-il comme s'il cherchait à faire diversion, je voudrais voir la tonnellerie.

Il jeta un coup d'œil vers la grosse horloge à balancier adossée contre le mur. Deux heures de l'après-midi allaient bientôt sonner.

— Si nous prenions ma voiture et mon demi-sang, proposa-t-il, nous pourrions faire la route ensemble ?

— Bonne idée, approuva Martial.

Ils prirent congé de Mme Thyroux, qui désirait regagner son domicile à pied.

En serrant la main du tonnelier, elle se crut obligée de faire un dernier commentaire :

— Je m'étais habituée à lui comme à un fils.

— Je comprends, fit-il seulement.

Cette femme avait trop tendance à s'approprier les êtres et les choses. Il la quitta plein de suspicion. Pour quelles raisons pouvait-elle détenir cette lettre ?

Le retour se déroula sous un grand soleil. Après les terribles événements qui venaient de se produire, Martial était soulagé de sentir la présence de Lucien à ses côtés. Entre les bribes de conversation échangées, il ne put s'empêcher de commencer à récapituler tout ce qu'il avait dû investir durant ces quelques jours. Les sommes dépensées atteignaient un chiffre considérable. Quant à sa fatigue physique, elle émanait surtout de l'énergie déployée sans relâche et du manque de sommeil. Mais sa bonne réputation et son amitié pour le député-maire, amateur de bons vins, avaient fait des miracles. Nulle part on ne mentionnerait la vie équivoque de Guéret, et le procès des époux Trachet serait rondement mené. Le seul point noir concernait la tonnellerie. Qu'allait-il se passer, à présent ?

Prétextant une soif subite, il supplia Lucien de s'arrêter près d'une auberge entre Donzenac et Allassac. Là, il essaya de lui tirer les vers du nez. D'autorité, il commanda deux eaux-de-vie de prune et commença de le questionner avec l'habileté d'un vieux renard.

Très vite, il s'aperçut que Lucien n'avait ni l'envergure ni l'ambition de Guéret. Sa gentillesse, ses manières affables n'étaient que le reflet d'une nature effacée qui ne demandait qu'à être dirigée ou prise en main.

En fait, le jeune Thyroux ne vivait que grâce à l'aisance financière de sa mère. En aucun cas, il ne pouvait prétendre devenir un marchand de vins hors pair.

— Mais pour quelles raisons, finit par dire Martial, François s'est-il associé avec vous ?

Lucien ébaucha un sourire.

— Nous étions presque frères. Petit à petit, il pensait qu'il allait m'apprendre le métier et que nous formerions un tandem.

— Alors, constata l'artisan après un silence, les commandes de fûts vont chuter…

Une telle déception se peignit sur son visage que le jeune homme s'empressa de le rassurer :

— Je vais faire l'impossible, je vous le promets.

Après plusieurs détours et quelques arrêts pour admirer le paysage entre les gorges encaissées et la plaine, ils ne rejoignirent Voutezac qu'à la tombée du soir.

Martial présenta Jeanne à Lucien. Avec son savoir-faire habituel, elle leur prépara une farcidure à base de pommes de terre, qu'ils dévorèrent, affamés par le voyage et les émotions. Trop épuisé, Martial remit la visite de la tonnellerie au lendemain et laissa Lucien aller se reposer dans l'une des chambres de l'étage.

Puis, il ôta son chapeau et, accoudé sur la table, posa son front entre ses mains. Le plus dur se dressait devant lui. Jeanne, qui n'avait rien dit jusqu'à présent, s'assit et le regarda. Elle sentait le désarroi qui l'oppressait mais ne savait comment l'aider. Ils se tenaient ainsi face à face quand, tout à coup, dans le lointain, des rires et des cris éclatèrent comme des coups de cymbales. Surpris, Martial releva la tête : le ciel s'embrasait d'une gigantesque lueur.

— C'est la Saint-Jean, dit Jeanne.

Pendant quelques instants, ils écoutèrent le tapage et la musique qui vrombissaient par vagues.

— Va les retrouver, fit-il alors, je n'ai pas le goût de m'amuser.

— Moi non plus, murmura-t-elle.

Les danses et les chants durèrent toute la nuit. Dès la tombée du jour, les jeunes gens du bourg avaient confectionné l'énorme bûcher qui devait être béni par le curé avant d'être enflammé. A tour de rôle, les fermiers des alentours allumèrent des feux dans des petits récipients et les transportèrent d'étable en étable pour assurer la fertilité du troupeau. Enfin, tout le village se réunit autour du brasier pour encourager les plus hardis à sauter par-dessus.

Un peu à l'écart, parmi la foule survoltée, Mathilde assistait au spectacle. C'est Léon qui avait insisté pour qu'elle vienne. « Vous verrez, madame Mathilde, ça vous changera les idées ! »

Une fois son accord obtenu, il l'avait accompagnée jusqu'aux bords de la rivière où l'on élevait le bûcher. Puis, après un sourire d'excuse, il s'était enfui pour rejoindre des compères qui le réclamaient. Maintenant, elle regardait seule la ronde d'hommes et de femmes qui dansaient autour des hautes flammes, au son des chabrettes ; mais elle ne les voyait pas. La disparition tragique de François la secouait encore. Tout au long des jours précédents, sa vie à Brive avait sans cesse défilé devant ses yeux. Alors, le doute et le remords avaient surgi. N'avait-elle pas été trop injuste envers lui ? Les villageois se pressaient pour passer à la flamme les traditionnels bouquets d'herbes qui devaient porter bonheur. Tandis qu'ils riaient en se bousculant, elle sentit une main serrer son bras et se retourna. Antoine se tenait derrière elle, un bouquet d'herbes à la main.

— Je les ai cueillies pour toi, dit-il en les lui tendant.

Aussitôt, elle fit mine de vouloir partir mais il la retint. Devant eux, la ronde de tout à l'heure se transformait en farandole qui caracolait le long de la rivière. Antoine l'attira loin des graviers qui bordaient les rives et s'assit avec elle sur une butte couverte d'herbe. Une petite fraîcheur bienfaisante apportée par l'eau montait jusqu'à eux. Il attendit que la farandole et ses clameurs s'éloignent.

— J'ai appris ce qui s'est passé, fit-il soudain.

Mathilde avait posé son menton sur ses genoux repliés et fixait l'eau. Elle n'avait pas envie de lutter.

— Il faut que tu m'écoutes, continua-t-il sur un ton grave. Martial va s'éteindre comme ce feu qui agonise. Et la tonnellerie avec lui.

Elle sursauta mais il poursuivit sans y prendre garde :

— Et plus rien n'aura d'importance.

Après un court silence, elle s'empara du bouquet d'herbes posé à ses pieds. Les digitales et les millepertuis se fanaient déjà au milieu des tiges vertes.

— Est-ce que tu crois au bonheur ? demanda-t-elle.

— Pourquoi me poses-tu cette question ?

— Parce que mon père est un vrai Pérol ; il porte le malheur en lui comme le sang dans ses veines. Personne ne pourra le sauver.

Le brasier n'était plus qu'un amas de cendres rougies et la farandole se dispersait au fur et à mesure que la musique faiblissait. Ni Antoine ni Mathilde n'avaient besoin d'autres mots. Dans cette nuit, quelque chose de plus fort qu'eux les poussait de nouveau l'un vers l'autre. Lorsqu'elle sentit sa main se poser sur la sienne, elle ne put que fermer les yeux.

Il faisait encore nuit quand Martial se leva.

Sans faire de bruit pour ne pas réveiller Lucien, il alluma une lampe à pétrole et fureta dans la salle à la recherche de quelque denrée. Comme il ne trouvait rien d'autre qu'un chapelet d'oignons, il en découpa deux en rondelles qu'il disposa sur une tranche de pain bis, tartinée de graisse d'oie. Il mangeait avec appétit, perdu dans ses pensées, quand l'escalier se mit à grincer.

— Bonjour, monsieur Pérol ! entendit-il.

Presque aussitôt, la silhouette de Lucien se dressa devant lui.

— Déjà levé ? s'étonna-t-il.

Le jeune homme prit place en face de lui.

— Ma nuit a été excellente mais je n'aime pas m'attarder dans un lit.

— Alors, nous sommes faits pour nous comprendre ! Tout petit, mon père me réveillait avant l'aube pour aller choisir les bois. Les yeux encore collés par le sommeil, j'ai appris à connaître tous les arbres, d'Objat à Comborn.

— Vous faites un beau métier, dit Lucien.

L'artisan reposa la tartine qu'il tenait. Ce garçon lui paraissait plutôt sympathique mais ses bonnes manières mettaient une distance entre eux. On le sentait pétri d'une éducation bourgeoise dont il ne savait comment se débarrasser. Au contraire de François, qui s'adaptait selon les circonstances, il gardait une réserve qui le rendait presque froid.

— En attendant Jeanne, continua Martial, je ne peux guère vous offrir que du pain…

Mais il n'accepta qu'un verre d'eau fraîche et voulut visiter la tonnellerie. L'artisan éteignit la lampe. Le petit jour qui s'annonçait suffisait à les éclairer. Ils traversèrent la cour côte à côte, puis Martial le fit passer devant lui. A peine entré, le jeune homme se perdit en questions, souleva des outils et des bois, examina les fûts. Pas un détail ne semblait devoir lui échapper. Trop content qu'il s'intéresse à son atelier, Martial multipliait les commentaires. Pour la énième fois, il raconta ce qui avait motivé la vie de ses grands-parents, de son père et maintenant la sienne. Plus il expliquait sa passion, plus il s'animait, retrouvant la vivacité que la mort de Guéret avait sapée d'un seul coup. Au bout d'un quart d'heure, emporté par le flot de ses paroles, il se trompa de prénom et l'appela François.

Thyroux le vit se mordre les lèvres, une ombre envahit son visage.

— Vous l'aimiez, n'est-ce pas ?

Martial regarda vers la porte ouverte. Les ouvriers n'allaient pas tarder, la vie allait reprendre comme si rien n'avait eu lieu. Mais l'avenir ?

— Ce n'est pas le mot qui convient, fit-il, mais grâce à lui, l'atelier a doublé sa production. Je lui dois beaucoup.

Le jeune homme jeta un dernier coup d'œil autour de lui. L'odeur du bois était presque enivrante, elle s'accrochait partout aux moindres interstices, jusqu'à imprégner les vêtements et le corps de Martial. Ici, il comprenait le drame qui le bouleversait : avoir consacré sa vie entière à développer cette affaire et, du jour au lendemain, risquer de tout perdre.

— Je ferai l'impossible, reprit-il, je vous le promets.

Ils repartirent ensemble jusqu'à la grille. Par manque de place, la voiture attelée avait été laissée à l'auberge. L'artisan lui indiqua le chemin à suivre puis le quitta après une longue et chaleureuse poignée de main.

Un peu plus tard, Jules trouva Martial assis, pensif, à l'entrée du hangar.

Thyroux ne mit pas longtemps à rejoindre l'auberge. Il voulait récupérer sa voiture le plus rapidement possible et réaliser enfin ce qui lui tenait à cœur :

rencontrer Mathilde. Les difficultés de Martial l'attristaient mais, au fond, qu'y pouvait-il ?

Cette modeste tonnellerie, que Guéret avait tant aidée, était capable de fonctionner sans lui. Même si ses rendements diminuaient, il estimait que Martial survivrait sans encombre, quitte à revoir à la baisse ses rêves de grandeur.

Comme il ignorait l'adresse exacte de Mathilde, il dut insister auprès de l'aubergiste pour l'obtenir. Reynal rechignait à le renseigner. Tout ce qui concernait la famille Pérol paraissait voué au silence. Ce n'est qu'après avoir reçu quelques pièces qu'il eut un geste imprécis vers le bas de la route.

— C'est par là. Vous n'aurez qu'à demander…

Dépité par ce qu'il croyait être un manque d'égards, Lucien ne remercia même pas l'aubergiste. Il se souvenait encore de ce que lui avait, un jour, confié François : « A part Martial, pas un des habitants de ce bourg ne m'a inspiré une quelconque sympathie. »

Tandis qu'il conduisait son cheval vers la ferme de Mathilde, une appréhension lui pinçait l'estomac. Il ne rencontra personne mais, dès qu'il fut devant la cour, sans jamais l'avoir vue, il fut certain de la reconnaître. Perchée sur un tabouret, elle se préparait à suspendre le bouquet d'herbes d'Antoine sur le linteau de la porte. Elle s'arc-boutait sur la pointe des pieds lorsqu'il toussa pour signaler sa présence.

— Excusez-moi, je viens de Brive.

Elle descendit du tabouret et tourna vers lui un visage inquiet.

— Je suis Lucien Thyroux, s'empressa-t-il de dire.

A son expression, il comprit que sa visite la désarmait.

— Je ne veux pas vous déranger…

— Entrez donc ! finit-elle par proposer. Nous serons mieux pour parler.

Il lui emboîta le pas en se disant que François ne lui avait pas menti. Les lignes pures de ses traits et, surtout, ses yeux sombres aux longs cils noirs envoûtaient et fascinaient en même temps. A peine assis en face d'elle, une émotion qu'il ne maîtrisait pas s'empara de lui. Elle lui offrit un verre de cidre puis, sans faire la moindre allusion au drame, raconta comment s'organisaient ses jours ici. Thyroux comprit que la disparition de Guéret la rendait, avant tout, libre et qu'elle n'avait plus aucun sentiment pour lui ou, du moins, se refusait à le manifester. Alors, il sortit la photo qu'il avait prise des mains de Martial et la lui montra. Après l'avoir longuement regardée, elle la reposa sur la table.

— Je venais de lui écrire que je voulais divorcer, étiez-vous au courant ?

— Non.

— Nous n'étions pas faits l'un pour l'autre, mon père s'est trompé.

Lucien resta silencieux. L'heure de son départ allait arriver. Seule, peut-être, la peur de ne plus la revoir le rivait à son siège. Il espérait un signe ou un mot qui ouvrirait la perspective d'une autre rencontre. Le soleil inondait une grande partie de la pièce quand il se décida à s'en aller.

— A bientôt ? demanda-t-il, les yeux pleins d'une étrange ferveur.

Mathilde eut un vague sourire. Comment savoir s'il était sincère ? Derrière lui, l'ombre de Guéret ne forgeait-elle pas un doute ?

— Peut-être, se contenta-t-elle de répondre.

En très peu de temps, la chaleur devint écrasante. Sur la route qui le ramenait à Brive, Lucien sentait son cheval devenir de plus en plus nerveux.

Agaçantes, des mouches volaient sans cesse autour de l'attelage et, dans le ciel, des grappes de nuages sombres s'accumulaient au-dessus de la plaine. Il ôta sa veste et retroussa ses manches de chemise. Un orage allait bientôt éclater. Mais ce n'étaient ni la touffeur de l'air ni les secousses que son cheval infligeait à la voiture qui le rendaient absent. Au fur et à mesure qu'il avançait, il perdait tout contact avec la réalité ; seul le visage de Mathilde flottait devant ses yeux.

C'est au-dessus de la Vézère que les premiers éclairs

déchirèrent le ciel. En quelques secondes, tout le pays fut pris dans un étau de pluie et de grondements tenaces.

À la tonnellerie, Jules, Antoine et Etienne, qui transpiraient à grosses gouttes, se précipitèrent sur le pas de la porte pour bénéficier d'un peu de fraîcheur. Martial n'était pas avec eux.

Après un rapide bonjour à Jules, il avait préféré s'isoler. Jeanne l'avait vu revenir, la mine accaparée, les joues pâles. D'un mouvement sec, il avait repoussé ce qui traînait sur la table avant d'ouvrir son grand livre de comptes. Sur chaque page, des colonnes de chiffres renvoyaient aux noms des commanditaires avec les adresses et les dates. Pendant presque une heure, sa plume avait couru sur les feuilles, récapitulant le nombre de fûts qui devaient être livrés et les commandes qu'il prévoyait. Lorsque l'orage s'était déclaré, avec une figure de cire, il avait essuyé ses tempes en sueur puis, sans faire attention aux fortes pluies qui tombaient, il était sorti. Devant la porte ouverte, les ouvriers, médusés, aperçurent sa silhouette massive qui marchait au milieu des trombes d'eau.

— Il est fou ! lâcha Etienne.

Mais aucun des hommes n'osait l'appeler. Tout à coup, la porte de la maison s'ouvrit et Jeanne, un grand parapluie à la main, se mit à courir vers lui. Il se laissa prendre par le bras et fit demi-tour sans s'opposer. Dans un réflexe de pudeur, les trois hommes rentrèrent pour reprendre le travail.

— Je crois qu'il ne nous a pas vus, dit Jules.

— Tant mieux ! fit Antoine. Le pire est encore à venir.

Avec toute la douceur dont elle était capable, Jeanne installa Martial devant le cantou. Trempé de la tête aux pieds, il ne prononçait aucun mot mais tremblait et claquait des dents. Elle se dépêcha d'allumer l'un de ces grands feux qui réchauffent et requinquent comme au cœur de l'hiver. Les yeux vides, l'artisan fixait l'âtre sans réaction. Il ne bougea pas davantage lorsqu'elle commença de lui sécher les cheveux avec un linge.

— C'est-y pas malheureux ! répétait-elle en lui frottant la tête, émue de le voir réduit à cette sorte d'apathie proche du renoncement.

Martial se laissait faire comme un marcheur exténué par une longue randonnée. Ce n'est que lorsqu'elle voulut lui retirer sa chemise pour lui en donner une autre qu'il se dégagea :

— Laisse ! dit-il. Ça suffira.

Jeanne savait quelles vagues pouvaient se déchaîner si l'on contrecarrait ses désirs. Elle préféra remettre une bûche dans le feu puis retourna vers l'auvent du jardin où elle avait du linge à étendre. La pluie tombait moins dru mais des coups de tonnerre éclataient toujours et, par moments, de grandes griffures aveuglantes striaient le ciel. Reprise par ses occupations, elle finit d'accrocher son linge avant d'aller vers l'écurie où Bacchus hennissait, énervé par l'orage.

Couché au fond de sa niche, seul Bouleau semblait n'avoir aucun état d'âme.

Il tonna encore quelques heures, comme si l'orage tournait en rond au-dessus du plateau sans pouvoir frapper un point précis. Puis, en début de soirée, la pluie s'arrêta et le ciel redevint clair.

Jeanne, qui avait dû se rendre à la mercerie du bourg, revint à la tonnellerie, heureuse du changement de temps. En entrant dans la maison, elle se posait encore des questions sur l'attitude de Martial, lorsque son sang se glaça. Devant le cantou, où le feu s'éteignait, une forme recroquevillée était tassée par terre. En criant, elle se précipita et découvrit l'artisan, inerte, affaissé à même le sol. Elle tenta de le relever mais son corps, trop lourd, résistait à ses efforts. Le plus terrible était son visage livide aux yeux clos.

— Mon Dieu ! se lamenta-t-elle entre deux sanglots. Il est mort.

Elle courut vers la tonnellerie pour demander du secours. A cette heure, Antoine était le dernier à s'être attardé ; il achevait de ranger ses outils lorsqu'il l'entendit hurler :

— De l'aide, vite !

D'instinct, il comprit qu'il s'agissait de Martial et bondit.

— Il est là ! dit Jeanne, essoufflée, le doigt pointé vers la cheminée.

Le compagnon le saisit sous les aisselles tandis qu'elle le prenait par les pieds. Avec précaution, ils le transportèrent jusque devant le vaisselier et placèrent une couverture sur lui. Ensuite seulement, Antoine partit chercher le père Tricard, dont les talents de guérisseur avaient déjà remis l'artisan sur pied. En les attendant, Jeanne essaya de faire avaler quelques gouttes d'alcool au tonnelier, mais ses lèvres soudées refusèrent de s'ouvrir. Alors, elle ferma les yeux et s'efforça de prier.

Le vieux Tricard finissait de manger une part d'eschaudo[1] frite, quand Antoine frappa chez lui. Avec un sourire tranquille, il lui proposa de partager son repas mais Charroux devint pressant. Il dressa un tel tableau de Martial que, à regret, le vieux abandonna son assiette.

— Nous allons prendre ma carriole, dit-il, nous irons plus vite.

Tout au long du chemin, il misa sur la robuste constitution de l'artisan.

— Un jour, je l'ai vu plus bas que terre, raconta-t-il, le lendemain, il traquait le gibier par un froid de loup !

Lorsqu'ils pénétrèrent dans la maison, Martial était toujours couché sur le sol, veillé par Jeanne, dont les traits s'altéraient de plus en plus. Tricard demanda qu'on le mette sur la table pour l'examiner. A trois, ils ne furent pas de trop pour le hisser jusqu'au plateau de bois. Une fois étendu là, il paraissait encore plus mort que vivant. Antoine fit une grimace qui exprimait sa perplexité et son inquiétude. Mais le guérisseur les pria de s'écarter, puis il commença de passer ses mains au-dessus du visage de l'artisan en articulant une sorte d'incantation dont les mots étaient incompréhensibles.

1. Bouillie épaisse faite de farine de blé noir.

Enfin, avec son pouce mouillé de salive, il fit des petits signes de croix sur ses yeux et sa bouche et, s'approchant tout près de son oreille, l'appela plusieurs fois par son prénom.

Jeanne, les mains jointes, ne quittait pas Martial des yeux. Soudain, elle tendit le doigt.

— Il a bougé !

Antoine se rua vers la table ; quant à Tricard, il scruta le tonnelier avec une attention accrue. C'est alors que les paupières de Pérol tressaillirent et que ses lèvres remuèrent.

— Martial ! s'écria de nouveau Tricard. Vas-tu parler, nom de nom !

Cette fois, les yeux de l'artisan s'ouvrirent ; il fixa le vieux guérisseur avec une acuité intense puis ses forces parurent le déserter et ses yeux se refermèrent.

— C'est bon, fit Tricard. Il faut le mettre dans son lit, maintenant. Il a dû recevoir un grand choc, expliqua-t-il, son esprit a encore envie de vivre mais son corps l'abandonne. Ça peut durer des semaines ou cesser du jour au lendemain... Personne ne sait.

Aidé du guérisseur, Antoine empoigna Martial et tous deux entreprirent de le monter jusqu'à sa chambre. Quand ils le couchèrent sur son lit, l'artisan marmonna quelque chose d'inaudible, puis il tourna la tête sur le côté et parut s'endormir.

— Laissons-le, conseilla Tricard, il lui faut du repos.

Ils redescendirent dans la salle où il faisait presque nuit. Assise près de la table, Jeanne paraissait prostrée dans la pénombre. Derrière elle, les derniers sursauts du feu jetaient encore quelques étincelles.

— Ne soyez pas si triste ! lança Tricard. Demain, il sera peut-être debout avant tout le monde.

Elle alluma une lampe à pétrole et prit les herbes qu'il lui tendait.

— Vous lui préparerez une décoction à boire toutes les quatre heures, pendant deux jours, recommanda-t-il.

Son intervention touchait à sa fin ; il sortit de la maison escorté par Antoine.

— J'ai l'impression qu'il ne va pas s'en remettre,

glissa ce dernier au moment où le guérisseur remontait dans sa carriole.

— Avec lui, on peut avoir toutes les surprises. A la mort de sa femme, il était dans le même état.

— Oui, mais là, il n'a plus de but. La tonnellerie est menacée de fermeture, à moins qu'elle ne devienne un petit atelier de campagne qui n'attirera plus personne.

— Il a intérêt à s'en sortir ! commenta Tricard. Parce que personne n'aura pitié de lui.

Après un dernier salut, il secoua les rênes en lançant un vigoureux « Hue ! », et la carriole s'éloigna sur la route.

27

Le lendemain de la Saint-Jean, Mathilde avait révélé à Antoine qu'elle attendait un enfant.

Ils avaient passé toute la nuit au-dehors, au milieu des danses et des chants. Quand les musiques et les cris devenaient trop forts, ils marchaient à l'écart, repéraient un endroit plus calme et s'asseyaient dans l'herbe pour parler. Antoine avait eu du mal à trouver les mots justes, mais l'essentiel, n'était-ce pas le remords qu'il avait exprimé et l'envie d'être à nouveau avec elle ? « Je ne sais pas combien de temps je vais encore rester ici, avait-il dit, alors, ne gâchons rien, ni trop tôt ni trop vite ! »

Jusqu'au petit matin, jusqu'à ce qu'ils s'endorment allongés l'un près de l'autre sous une rangée de troènes, elle avait hésité à lui annoncer la nouvelle. La cloche de l'église, qui sonnait six heures, les avait réveillés. Autour d'eux, les derniers fêtards avaient abandonné des rubans multicolores, ou même des sabots, qui dessinaient une tache claire entre les herbes. Le bûcher n'était plus qu'un souvenir : chaque villageois avait emporté un peu de ses cendres, ne laissant à la place qu'une grande marque où s'étendait une mince pellicule gris et noir.

Antoine voulut se rafraîchir avec l'eau de la Vézère, qui coulait en contrebas du lieu où ils avaient dormi.

Mathilde le suivit. Il se mit torse nu et commença de s'asperger d'eau avant de l'éclabousser en riant. Ils se chamaillaient comme des enfants sous les premiers rayons du soleil, quand leur jeu attira quelques badauds qui s'arrêtèrent pour les regarder. Parmi eux, un homme les observa avec plus d'attention. Il se posta derrière un arbre et se tendit comme un loup sent une proie. Lorsqu'il vit Antoine saisir Mathilde entre ses bras et courir en la portant au bord de la rivière, il devint plus blanc qu'un linge et décida de se montrer. C'est elle qui l'aperçut la première. Encore haletante et décoiffée, sa longue jupe maculée d'eau, elle se réfugia sur la rive pour enfiler les bottines qu'elle avait enlevées.

— Voilà Jules ! souffla-t-elle.

Charroux remit sa chemise et se sécha comme il pouvait.

— N'aie crainte ! Il ne dira rien, il me doit sa place.

Et, comme le temps pressait, sans autre explication, il l'entraîna vers le bourg. Elle choisit le moment où ils se séparaient pour se confier.

— Il faut que je te dise quelque chose.

Le compagnon ne pensait déjà plus qu'à l'atelier, au travail qu'il devait terminer avant la fin de la semaine. Dans un geste tendre, il lui caressa la joue en souriant.

— Qu'as-tu donc de si important à me dire ?

— J'attends un enfant, Antoine.

Sa main s'immobilisa avant de retomber.

— Tu ne vas pas le garder, n'est-ce pas ?

— Je crois que si…

Il s'apprêtait à renchérir lorsqu'il prit conscience que, dans ce lieu de passage, n'importe qui pouvait surprendre leur conversation.

— Il vaut mieux en reparler ce soir, je viendrai te voir à la ferme.

Il ne revint qu'à la nuit tombée. Elle s'abstint de lui relater la visite de Lucien Thyroux et le laissa s'asseoir près de la table, sur laquelle une petite marmite en terre tenait son repas au chaud. Mais il n'accepta qu'un peu de pain et de fromage.

— Ton père ne va pas bien, lâcha-t-il soudain.

Elle s'était préparée à une autre discussion. Après le départ de Lucien, elle avait réfléchi aux arguments qu'elle voulait invoquer pour s'opposer à son désir, et voilà qu'il lui parlait d'abord de son père, comme s'il était le lien qui les unissait avant tout.

— Il est sans doute surmené par son travail...

— Son mal est plus sérieux que tu ne penses ; même le père Tricard ne se prononce pas.

Elle se mit à marcher dans la salle.

— Il est seul responsable, commenta-t-elle. Il a forgé lui-même sa solitude.

— Tu es trop dure !

— Et toi, injuste ! Tu t'apitoies sur un homme sans cœur et tu es prêt à sacrifier une vie innocente !

Son regard injecté de colère et ses poings fermés le laissèrent sans voix. Jour après jour, elle avait dû apprendre à se détacher de ce père qui n'avait pas su la comprendre. Maintenant, sa seule évocation suffisait à la mettre hors d'elle. N'y avait-il pas un trop-plein de souffrance derrière cet accès de rage inutile ?

Avec douceur, Antoine l'invita à s'asseoir.

— Je veux cet enfant, articula-t-elle à voix basse, j'ai décidé de le garder.

— On m'a donné le nom d'une matrone qui habite Saint-Viance, je peux t'y conduire, demain...

Elle fit aller sa tête de droite à gauche pour lui signifier qu'elle ne céderait pas.

— Il s'appellera Guéret, continua-t-elle, et personne ne saura cette histoire.

Au-delà de la fenêtre entrouverte, la nuit s'épaississait de plus en plus ; de temps en temps, des cris d'oiseaux nocturnes répondaient aux hurlements lointains d'un chien. A l'intérieur, on n'entendait plus que le ballet désespéré d'un papillon contre la vitre.

— Je ne peux rien te promettre, Mathilde, je ne sais même pas de quoi est faite ma vie...

Elle le prit par la main et l'amena vers la fenêtre, dont elle ouvrit un battant. Le papillon s'envola.

— Là, fit-elle, regarde bien ces étoiles filantes qui disparaissent à peine nées ! Quand tu ne seras plus là, je raconterai peut-être à notre enfant que son père était comme elles, et qu'il les a rejointes…

Elle dormait encore quand il se glissa hors de la ferme pour regagner la tonnellerie. Après avoir veillé Martial la plus grande partie de la nuit, Jeanne, qui ouvrait ses volets, le vit déboucher sur le chemin. Elle lui adressa un signe pour qu'il s'approche.

— Comment va le patron ? cria-t-il.

Elle posa un doigt sur sa bouche, puis descendit dans la salle pour lui ouvrir.

— Il dort toujours, expliqua-t-elle, mais il a beaucoup remué.

Comme il était encore tôt, elle lui offrit une assiette de soupe. Un jour de grand soleil s'annonçait de nouveau. Après l'orage de la veille, la terre humide exhalait une fraîcheur salutaire qui incitait au travail. Antoine mangea sa soupe avec appétit en organisant sa journée.

Ce n'est qu'en fin de matinée que Martial repoussa enfin ses draps et cligna des yeux à cause du soleil qui entrait à flots dans sa chambre. Jeanne, qui était assise dans un fauteuil, en train de raccommoder du linge, se redressa.

— Comment vous sentez-vous ? demanda-t-elle avec une prudence toute respectueuse.

L'artisan ne répondit pas. Ses yeux firent le tour de la pièce puis il tenta de se mettre debout. Comme elle n'avait pas oublié les recommandations du vieux Tricard, elle lui tendit le bol de décoction. Il huma le liquide mais, aussitôt, une grimace de dégoût déforma ses traits.

— Tu diras à ce vieux grigou de Tricard que son breuvage est tout juste bon à soigner les vaches !

Ce furent les seules paroles de sa journée.

A peine descendu dans la salle, il réclama son journal, s'assit à sa place préférée devant la cheminée et n'en bougea plus jusqu'au soir.

Jules essaya de venir lui parler mais il en fut pour ses frais.

— M'entendez-vous, patron ? interrogea-t-il plusieurs fois.

Les yeux fixes, Martial paraissait loin de tout, affichant le même imperturbable détachement, quel que soit ce qu'on lui proposait. N'ayant pu obtenir les renseignements qu'il désirait, Jules repartit bredouille vers l'atelier.

— Tu avais raison, dit-il à Antoine, on dirait qu'il a été assommé et qu'il ne récupère pas ses esprits.

— Et s'il lui arrive quelque chose, demanda Etienne, comment ferons-nous ?

Dans un geste amical, Charroux le saisit aux épaules.

— Toi, fit-il, tu trouveras une place ailleurs, c'est sûr. D'ailleurs, c'est un conseil que je te donne, commence à en parler autour de toi ! On ne sait jamais…

L'état de Martial ne s'améliora pas.

Bientôt, les moissons battirent leur plein et les champs des alentours s'emplirent de monde. Mathilde commençait à sentir une toute nouvelle langueur se répandre dans son corps. Elle s'activait moins, cherchait l'ombre des châtaigniers ou des hêtres et paressait en regardant bêtes et gens s'affairer autour d'elle. Le beau temps persistait, la chaleur aussi. De jour en jour, le ciel obstinément bleu faisait croire à un perpétuel été.

Jusqu'à la fin des moissons, rien ne changea à la tonnellerie. Les ouvriers s'étaient habitués à l'absence de Martial. A travers le bourg, le bruit courait qu'il était très souffrant et, dans la salle de l'auberge, les langues ne désarmaient pas sur son compte.

Enfin, un matin, après un bref orage qui perturba la nuit, le ciel se voila de nuages plus denses et une pluie fine se mit à tomber. Avec ses cheveux en bataille et ses joues où poussait une barbe poivre et sel, Pérol appuya son nez contre la fenêtre de la salle comme s'il guettait quelqu'un. Il se tint là sans bouger jusqu'à ce qu'Etienne traverse la cour pour se rendre à l'atelier. A cause de la pluie, il avançait à grands pas. L'artisan ouvrit la fenêtre.

— Etienne ! appela-t-il. Viens ! Il faut que nous nous parlions.

L'apprenti rebroussa chemin. Lorsqu'il pénétra dans la maison, l'aspect hirsute du tonnelier et ses traits émaciés le choquèrent. Voilà quelques semaines qu'il ne l'avait vu : son accoutrement, son laisser-aller évoquaient ces vagabonds qui frappent aux portes en quémandant quelque obole. Il le salua avec distance comme s'il était en présence d'un malade.

— Laisse-nous ! dit alors Martial à Jeanne.

Elle comprit que quelque chose de grave allait avoir lieu et s'éclipsa vers le jardin. A peine avait-elle refermé la porte que l'artisan invita Etienne à prendre place près de la table et sortit une bouteille d'eau-de-vie de prune.

— Nous allons boire entre hommes !

Le jeune garçon n'avait pas l'habitude de consommer de l'alcool d'aussi bonne heure ; la première gorgée lui râpa le gosier et il se mit à tousser.

— Ce n'est rien, rit Martial, c'est comme le métier, au début, on pleure en se coupant les doigts, après, on s'endurcit.

Puis, il ouvrit sa blague à tabac et lui proposa de se rouler une cigarette. Ses efforts pour être complaisant avaient quelque chose d'inquiétant. L'apprenti se demandait à quelle sauce il allait être mangé, lorsque la voix de l'artisan baissa d'un ton :

— Je vais t'écrire un mot que tu iras présenter à la tonnellerie Dufaure, aux abords de Donzenac. Le patron ne m'aime guère mais nous avons une estime réciproque.

— Vous ne voulez donc plus de moi ?

— Si j'avais le choix, je serais le premier à te défendre mais le sort s'acharne sur ma tête.

Il lui avait fallu du temps pour parvenir à cette décision. Que pouvait-il expliquer de plus ? L'heure des douloureuses contraintes sonnait comme un glas. Il perdait sa place de vainqueur et, la mort dans l'âme, devait se comporter en patron lucide.

— Les commandes diminuent, il n'y a plus de travail pour vous trois.

Etienne hocha la tête avec tristesse. Antoine l'avait déjà plus ou moins prévenu. Le tonnelier ne faisait que confirmer la rumeur qui circulait depuis des jours dans l'atelier.

— Peut-être pourrai-je revenir plus tard ?

Il avait du mal à quitter sa place et la renommée de la tonnellerie. Une fois parti, qu'allait-il trouver ailleurs ? Et qui voudrait de lui ? Une bouffée de chagrin l'étreignit. Voilà des mois qu'il s'était habitué à la rudesse et à la clémence de ce patron difficile. A coup sûr, tout lui manquerait : aussi bien la bonhomie affectueuse de Jules que la complicité d'Antoine, ou les repas préparés par Jeanne.

— Je ne peux plus m'engager, répondit Martial, moi-même, j'ignore de quoi demain sera fait.

Au-dehors, le soleil réapparaissait entre les grappes de nuages gris. Il ne pleuvait plus. A travers la vitre, l'apprenti aperçut le facteur qui venait vers la maison.

— Voilà des nouvelles, fit-il, comme s'il espérait quelque chose.

— Même si j'ai deux lettres de commande aujourd'hui, renchérit l'artisan, ce n'est que partie remise pour toi. Crois-moi, il vaut mieux commencer ailleurs tout de suite.

Il se leva pour aller chercher de l'encre et du papier puis revint pour écrire. Tandis que sa plume traçait de grandes arabesques noires, Etienne remarqua que ses doigts tremblaient un peu. Enfin, il reposa sa plume et, sans relire sa lettre, l'agita pour la sécher. Puis, il la plia en quatre et la lui remit.

— Est-ce que je dois partir, maintenant ?

— Oui, souffla Martial.

Etienne prit la feuille et se dirigea vers la porte. Avant de sortir, il parut hésiter une fraction de seconde.

— Merci quand même pour tout, monsieur Pérol.

A peine le vit-elle franchir la grille, que Jeanne comprit ce qui venait de se produire. Elle courut jusqu'à l'atelier et se posta sur le seuil, l'air bouleversé :

— Etienne est parti ! lança-t-elle.

Jules et Antoine relevèrent la tête en même temps.

— Il a dû être renvoyé, fit Charroux.

Lorsqu'elle rentra dans la maison, Martial était toujours assis à la même place et finissait de boire un autre verre. Elle remarqua que le niveau de la bouteille d'alcool avait beaucoup baissé. Dans un réflexe de prudence, elle s'approcha pour l'emporter mais il l'en empêcha.

— Tu te fais du mal, dit-elle en le tutoyant exprès pour lui rappeler le couple qu'ils formaient.

— C'est mon plaisir ! protesta-t-il. Bientôt je n'aurai plus que ça.

Il lui faisait presque pitié avec sa figure creusée, sa barbe de plusieurs jours et ses cheveux en désordre. Elle avait envie de le réprimander ou de le consoler comme un enfant. Depuis combien de temps ne lui avait-il pas offert cette image d'abandon et de relâchement ? En mettant sa main sur son épaule pour tenter de le réconforter, elle pensa que seule la mort de Julie l'avait atteint de cette façon. Il se dégagea sans brusquerie et quitta le banc où il était assis. Ses yeux s'attachèrent à un point imaginaire au-delà des vitres et il resta face à la fenêtre. En le surveillant du coin de l'œil, Jeanne n'espérait qu'une chose : qu'un sursaut vienne, qu'un élan, si faible fût-il, l'arrache à ce marasme où il s'enfonçait sans lutter.

Avec les pauvres moyens dont elle disposait pour lui faire plaisir, elle décida de lui préparer une omelette aux truffes, l'un de ses plats favoris. Ce n'était guère la saison mais elle savait chez qui dénicher ces denrées rares et coûteuses. Elle se déplaça jusqu'à l'auberge et supplia le père Reynal de lui fournir quelques-uns de ces champignons délicats. Il fut long à obtempérer. Ses truffes, conservées au frais, réjouissaient toujours bien des palais et il les réservait pour ses meilleurs clients : ceux qui paient rubis sur l'ongle et connaissent la vraie valeur d'un mets aussi précieux. Il se fit tirer l'oreille et demanda en échange un tel prix que Jeanne faillit renoncer. Déçue, elle allait abandonner la partie lorsqu'il la rappela :

— C'est bon, dit-il, si vraiment vous y tenez, je vous en cède cent grammes pour dix francs.

La somme équivalait au salaire hebdomadaire d'un ouvrier.

Jamais Martial n'accepterait de lui rembourser une telle somme, surtout en ce moment. Après un temps de réflexion, elle décida de prendre l'argent sur son pécule personnel, celui qu'elle accumulait en rendant de menus services à droite et à gauche, pour le cas où elle serait obligée de quitter Voutezac.

A peine rentrée, elle se remit au fourneau. Rien qu'aux fumets qui se dégageaient de la grande poêle, l'artisan, assis devant la table où il avait une fois de plus ouvert son livre de comptes, sentit malgré lui un flot de salive se répandre dans sa bouche. Il pointa le nez comme un chien en arrêt.

— Ça sent bon, mais ce n'est pas un plat de saison, comment as-tu fait ?

Jeanne ne révéla rien de ses démarches, pas même l'argent qui avait largement grevé ses modestes économies. Elle ne lui apporta qu'une assiette, le servit, puis s'assit en face de lui pour le voir manger. Il goûta une première bouchée avec la mine d'un paroissien qui fait une prière : les yeux mi-clos, concentré sur toutes les saveurs et les parfums qui s'exaltaient dans sa bouche. Ensuite, il reposa son couvert et se tint immobile. Une crainte la prit. Avait-elle oublié quelque chose ? Ou bien n'avait-elle plus ce coup de main qu'il avait tant vanté ?

— Vous n'en voulez plus ? questionna-t-elle d'une voix triste.

Martial la dévisagea comme s'il la voyait pour la première fois.

— Il me manque du vin et une tranche de pain…

Elle courut vers le cellier et ramena une bouteille, puis elle attrapa la tourte logée dans sa huche et lui tailla une large tartine. Cette fois, l'artisan, comblé, se jeta sur son assiette et dévora son contenu en ne s'arrêtant que pour boire de longues rasades de vin frais. Elle crut avoir réussi. Chez lui, l'appétit avait toujours été un signe de santé.

Son omelette terminée, il déclara qu'il avait encore faim et réclama une assiette de bouillon pour faire chabrol. Par chance, il restait un peu de soupe du matin ; elle n'eut qu'à lui réchauffer. Trop affairée, elle ne s'occupait même pas d'apaiser sa propre faim. Depuis des heures, son estomac criait famine mais elle ne voyait que Martial, le couvait du regard et prévenait ses moindres faits et gestes. Quand il referma son couteau, ses pommettes étaient roses et ses yeux luisaient d'un nouvel éclat. Il essuya sa barbe et sa moustache, puis bomba le torse avec une satisfaction non dissimulée.

— Je vais sortir, annonça-t-il, ton repas m'a fait du bien.

Il empoigna son chapeau et se dirigea vers la porte. Comme elle n'osait pas lui demander où il allait, elle se contenta de suivre ses pas par la fenêtre. Sans un regard vers la tonnellerie, il marcha tout droit et s'en fut vers la route.

Pour éviter le centre du bourg, Martial emprunta des petits chemins qui rejoignaient les hauteurs de Vertougit. Là-haut, les plants de vignes agitaient leurs larges feuilles sous un ciel qui s'était enfin débarrassé de sa grisaille.

Il longea quelques plantations et repéra, au milieu d'elles, un homme courbé qui examinait chaque cep avec soin. D'abord, il l'observa de loin, puis se mit à le héler :

— Fraysse ! Fraysse !

Surpris, le vigneron releva la tête et regarda Martial avec un air stupéfait. L'artisan se faufila entre les plants pour se retrouver en face de lui. Comme beaucoup, par ici, Fraysse avait entendu parler d'une maladie qui le frappait, mais le voir devant lui, dans ce laisser-aller si insolite, lui coupait le souffle. Le tonnelier passa la main sur son visage.

— Je dois faire peur avec cette barbe…

Il se força à rire.

— Paraît qu'on est comme ça dans son cercueil !

Pas un muscle du visage de Fraysse ne bougea.

— Si c'est tout ce que tu as à me dire, déclara-t-il, tu peux repartir. Moi, j'ai encore mes vignes à finir…

Puis il tourna les talons et continua son inspection. Martial se gratta l'oreille. Depuis Noël, le dernier jour où il l'avait vu, le vigneron avait gardé le même caractère ombrageux. Avec lui, mieux valait aller droit au but plutôt que de se perdre sur des chemins de traverse. Il se rapprocha.

— Et ta fille ? Reynal m'a dit qu'elle s'était mariée ?

A présent, Fraysse taillait des branches avec un sécateur.

— Où veux-tu en venir ? fit-il sans s'arrêter. Tu ne t'es pas déplacé jusqu'ici pour me parler d'elle…

Martial se tut. Comment lui faire comprendre que c'était précisément pour cela qu'il était venu ? Il savait qu'il était resté fâché avec elle pendant longtemps. L'entendre évoquer leurs retrouvailles lui aurait peut-être apporté cette bouffée d'air pur qu'il ne parvenait plus à trouver.

— C'est bon, finit-il par dire, je vois bien que je te dérange. Je reviendrai un autre jour. A la dérobée, le vigneron le suivit du regard : son dos voûté témoignait du fardeau qui alourdissait désormais sa tête et ses épaules. Le robuste gaillard qu'il avait été cédait le pas devant la nouvelle solitude qui le terrassait. Après le départ de Guillaume, puis celui de Mathilde, pas un des habitants du bourg n'avait donné cher de sa peau. Et maintenant, le renvoi d'Etienne enclenchait un revirement de situation qui pouvait être fatal.

— Pérol ! cria Fraysse. Ecoute !

Martial, qui commençait à s'éloigner, se retourna. Le vigneron ébaucha un geste qui semblait une marque de sympathie mais, très vite, son visage se ferma et il se reprit :

— Rien, continua-t-il, j'ai oublié ce que je voulais dire.

Il se remit à tailler ses vignes. Le tonnelier s'était toujours montré redoutable en affaires. En broyant les tonnelleries des alentours les unes après les autres, en éliminant sans pitié les gêneurs ou ceux qui ne trouvaient pas grâce à ses yeux, il avait fait le vide autour de lui. Dorénavant, qui par ici essaierait même de lui tendre la main ?

— Personne, murmura Fraysse, vraiment personne.

Quelques semaines plus tard, l'artisan reçut une carte d'Etienne. L'instituteur de Donzenac, qui l'avait rédigée pour lui, écrivait qu'Emile Dufaure, dont la petite tonnellerie vivotait depuis des années, avait bien voulu l'embaucher. Mais il était seul avec le patron, et son salaire ne dépassait pas les trois quarts de ce qu'il gagnait chez Martial. A part cela, il semblait content de travailler de nouveau et saluait tout le monde. Le tonnelier rangea la carte dans le tiroir où il entassait d'habitude ses commandes. Seules les lettres de Guéret y traînaient encore, mais rien ne lui était encore parvenu de Thyroux.

Comme si une malédiction pesait sur l'atelier, il ne s'y rendait plus. Quand il avait des informations ou des instructions à donner, Jeanne servait d'intermédiaire. Souvent, en apportant le repas, elle avertissait Jules ou Antoine qu'il désirait les voir. L'un après l'autre, ou parfois ensemble, ils se déplaçaient jusqu'à la maison, puis en ressortaient la tête pleine de réflexions qu'ils échangeaient en travaillant.

Le rythme de leurs journées décroissait, non par paresse ou par distraction, mais parce que les commandes se réduisaient comme une peau de chagrin. Maintenant que l'artisan ne venait plus, il était devenu leur unique sujet de conversation. Les tensions exacerbées d'autrefois avaient disparu pour laisser place à une inquiétude omniprésente. Désormais, les jours se découpaient avec des repères précis : le matin, celui qui arrivait le premier allait prendre des nouvelles auprès de Jeanne. A l'heure de la pause, c'est elle qui leur racontait ce qu'il avait dit ou fait. Enfin, s'il ne les appelait pas, les deux hommes se perdaient en conjectures, craignant toujours que le pire ne survienne.

Peu à peu, Martial ne sortit presque plus de chez lui, attendant la nuit tombée pour mettre le nez dehors. Dès que la lumière du soleil déclinait, il sifflait Bouleau et arpentait avec lui les chemins alentour, à l'abri des regards curieux et des questions indiscrètes. Jeanne, qui n'allait jamais se coucher avant lui, le guettait jusqu'à ce qu'il revienne. Des deux, c'est peut-être elle qui souffrait le plus.

Chaque matin, elle s'ingéniait à réinventer sa cuisine pour le surprendre et rallumer dans ses yeux l'étincelle qui leur manquait. Parfois, il savourait ses plats en la complimentant mais, le plus souvent, il délaissait son assiette. Son unique intérêt se concentrait sur le vin et les alcools. Il pouvait boire deux ou trois verres à n'importe quelle heure de la journée et surveillait le cellier pour qu'il y ait toujours quelques bouteilles d'avance.

Jusqu'aux vendanges, rien ne varia dans ses longues journées qui se ressemblaient toutes, et l'atmosphère de l'atelier s'engourdissait comme l'été qui touchait à sa fin.

A tour de rôle, Jules et Antoine s'asseyaient sur le pas de la porte pour fumer une cigarette ou regarder au-dehors. Les livraisons ne s'effectuaient plus qu'une fois tous les quinze jours et la charrette transportant les fûts n'était jamais pleine.

La nuit, si le sommeil tardait, Martial descendait dans la salle, allumait une lampe et restait là, pensif, pendant des heures. Le moindre craquement de marche, le plus faible grincement de porte réveillaient Jeanne. Elle s'accoudait dans son lit, oppressée, et écoutait chaque bruit. Puis, elle passait un châle sur ses épaules et descendait aussi. « Tu vas prendre froid », disait-elle sans même se rendre compte que c'était elle qui frissonnait. En lui réchauffant un peu de soupe aux légumes, des prières montaient toujours jusqu'à ses lèvres. Elle aurait tout donné pour l'extirper du gouffre où il s'enfonçait, tout sacrifié pour le retrouver tel qu'il était du temps de Mathilde, lorsque la jeune fille entrait dans la maison et qu'une fierté sans nom animait les yeux du tonnelier.

A petits pas, elle venait alors vers la table, posait le bol de soupe devant lui : « Je te laisse », disait-elle pour ne pas le gêner. Puis elle s'en allait, discrète, dans ce tourment qui la minait.

C'est avec le mois d'octobre qu'une nouvelle fois tout bascula. L'arrière-saison avait encore les couleurs d'un été qui s'attarde et il n'était pas rare de s'asseoir au-dehors pour profiter de l'exceptionnelle douceur. Dès le matin de ce jour-là, Martial se mit à tourner en rond dans la maison comme un lion en cage. Son apathie s'était transformée en une espèce de bouillonnement qui semblait sourdre par tous les pores de sa peau. Après avoir guetté le facteur trois jours de suite et n'avoir presque pas dormi, il paraissait au comble de l'énervement.

Peu avant la fermeture de l'atelier, Jeanne le vit s'emparer de son fusil et l'astiquer en le vérifiant sur toutes les coutures. Il opérait avec la fureur contenue d'un homme traqué par quelque chose dont il ne parvient pas à se libérer.

— Bientôt, la chasse va reprendre, répétait-il comme s'il voulait donner une excuse à sa fébrilité.

Lorsque, par la fenêtre, elle aperçut Jules et Antoine qui partaient, instantanément, les cliquetis métalliques cessèrent et Martial raccrocha son arme au-dessus de la cheminée.

— A ton avis, déclara-t-il d'une voix acerbe, qui dois-je garder : Jules ou Antoine ?

Au-dehors, des cris éloignés s'élevaient dans une joyeuse cacophonie qui semblait provenir des quatre coins du bourg. Les vendanges, qui se terminaient, invitaient aux réjouissances. Une envie de pleurer la prit alors à la gorge. Pour ne plus rien entendre, elle referma la fenêtre dans un geste qui mêlait douleur et colère. Mais contre qui, au juste, pouvait-elle se révolter ? Sans attendre sa réponse, Martial se précipita dans la cour pour rattraper Jules. D'instinct, à son allure, à sa démarche, l'ouvrier sut que quelque chose se préparait.

Il tenta de plonger son regard dans celui de l'artisan, mais ce dernier baissa les paupières.

— Si nous allions à l'auberge ? proposa Martial en regardant le sol. Voilà longtemps que nous n'avons pas été seuls, tous les deux.

Cette dérobade n'annonçait rien de bon ; son invitation non plus. L'auberge avait toujours été pour lui un lieu de règlement d'affaire, pas un endroit propice à des échanges amicaux ou cordiaux.

— Comment vous sentez-vous, patron ? demanda Jules en cherchant à le sonder.

— Pas très bien. Les temps sont de plus en plus durs. Chaque jour m'apporte son lot d'épreuves supplémentaires.

— Pour votre santé ?

— Non, pour l'atelier.

— Je vois, fit Jules.

Il attendit quelques instants avant d'enchaîner d'une voix plus claire :

— Je vous suis chez Reynal. Au moins, ça vous changera les idées !

L'aubergiste les installa à la table que le tonnelier avait déjà partagée avec Charroux. D'abord surpris de le revoir, il essaya de le taquiner en raillant son aspect hirsute, mais l'artisan le foudroya d'un tel regard qu'il s'empressa de faire diversion en offrant un verre. Puis, il requit sa nouvelle serveuse pour s'occuper de leur commande et ne se soucia plus d'eux.

Tout au long du repas, Martial s'efforça d'alimenter la conversation avec ces petits riens, ces anecdotes que Jeanne glanait par-ci, par-là, au lavoir ou sur le marché, et qu'elle répétait pour le distraire. Devant le désintérêt de Jules, il se mit à évoquer les souvenirs qu'ils avaient en commun, depuis l'époque où ce dernier avait été engagé comme apprenti.

— Plus de vingt-cinq ans chez les Pérol ! coupa alors l'ouvrier. C'est beau, non ?

La précision fit tiquer l'artisan. Son visage se durcit comme s'il était contrarié par une information qu'il refusait de prendre en compte. Jules s'arrêta de manger pour le fixer.

— Qu'as-tu ? s'étonna Martial. Je n'aime pas ton regard.

Sans le quitter des yeux, Jules s'accouda sur la table en croisant ses mains.

— Ecoutez-moi, patron, le petit Jules qui n'a rien dit pendant des années n'existe plus ! Je sais pourquoi vous m'avez emmené ici ; alors je vais devancer ce que vous n'arrivez pas à me dire. Ce n'est pas vous qui allez me mettre dehors, c'est moi qui vais partir !

Et, devant Martial sidéré, il se leva et, d'un pas déterminé, rejoignit la sortie. Dans la salle, les habitués allaient et venaient au milieu du brouhaha où quelques cris fusaient dans une atmosphère enfumée. Tout en plaisantant avec ses clients, Reynal, intrigué, observa la scène. Quelques secondes plus tard, il vit l'artisan bondir de sa chaise et courir vers la route.

A cause de la nuit, Martial ne pouvait rien distinguer et ses yeux s'épuisaient à scruter l'obscurité. Il avait beau crier, ses appels restaient sans écho ; mais il n'avait qu'une idée en tête : retrouver Jules, coûte que coûte. Dans sa hâte, l'un de ses pieds s'accrocha dans des branchages qui traînaient sur le sol et il faillit tomber. Un juron s'échappa de ses lèvres avant qu'il ne s'arrête pour reprendre haleine et constater que l'ouvrier avait bel et bien disparu. Le chemin qui menait jusque chez lui débouchait à deux pas de l'endroit où il se tenait. Il s'y engagea malgré les ténèbres. Lorsqu'il parvint devant la maison, par l'entrebâillement des volets, il discerna la faible lueur d'un feu et frappa contre la porte. Comme personne ne répondait, il réitéra son geste en s'annonçant :

— C'est moi, Pérol, ouvre !

Un long silence succéda à sa phrase. De toute évidence, Jules n'avait plus envie de discuter. Il tenta une dernière manœuvre en cognant de toutes ses forces.

— Nom de Dieu ! hurla-t-il. Vas-tu ouvrir à la fin ?

Ses vociférations n'eurent pas davantage de succès.

Découragé, presque meurtri, il abandonna la partie et se remit en route. Un vent plus froid soufflait par rafales ; des feuilles tourbillonnaient au ras du sol ou tombaient des arbres au gré des bourrasques. Il releva le col de sa veste. Ce froid n'était pas seulement extérieur, il entrait en lui avec l'acuité d'un poison qui paralyse. Jules n'avait fait que devancer l'irréparable. Bientôt, faute de clients, la tonnellerie allait revenir à son plus bas niveau et peut-être même fermer. Ses jambes se dérobèrent sous lui. Il ne repéra que quelques arbres pour s'appuyer contre l'un d'eux et tenter de respirer avec calme. En refusant d'ouvrir sa porte, Jules se murait dans un silence lourd de reproche et de ressentiment qui l'écorchait vif. Des images passées défilèrent devant ses yeux avec la précision d'une horloge. Un à un, les visages des ouvriers qui avaient fait les beaux jours de la tonnellerie surgirent puis s'effacèrent, accompagnés par le rire aigrelet de son père, qui vibrait comme une crécelle. Il crut perdre l'esprit et se boucha les oreilles, mais rien n'y fit. Alors, il s'affaissa au pied de l'arbre qui le soutenait et se mit à grelotter, la tête vide.

C'est à cet instant qu'un bruit de voix retentit à quelques pas. Sa première réaction fut de se cacher mais il n'en eut pas la force et resta prostré, sur le côté de la route. Soudain, la lumière d'une lampe-tempête se balança au-dessus de lui, éclairant deux silhouettes d'hommes.

— Il est là, entendit-il, j'en étais sûr.

En même temps, le visage de l'aubergiste se détacha dans un carré de lumière et deux mains énergiques l'empoignèrent pour l'aider à se remettre debout. Martial se retrouva nez à nez avec Antoine.

— Si on allait boire un coup, patron ? On est venus vous chercher pour ça.

L'artisan secoua la tête. Ce soir, il ne voulait ni régalade ni festin ; seule la mort rôdait autour de lui sous des apparences trompeuses et maléfiques. Comment aurait-il eu le cœur à boire ? Reynal s'approcha en brandissant sa lampe.

— Allez ! Pérol. A rester assis dans ce froid, tu vas attraper du mal...

— Ça me regarde ! répondit-il sèchement. Est-ce que je m'occupe de ta vie, moi ?

Furieux, l'aubergiste se colla contre lui.

— Tu crois qu'on est ici pour écouter tes états d'âme ? Charroux et moi, on te ramène et si tu ne veux pas, on prévient les gendarmes en leur disant que tu n'as plus ta tête et que tu n'es pas rentré chez toi. Demain, tout le bourg sera au courant, c'est ce que tu veux ?

Martial allait le saisir par le col de sa veste lorsque Antoine s'interposa :

— Venez, patron ! Il faut que nous parlions de l'avenir, tous les deux.

Le ton conciliant de sa voix le calma. Il avait raison. A présent, l'avenir était entre leurs mains et Dieu seul savait ce qui pouvait encore se passer.

— C'est bon, lâcha-t-il, je vous suis.

Quand ils entrèrent dans l'auberge, quelques rares clients s'attardaient encore. Sans même les remarquer, Martial se rassit à la table qu'il venait de partager avec Jules. Antoine adressa un signe à Reynal pour qu'il les laisse, puis il apporta lui-même deux verres et une bouteille d'alcool. Le visage du tonnelier retrouvait des couleurs mais son regard semblait absent.

— Patron ! Patron ! appela Charroux.

Au deuxième appel, il parut enfin émerger de son rêve.

— Jules est parti, fit-il seulement, et une goutte de sueur froide roula sur une de ses tempes.

Une heure plus tard, la carriole d'un habitué le raccompagnait jusque chez lui. Jeanne, qui veillait, voulut l'aider à monter dans sa chambre mais il la repoussa. Ce n'est qu'arrivé en haut de l'escalier qu'il se retourna :

— Jules ne viendra plus travailler chez nous. Pour

l'instant, Antoine et moi, nous ferons l'affaire. Après, le sort en décidera. Bonne nuit !

Elle attendit que la porte se referme pour se laisser tomber sur une marche. Et là, le front appuyé contre un barreau de la rampe, elle s'efforça d'endiguer les battements de son cœur.

28

A cause des bruits du vent, Jules n'était pas certain d'avoir entendu Martial partir. Quand ses appels et ses martèlements cessèrent, il patienta encore quelques minutes avant d'aller jeter un coup d'œil prudent au-dehors. Il n'aperçut que des arbustes qui se ployaient en tous sens au bord du chemin, mais plus la moindre trace du tonnelier. Alors, quelque chose se brisa en lui.

Comment effacer en quelques instants ces longues années de vie presque commune ? Cette solidarité constante ? Ce passé qu'il avait cru aussi solide qu'un roc ? Pire qu'un vide, une vague de désespoir le submergea jusqu'à le faire suffoquer. Ce n'était pas possible, ils ne pouvaient se quitter comme ça. Jour après jour, leur histoire s'était construite en résistant à toutes les épreuves, tous les assauts. Pareille à ces bois qui, avant d'être travaillés, sont battus par les vents et la pluie, elle s'était fortifiée, embellie, et voilà qu'en quelques secondes tout s'écroulait.

Il se mordit les lèvres pour ne pas pleurer et marcha jusqu'à la cheminée devant laquelle il s'assit. Vingt-cinq années de sa vie se réduisaient en cendres comme la bûche qui se consumait sous ses yeux. Pour ne pas sombrer, il s'efforça d'imaginer chez quel tonnclier il pouvait espérer se faire embaucher. Mais Martial avait su les chasser les uns après les autres. La tonnellerie la plus proche se situait à Donzenac, là où travaillait

Etienne. Il connaissait ses maigres rendements et savait qu'il ne fallait pas compter sur la bonne volonté de son patron. A part celle-là, il ne lui restait qu'une seule solution : aller dans une autre région.

Il regarda autour de lui. S'enfuir d'ici signifiait tout abandonner : la maison de ses parents, ses amis, le bourg où il avait toujours vécu. Et pour retrouver quoi ? L'inconnu, la terrifiante incertitude du hasard. Un brusque accès de rage le saisit. D'un violent coup de pied, il envoya promener l'une des casseroles posées devant le cantou et jura comme un soudard. Après la tristesse, un profond dégoût montait en lui comme une nausée. Si Charroux n'avait pas été là, à cette heure, c'est lui qui serait encore aux côtés de Martial. Sa colère se transforma en haine. Ça le soulageait de pester contre lui et de le maudire. Pour un peu, il aurait décroché le fusil poussiéreux de son père et aurait été le poursuivre au cœur de cette nuit venteuse, rien que pour l'entendre lui demander pardon. Au comble de l'énervement, il crut qu'on assenait des coups contre la porte et se prépara. Cette fois, il en était sûr : ce n'était plus Martial mais Charroux qui venait lui parler. Il prit le fusil et vérifia s'il y avait bien une cartouche à l'intérieur. Tout lui parut en ordre.

Des sortes de claquements retentirent de nouveau. Peut-être ne s'agissait-il que des volets qui battaient sous le vent ? Le fusil bien en main, il se dirigea vers la porte en ne souhaitant qu'une chose : trouver le compagnon en face de lui. Avec prudence, il risqua un coup d'œil mais ne remarqua aucune ombre suspecte. Déçu, il s'apprêtait à refermer, lorsqu'un étrange grattement s'éleva près de lui. Dans un sourire, il comprit qu'un chat errant devait chercher à s'introduire chez lui. Ce visiteur tombé du ciel lui parut une parfaite compagnie pour cette soirée. Il décida de le faire entrer et se baissa pour l'appeler en chuchotant des petits noms. Mais seul un rire d'homme perça la nuit et deux sabots se posèrent devant lui. Aussitôt, il se redressa, son fusil à la main.

— Holà ! Tout doux, s'exclama l'inconnu en faisant dévier le canon de son arme.

Cloué sur place par la surprise, Jules ne réussit qu'à articuler « Joseph ! » tandis que le feuillardier, goguenard, le fixait de ses petits yeux rusés.

— Alors ? fit-il. C'est comme ça que tu m'accueilles ?

— Entre ! finit par dire l'ouvrier. J'avoue que je ne t'attendais pas ce soir.

Comme s'il avait toujours vécu ici, le feuillardier se mit à l'aise et se débarrassa de sa musette. Puis, il s'approcha de Jules, qui tenait encore son fusil. D'autorité, il enleva l'arme de ses mains pour aller la raccrocher au-dessus de la cheminée. Enfin, il marcha jusqu'au vaisselier, prit deux verres et revint vers la table. Là, en un tournemain, il sortit une bouteille de montravel de sa musette et la déboucha.

— Avec ça, la soirée va être bonne !

— Tu étais donc en Dordogne ?

— J'ai circulé partout mais ce pays-là est un paradis !

Il remplit l'un des verres et fit miroiter son contenu sous la lumière de la lampe que Jules venait d'allumer.

— Regarde cette couleur ! C'est de l'or…

Ils admirèrent ensemble les reflets pailletés du vin blanc. Après l'avoir goûté, l'ouvrier ferma les yeux en émettant un « ah ! » de satisfaction béate.

— Nom de Dieu ! continua-t-il. C'est du petit Jésus en culotte de velours !

Le feuillardier fouilla de nouveau dans sa musette et en retira un gâteau aux noix enveloppé dans un torchon.

— Tu vas m'en dire des nouvelles !

Il se mit à le découper avec son couteau sous le regard amusé de son hôte.

— Ce n'est pas toi qui l'as fait, quand même !

— Mieux que ça ! lança Joseph avec un clin d'œil entendu. C'est un cadeau de la mère Delteil ; j'ai vécu dans sa ferme des semaines de bonheur que tous ici m'envieraient.

Il lui tendit une part de gâteau.

— D'abord, expliqua-t-il, je sciais son bois et m'occupais des clôtures, puis, un jour, elle m'a confié que son homme était en prison pour une sale affaire dont elle ne voulait pas parler. A partir de ce moment-là, j'ai commencé à le remplacer…

— Tu n'aurais pas dû t'en aller, ironisa Jules.

— Oui, mais un soir, le bonhomme est arrivé après avoir été relâché par les gendarmes, faute de preuves suffisantes.

Un gros rire le secoua, découvrant ses gencives où manquaient toujours des dents.

— Par tous les diables ! hoqueta-t-il. J'ai bien cru que ma dernière heure allait sonner.

Il s'essuya les yeux où des larmes brillaient.

— Ma seule chance, c'est que je connaissais la forêt mieux que personne. J'ai couru tellement vite qu'il a perdu ma trace aussitôt.

Riant toujours, il brandit son verre.

— A la marche que j'ai dû faire deux jours de suite en serrant la bouteille et le gâteau contre moi !

En moins d'une heure, ce qu'il avait apporté fut englouti. Il ne cessait de parler. Les mois qui venaient de s'écouler avaient été fertiles en événements. Il racontait chaque anecdote, chaque histoire, avec une foule de détails qui tenaient Jules en haleine. Lorsqu'il s'arrêta, la nuit était si avancée qu'il craignit pour le repos de son ami.

— Il faut dormir, conseilla-t-il, demain, tu seras fatigué.

— Ça ne fait rien, dit Jules.

Il n'avait pas encore envie de révéler ce qui s'était passé à la tonnellerie. La visite du feuillardier l'empêchait de ressasser des idées noires. Il se leva pour aller vers un coffre où il avait rangé l'ancienne paillasse et une couverture.

— Crois-tu que je ne sais pas que Pérol t'a mis dehors ?

La phrase le stoppa net dans son élan.

— Qui t'a dit ? bredouilla-t-il.

Du bord de la main, le feuillardier, appliqué, ramenait des miettes de gâteau vers lui.

— Et pourquoi penses-tu que je suis revenu ?

Le temps turbulent persista pendant deux jours. Le matin du troisième, le bourg s'éveilla sous un ciel limpide, balayé de ses nuages et de ses bourrasques.

En se levant, Mathilde écouta le carillon de l'église battre le rappel pour la messe du dimanche. Maintenant qu'elle ne pouvait plus cacher son état, elle préférait ne pas quitter la ferme et ne recevait que quelques rares visiteurs en qui elle avait confiance. Ce n'était pas la honte qui la poussait à se retrancher ainsi, mais une pudeur instinctive et le désir d'éviter les questions.

De bonne heure, Antoine était parti à une foire du côté d'Allassac. Il avait eu beau insister, elle avait refusé de l'accompagner pour mettre à jour les comptes dont elle n'avait pas eu le temps de s'occuper depuis la Saint-Michel.

Dans le lointain, les cloches des villages environnants continuaient de tinter.

Elle imagina les paroissiens endimanchés qui se pressaient sur les routes ou bien la file de carrioles qui s'allongeait. Tout à coup, la pensée de Martial la traversa comme un éclair. Une fois de plus, la veille au soir, Antoine avait essayé de lui parler du drame qui minait l'artisan. Mais elle n'avait rien voulu savoir et n'avait regretté que le départ de Jules. Et voilà que ce matin, l'image du tonnelier rongé par le destin surgissait devant elle, pathétique et pitoyable. Elle referma le livre de comptes, prit une plume et entreprit d'écrire une longue lettre à Lucien Thyroux. Elle ne se plaignait pas et n'abordait même pas les malheurs de son père mais elle se renseignait sur l'évolution de l'association Guéret-Thyroux et s'étonnait de ne pas avoir de nouvelles.

La réponse ne tarda pas. Trois jours plus tard, deux grandes feuilles couvertes d'une écriture petite et ronde lui parvinrent. Très touché par sa lettre, Thyroux l'invitait à Brive. Il expliquait avoir repris la succession de

François mais sans envisager de grands voyages. « Pour le moment, écrivait-il, je me contente de l'Aquitaine, après je verrai. » Il n'oubliait pas Martial, auquel il pensait souvent et, comme s'il devinait les craintes de Mathilde, il expliquait lui avoir fait envoyer, par le même courrier, une commande pour des chais bordelais. Il terminait par un « A très bientôt » qui montrait son impatience et son désir de la revoir.

Elle ne souffla pas un mot de ces échanges à Antoine mais apprit de sa propre bouche qu'il avait à charge de façonner dix fûts pour un maître de chai aquitain, et que Martial lui laissait carte blanche pour se débrouiller seul.

A cause de cette livraison, Antoine resta plusieurs jours sans venir la voir. Il n'était pas mécontent de ce surcroît de travail. Les jours filaient sans qu'il s'en aperçoive et la compagnie de Jules ou d'Etienne ne lui manquait pas. C'est Martial lui-même qui avait tenu à le mettre au courant de cette commande qui relançait, pour un temps, l'activité de l'atelier. Un matin, il l'avait guetté du pas de sa porte, puis l'avait informé sur un ton où ne transparaissait aucune joie : « Il faut que tu fabriques dix fûts pour la fin de la semaine prochaine ! »

Ce n'était pas une mince affaire mais le compagnon se sentait capable d'accéder à sa demande. « Je ne peux pas t'aider », avait juste ajouté l'artisan.

Antoine en avait déduit qu'il ne souhaitait plus exercer son métier. Le départ de Jules l'avait conforté dans une espèce de léthargie où il s'enfonçait comme dans des sables mouvants. De peur d'être la risée de tous, il s'isolait dans une démission proche d'un mal de vivre.

Comme s'il fuyait toute explication ou question, il évitait de se retrouver en tête à tête avec lui.

Dès les premiers froids, l'artisan partit seul chasser avec Bouleau. Tôt le matin, avant même que Jeanne ne descende, il avalait un bol de soupe, enfouissait un casse-croûte dans sa gibecière et, le fusil à l'épaule, s'en allait jusqu'à la nuit tombée. Il ne revenait jamais bredouille, rapportait un faisan, un garenne ou un canard sauvage, et les jetait sur la table où son couvert attendait : « En voilà un qui fera honneur à notre estomac ! »

Un soir où Jeanne avait cuisiné deux perdreaux, il voulut qu'elle aille chercher Antoine. Le compagnon ignorait la règle d'or qui consistait à ne jamais décliner une telle invitation. Croyant bien faire, il s'excusa en prétextant une fatigue et un manque de temps, dus à la dernière mise en forme des fûts. Averti de son refus, Martial tapa du poing sur la table, puis envoya de nouveau Jeanne lui porter un billet où ne figuraient que ces mots : *Mon invitation est un ordre.*

Charroux se plia à ses volontés, bien décidé quand même à lui faire savoir qu'il n'appréciait guère ce genre d'intimidation. Mais, à peine était-il entré dans la maison, que l'artisan le pressa :

— As-tu appris quelque chose sur Jules ?

Le compagnon comprit pourquoi il désirait tant lui faire partager son repas.

Torturé sans doute par ce départ qui le culpabilisait, le tonnelier espérait avoir enfin des nouvelles qui le rassureraient. Il ne répondit pas tout de suite et se contenta d'une vague grimace mi-figue, mi-raisin qui laissa Martial sur sa faim. Puis, il parla des merrains qu'il fallait penser à renouveler. Lorsque Jeanne apporta les perdreaux entourés de choux braisés, durant quelques instants, un long silence, entrecoupé de bruits de mâchoires et de déglutitions, s'établit dans la pièce. Antoine, le premier, prit la parole pour vanter cette cuisine dont la finesse avait de quoi réjouir les palais les plus difficiles ; Martial fit de même mais de manière plus tempérée. En fait, l'artisan, trop préoccupé, avait du mal à s'abstraire de ce qui le tourmentait. Il profita de ce que Jeanne emmenait le plat de viande pour revenir à la charge :

— Tout à l'heure, tu ne m'as rien dit sur Jules…

Antoine eut la même tactique et s'abstint de répondre. De toute façon, il savait que l'ouvrier n'avait pas retrouvé de travail et qu'il passait son temps à déambuler d'un point à l'autre du bourg, en faisant des haltes à l'auberge, où sa mise à pied suscitait les plus vives critiques contre Martial.

— Alors ! s'exaspéra le tonnelier. Vas-tu me répondre ?

Charroux leva vers lui un regard paisible où ne se lisait aucune peur. Avec la pointe de son couteau, il s'amusa à faire sauter quelques miettes de pain.

— Pourquoi m'avez-vous gardé plutôt que lui ?

L'artisan, qui s'était appuyé sur la table, recula.

— C'est toi qui poses les questions, maintenant ?

Mais le compagnon ne voulait pas se laisser intimider. Martial avait organisé ce repas en le forçant à y participer, il devait l'assumer jusqu'au bout.

— Si je pars, fit-il, que va-t-il arriver ? Jules nous hait tous les deux, vous autant que moi. Il n'acceptera de revenir que si vous le suppliez à genoux. Quant à moi, je peux aller dans une autre région ; rien ne m'empêche de vous quitter si cela me chante…

— Tu n'es pas content d'être ici ?

La voix de Martial faiblissait, déstabilisée par tant d'aplomb. Jamais avec lui il ne pourrait répéter ce qu'il avait toujours fait avec ses autres ouvriers.

— Content, reprit Antoine, ce n'est pas le mot qui convient.

Jeanne vint poser le fromage et un autre pichet de vin devant eux. L'artisan attendit qu'elle s'éloigne puis, d'un air pensif, il caressa plusieurs fois sa barbe.

— Je t'ai toujours considéré comme mon fils, que veux-tu de plus ?

— Ma liberté, seulement ma liberté.

— Alors, toi aussi tu vas partir ?

Le compagnon hocha la tête. Comment lui expliquer que nul ne pouvait lui donner l'assurance qu'il attendait ?

— Je ne veux rien sacrifier de ma vie ; si je m'enracine ici plutôt qu'ailleurs, j'aurai l'impression d'étouffer.

Martial pinça les lèvres. Contre vents et marées, Charroux gardait le même cap : n'avoir aucune chaîne, aucune obligation. Il avait beau faire, un jour ou l'autre, il abandonnerait l'atelier et s'en irait sous d'autres cieux.

— Pourtant, je t'ai préféré à Jules.

— Je n'ai pas l'intention de m'en aller maintenant. L'hiver arrive, il n'est pas bon de courir les routes…

— Et au printemps ?

Le jeune homme esquissa un sourire.

— Qui peut dire de quoi demain sera fait, patron ?

29

Depuis le retour du feuillardier, Jules ne travaillait toujours pas. Après un premier temps où il avait envisagé de quitter la région, il n'avait pu s'y résoudre. Ses racines étaient ici. Pas un de ceux qui avaient joué un rôle dans sa vie n'aurait pu l'obliger à s'éloigner de cette terre qui l'avait vu naître et grandir.

Chaque jour, espérant une possibilité, il était à l'affût de ce qui se colportait à l'auberge ou sur le marché. Mais la plupart des fermes n'avaient besoin que de journaliers ou d'ouvriers agricoles. Aucun artisan ne réclamait un ouvrier tonnelier. Le soir, il ne disait rien à Joseph mais sa mine défaite parlait pour lui. Avec une ponctualité sans faille, le feuillardier rentrait en ayant braconné un animal ou chapardé des légumes dans les jardins ou sur les marchés des environs. Il cuisinait lui-même les denrées qu'il rapportait et poussait Jules à les manger.

— Tant qu'il y a de la vie, il y a de l'espoir ! répétait-il avec son indéfectible optimisme.

Pour les veillées, il sortait toujours de sa musette un sac de châtaignes récoltées au hasard de ses promenades et savait les blanchir mieux que personne. Lorsque le moral de Jules était trop bas, ou qu'un vent lugubre soufflait dans la cheminée, il s'évertuait à le divertir, racontait des histoires foisonnant de détails insolites. Après, il s'esclaffait, heureux de ses blagues, se tapait sur les cuisses en se moquant du visage ahuri de son compagnon. Seule la nuit les assommait tous deux d'un lourd sommeil réparateur.

Il fallut attendre novembre pour que l'aubergiste indique enfin une piste. Comme, une fois de plus, Jules débarquait dans son auberge en tentant de le dresser contre Martial, Reynal l'interrompit de manière sèche :

— Toutes vos salades ne me regardent pas, pour moi, vous êtes deux clients, c'est tout !

A la vue de son air contrarié, il eut peur que l'ouvrier ne prenne pour de l'indifférence ou du mépris ce qui, dans le fond, n'était qu'une question d'intérêt.

— Au fait, s'empressa-t-il d'ajouter, j'ai entendu dire que Bardon, le sabotier, cherche quelqu'un.

Jules fit la moue. Bien sûr, il s'agissait aussi de sculpter, de tailler du bois, mais comme on était loin de cette noblesse qu'apportait la lente et minutieuse élaboration d'un fût !

— Je voulais juste te prévenir, continua Reynal.

Quand Jules quitta l'auberge, le ciel clair du matin se couvrait de nuages ; il n'avait pas envie d'errer dans le bourg, ni de rentrer chez lui où rien ne l'appelait. Après quelques instants d'incertitude, sans aucune conviction, il s'engagea sur le chemin qui menait chez Bardon.

Le sabotier achevait de polir une paire de sabots en hêtre. Il le salua d'un vague bonjour et se remit à son travail.

— Je ne peux guère te parler, expliqua-t-il, je suis débordé. Jacques, mon ouvrier, est tombé malade. Son état de santé s'aggrave de jour en jour, le médecin lui-même ne peut se prononcer.

Il s'arrêta pour poser un doigt contre sa poitrine.

— C'est comme une bête qui lui dévorerait l'intérieur, ça le brûle jusqu'à l'empêcher de respirer.

Un soupir s'échappa de ses lèvres avant qu'il ne s'empare d'un sabot pour l'examiner.

— Tu peux t'asseoir, lança-t-il en même temps, mais je ne suis pas en mesure de faire la conversation.

— Je ne suis pas venu pour ça.

Surpris, Bardon releva la tête.

— Tout le monde sait ce qui m'arrive, enchaîna Jules. Alors, si tu es d'accord, je pourrais remplacer Jacques.

Le sabotier se gratta la nuque d'un air pensif. A part le bois, quel rapport y avait-il entre le façonnage d'un fût et celui d'une paire de sabots ?

— Diable ! fit-il. C'est que tu me prends de court.

— Une fois que tu m'auras montré le maniement des outils, je me sens capable d'en fabriquer.

— Laisse-moi un peu de temps ! proposa Bardon. Je ne peux pas m'engager à la légère.

Jules ajusta sa casquette sur sa tête. L'entrevue s'achevait et il n'avait reçu aucune assurance. Bien au contraire, la demande de réflexion du sabotier n'augurait rien de bon. Peut-être préférait-il différer son refus pour ne pas le blesser ?

— A bientôt, dit-il en se résignant à partir.

Mais, à peine avait-il fait quelques pas hors de l'atelier, que la voix de Bardon retentit derrière lui :

— Hé ! Il y a peut-être un moyen de s'entendre...

Le salaire offert ne correspondait qu'à la moitié de ce qu'il gagnait chez Martial. Il eut beau essayer de discuter, le sabotier resta sur ses positions :

— C'est à prendre ou à laisser, je ne peux vraiment pas faire plus.

L'ouvrier ne fut pas long à tergiverser. Pour l'heure, il ne subsistait que grâce aux menus larcins du feuillardier. Cette situation plus qu'inconfortable ne devait pas s'éterniser. Les deux hommes se tapèrent dans la main pour sceller leur accord. Puis, Bardon lui donna quelques indications de travail. Une demi-heure plus tard, Jules maniait à nouveau un rabot.

Très vite, la nouvelle de son embauche se répandit dans tout le bourg. Dès le lendemain, Blanchard, le fermier de Mathilde, la mit au courant. Elle se doutait qu'elle ne reverrait pas Jules de sitôt. En l'apercevant sur les bords de la Vézère avec Antoine, il avait dû estimer qu'il valait mieux prendre des distances ; de toute façon il ne pouvait y avoir de place ici pour Antoine et lui.

Elle profita d'une belle éclaircie pour aller regarder les plantations que Léon avait protégées en prévision de l'hiver. Elle se penchait pour soulever une bâche, lorsqu'une voiture à cheval s'arrêta devant la ferme. Presque aussitôt, une silhouette d'homme en redingote se profila devant l'entrée. Ebahie, elle reconnut Lucien Thyroux qui venait vers elle, un large sourire aux lèvres. Comme il commençait à s'excuser de sa visite impromptue, ses yeux et sa bouche s'arrondirent de stupeur en découvrant son ventre rond.

— Oh ! fit-il, décontenancé.

— Vous avez de la chance de me trouver dans le jardin, dit-elle sur un ton anodin. A cette heure, d'habitude, je vais au marché de Saint-Solve.

C'était faux ; depuis quelques semaines, elle ne sortait presque plus mais le fait de lui souligner son éventuelle absence le forcerait désormais à s'annoncer.

— Pardonnez-moi, bredouilla-t-il, mais je voulais juste vous saluer avant de poursuivre ma route vers Limoges.

Il toussota plusieurs fois avant de la suivre à l'intérieur de la ferme où il prit place sur le siège qu'elle lui désignait. Pour le mettre à l'aise, elle lui offrit un verre de cidre et lui posa des questions sur son travail. Par rapport à l'incessante activité de Guéret, il avait restreint son périmètre de démarchage et ne se déplaçait que dans les régions vinicoles qui entouraient le pays.

— Avec mes revenus familiaux, expliqua-t-il, je n'ai pas à me plaindre et je peux même profiter de mes moments de loisir pour lire et visiter des musées.

Elle comprit que l'ambition et le développement de son affaire n'étaient pas son fort. Il s'arrangeait sans doute pour équilibrer sa vie privée plutôt que de tout sacrifier à une éventuelle réussite.

— Je suppose que vous songez à vous marier ?

Une rougeur teinta les joues du jeune homme.

— Peut-être ; en tout cas pas dans l'immédiat.

Enhardi par sa question, il tenta de l'interroger à son tour :

— François ne m'avait pas dit qu'il allait être père...

Mathilde sourit. Sa curiosité était légitime mais elle n'avait pas envie d'y répondre. A la place, elle lui proposa de faire le tour du propriétaire et de visiter l'écurie pour voir les chevaux, qu'il appréciait en connaisseur. Il la suivit, marchant un peu en retrait, encore troublé par sa découverte. Avait-il parcouru tout ce chemin pour se rendre compte que François déguisait la vérité ? Il avait beau chercher dans ses souvenirs, à aucun moment son ami ne lui avait mentionné un quelconque rapprochement avec elle. Dans ces conditions, qui mentait ?

Quand ils arrivèrent près de l'écurie, en voulant ouvrir la porte, Mathilde dérapa sur une pierre et sa main s'écorcha contre le bois.

— Aujourd'hui, je ne suis bonne à rien, s'exclama-t-elle.

Mais une grimace de douleur déforma ses traits et du sang perla sur sa peau éraflée. Aussitôt, Lucien tira un mouchoir de sa poche et s'approcha pour tamponner sa main.

— Ce n'est pas grave, se défendit-elle. Regardez plutôt les chevaux de mon frère ! Nous avons deux très beaux demi-sang et deux percherons.

Mais il continuait d'éponger les gouttes de sang qui coulaient et ne semblait pas entendre ce qu'elle disait. Enfin, il releva la tête et leurs regards se croisèrent. Quelque chose flotta entre eux sans qu'ils puissent réagir. Gênée, ce fut elle qui retira sa main. Alors, Lucien porta son attention sur les chevaux et flatta la croupe de celui qui ressemblait au sien avec sa robe alezane. Puis, ils longèrent le jardin avant de se diriger vers les étables.

A cause des jours plus courts, le soleil s'enfonçait déjà derrière la barrière de collines, ombrant leurs pas d'une lumière feutrée.

— Il faut que je parte, dit-il tout à coup, sinon je risque d'être retardé par la nuit.

Elle le raccompagna jusqu'à sa voiture, puis le regarda s'installer et placer une couverture sur ses genoux. Avec la fraîcheur qui s'intensifiait, elle frissonna malgré le châle qu'elle avait jeté sur ses épaules.

— Rentrez ! ordonna-t-il. Vous risquez de prendre froid.

Mais elle posa sa main encore entourée du mouchoir sur le bord de la voiture et se rapprocha.

— Cet enfant n'appartient qu'à moi, murmura-t-elle, François n'est pas son père.

Le fouet dans une main, les rênes dans l'autre, Thyroux, sidéré, semblait hésiter à partir, comme si cette confidence bouleversait ses plans.

— Est-ce que je peux revenir ? demanda-t-il au bout d'un instant.

— Bien sûr, quand vous voudrez.

Il remercia et lança un « Ho ! » qui fit bondir son cheval en avant. Quelques secondes plus tard, Mathilde vit la voiture disparaître dans un tournant noyé d'ombre.

Malgré ses interrogations, Lucien conduisait son demi-sang avec prudence. Cette route déserte n'avait rien de rassurant, et la nuit, qui la plongeait dans l'obscurité, rendait son parcours difficile. Après avoir évité de justesse un homme qui marchait sur la berme, une lampe allumée à la main, il décida de se dépêcher pour atteindre Limoges avant l'heure du souper. C'est au moment où il encourageait son cheval à forcer l'allure qu'un cri retentit derrière lui. Presque en même temps, il s'entendit héler par son nom.

Ne lâchant pas son fouet, il s'efforça de ralentir pour scruter les ténèbres. Un bruit de branches cassées monta près de lui, puis des pas foulèrent le sol ; enfin, un homme apparut, tenant une lampe-tempête. Plutôt petit et râblé, il portait une casquette et un sac sur l'épaule. Il se planta à deux pas de la voiture et, haussant la lumière à hauteur de son visage, il éclaira un franc sourire où manquaient des dents.

— Vous êtes bien monsieur Thyroux, n'est-ce pas ?

Lucien fronça les sourcils en acquiesçant. Il n'avait

jamais vu cet homme mais ses vêtements, sa manière d'être et ses sabots usés évoquaient plus un vagabond, ou un braconnier, qu'un fermier des alentours.

— Que me voulez-vous ? fit-il sur un ton sec. Je suis pressé !

Le feuillardier eut un petit rire et, plongeant la main dans son sac, il en tira un gros lièvre qu'il jeta sur le siège arrière de la voiture.

— C'est pour vous !

Avant même que Lucien ne réalise, il se colla presque contre lui.

— La tonnellerie Pérol est entre vos mains. Si vous ne faites rien pour Martial, faites-le au moins pour Mathilde !

Il s'écarta comme s'il redoutait une réaction violente, mais Thyroux eut à peine un frémissement. Pourquoi cet inconnu, qui avait toute l'apparence d'un pauvre hère, le harcelait-il de cette façon ?

— De quoi vous mêlez-vous ? gronda-t-il. Et en quoi cela vous concerne-t-il ?

Le feuillardier souleva sa casquette.

— Pour Mathilde, pour Mathilde ! répéta-t-il en reculant de nouveau.

Et, juste avant de disparaître, il lança un dernier message :

— Tout cela est la faute de Charroux, souvenez-vous-en !

Puis, il tourna les talons et s'enfonça en courant derrière une rangée d'arbres.

Encore interloqué, Lucien fit repartir son cheval. Il parcourut ainsi une bonne lieue jusqu'à ce qu'une impression bizarre le saisisse. Alors, il tendit le bras pour attraper le lièvre et, tout en conduisant, l'envoya promener au milieu des fourrés et des broussailles qui bordaient la route.

Loin derrière lui, Joseph se faufilait à travers des chemins creux. Malgré l'obscurité, son sens de l'orientation le faisait progresser avec l'adresse d'un animal qui sait contourner les obstacles ou fuir les pièges. Il pensait encore à la scène qui venait de se produire avec Thyroux. Le jeune homme allait-il agir ou renoncer ? Comment amener chez lui ce doute qui se transformerait en méfiance à l'égard du compagnon ?

Le feuillardier se représentait Jules travaillant chez Bardon pour un salaire de misère alors que Charroux avait toujours la meilleure place et qu'il n'était pas près d'en être délogé. Plus Martial se raccrochait à lui, plus il s'enlisait dans l'erreur et l'aveuglement. Qui serait capable de lui ouvrir les yeux ? Lorsqu'il atteignit la grille, une fenêtre du rez-de-chaussée était encore éclairée. Bouleau se mit à grogner dans sa niche. Joseph sortit alors un morceau de lard de sa poche et, tout en entrant, appela doucement le chien par son nom. Dès qu'il fut à portée de sa main, Bouleau happa le morceau de lard et se laissa caresser. Puis, docile, il se coucha et le feuillardier put rejoindre la maison sans encombre. Par chance, les volets n'étaient pas fermés. Un rapide coup d'œil à l'intérieur satisfit sa curiosité et le décida à se diriger vers la porte. Comme elle ne résistait pas, il se glissa par l'entrebâillement. Devant lui, Martial, assis, était occupé à plumer un superbe faisan doré.

— Je me suis permis d'entrer, fit-il.

L'artisan leva vers lui un regard trouble où n'affleurait aucune émotion particulière. Derrière la barbe qui envahissait son visage, pas un de ses muscles ne bougea, et sa main, comme une mécanique, continuait de tirer sur les plumes.

D'un mouvement de tête, il désigna le banc situé de l'autre côté de la table.

— Si je ne te fais pas peur, assieds-toi !

Le feuillardier se débarrassa de sa musette en la posant sur le sol.

— Il n'y a rien à boire ? demanda-t-il.

— Sers-toi ! répondit Martial. Il doit rester de la fine dans le vaisselier.

Le feuillardier obéit, puis revint avec une bouteille et deux verres. Il n'avait pas pensé au courant d'air qu'il ferait en se déplaçant. Des petites plumes duveteuses volèrent en tous sens sous le regard irrité de l'artisan.

Aussitôt, Joseph se mit à quatre pattes pour tenter de les ramasser. De le voir ainsi se traîner par terre, Martial ne put s'empêcher de rire.

— J'espère que ce n'est pas comme ça que tu scies tes lattes !

Détendu, le tonnelier repoussa son faisan.

— Jeanne le terminera. Viens donc plutôt me raconter ce que tu as fait pendant ces derniers mois !

Le feuillardier reprit sa place avec un air grave. Jusqu'à présent, il avait tu le choc que lui avait causé la métamorphose de l'artisan. Du grand gaillard invulnérable qu'il avait connu avant son départ, ne restait qu'un homme vieilli, à la barbe broussailleuse, dont la peau presque parcheminée par endroits suscitait de la pitié.

— Pourquoi me dévisages-tu comme ça ? questionna Martial en saisissant la bouteille. Je te dégoûte aussi, n'est-ce pas ?

Le feuillardier préféra ne pas relever sa phrase dont l'aigreur cachait un trop-plein de lucidité. Il devinait tout ce que l'artisan ne lui disait pas. Cet abandon, ce refus de se soigner trahissaient un mal de vivre qui devait le ronger jusqu'à la moelle. Comme il le faisait souvent, Joseph plissa les yeux pour planter son regard acéré dans celui de Martial.

— Tu ne vas pas fort, Pérol, ça se voit !

C'était la première fois qu'il osait le tutoyer. Le tonnelier ne fit pas de commentaire sur ce qu'il aurait encore pris pour un affront, quelques mois auparavant. Il se contenta de vider son verre et de commencer à rouler une cigarette.

— As-tu des nouvelles de Jules ?

— Il ne meurt pas de faim.

Cette réponse laconique alluma une lueur agressive dans les yeux de l'artisan. Il allait répliquer quand le feuillardier joua la carte de l'apaisement :

— Il a trouvé une place chez Bardon.

— Chez Bardon… reprit Martial, comme s'il n'en revenait pas.

— Oui. Il a dû abandonner le métier pour ne pas partir, alors que d'autres, dont on ne sait rien, lui ont pris le meilleur de sa vie.

— C'est de Charroux que tu parles ?

— J'aime mieux qu'on ne prononce pas son nom devant moi.

Martial se souvint des tiraillements passés qui les avaient opposés.

Pourquoi le feuillardier s'acharnait-il encore sur lui ?

— Ce n'est quand même pas lui qui a pris ta femme ! lâcha-t-il soudain.

D'un seul bond, Joseph se campa face à lui, les joues rouges de colère.

— Et la tienne, Pérol, avec qui est-elle partie ?

Le visage du tonnelier se décomposa. La cigarette, qu'il avait placée au coin de ses lèvres, tomba sur la table, éparpillant ses cendres.

— Comment le sais-tu ? balbutia-t-il.

Le feuillardier se baissa pour ramasser sa musette. Puis, sans hâte, il passa la bandoulière en toile autour de lui.

— Je sais, dit-il, ça suffit.

— Tu ne diras rien, n'est-ce pas ? Promets-le-moi !

— Tu m'as aidé, je ne peux l'oublier. Mais ce n'est pas fini. Cet Antoine est pire que tu ne peux l'imaginer. Souviens-t'en !

Et il ouvrit la porte avant de s'enfuir dans la nuit.

30

Lucien écoutait sa mère d'une oreille distraite. Ce déjeuner en tête à tête avec elle s'éternisait. Il avait beau faire des efforts, tout ce qu'elle racontait sur les uns et les autres, dans ce petit monde qu'elle s'était choisi, ne l'intéressait pas.

Depuis quelque temps, l'importance qu'elle avait prise dans sa vie diminuait. Pourtant, elle était toujours la même et il ne pouvait rien lui reprocher, mais d'autres images occultaient sa place.

Juste avant le dessert, quand la servante débarrassa la table, elle profita de cet intermède pour le rabrouer :

— On dirait que ton esprit est ailleurs !

— Mais non, protesta-t-il, je vous écoute, voyons !

Rien qu'à sa manière de s'excuser, elle comprit qu'elle avait raison : il pensait à bien autre chose.

— Quel souci as-tu donc ? s'étonna-t-elle. J'ai organisé ton avenir pour que tu n'en aies pas…

Tant de naïveté avait quelque chose de désarmant. Elle le voulait conforme à l'image qu'elle s'ingéniait à recréer. Après la mort de son mari, ce fils unique était devenu le seul but de son existence.

— Tout le monde peut avoir des soucis momentanés, expliqua-t-il.

Sa mine s'allongea. L'idée qu'il souffre lui était insupportable. Il devait être lisse et préservé comme le petit garçon qu'elle n'avait jamais cessé de voir en lui.

Sans doute était-ce aussi pour cela qu'elle refusait toutes les jeunes filles à marier qu'on lui présentait. Aucune d'entre elles ne lui semblait à la hauteur de l'avenir dont elle rêvait pour lui.

— Tu sais bien que je suis là pour t'aider.

Mais Lucien n'avait pas envie de s'épancher. Depuis son retour de Limoges, trop de pensées l'agitaient. En fait, il n'attendait qu'une chose : qu'elle aille rejoindre ses amies pour sa partie de bridge hebdomadaire. Après, il aurait le champ libre.

Une fois son café bu, selon son immuable rituel, elle regarda la pendule et se leva.

— Je ne veux pas être en retard. Que vas-tu faire en m'attendant ?

— Lire le journal.

Elle enfila son manteau et ses gants, fit quelques recommandations à sa servante et sortit de son appartement. Aussitôt, Lucien alla jusqu'à la fenêtre qui donnait sur la rue. Quand il vit sa silhouette habillée de sombre qui se hâtait sur le trottoir, il se dirigea vers le salon et s'approcha du secrétaire. Par chance, l'abattant n'était pas fermé à clef ; il s'ouvrit facilement, laissant entrevoir des casiers où se logeaient de nombreux papiers qu'il se mit à fouiller.

Des factures, des lettres diverses se mêlaient à des cartons d'invitation. Rien de bien extraordinaire dans le résumé d'une vie somme toute banale. Quant au petit tiroir central, à part quelques photos de famille, il ne recelait que des bijoux sans grande valeur et la montre à gousset de son père, qu'il reconnut au premier coup d'œil. Déçu, il s'apprêtait à refermer le meuble, lorsqu'il remarqua une enveloppe jaune dont le cachet de cire rouge tranchait sur le reste. Comme il n'y avait rien d'écrit dessus, après un instant d'hésitation, il la décacheta.

Elle contenait un texte rédigé à la plume, mais seule la signature ornée d'un large paraphe attira tout de suite son regard : c'était celle de Martial.

Certain d'avoir enfin mis la main sur ce qu'il cherchait, il parcourut les lignes avec fébrilité et dut s'asseoir pour se reprendre.

En l'absence d'héritier, Pérol le désignait comme légataire de sa tonnellerie à charge de faire fructifier l'affaire, selon son gré. En outre, pour ses bons et loyaux services, il lui léguait une somme de deux mille francs, mise en dépôt chez un notaire d'Allassac. Estomaqué, Lucien relut trois fois ce qu'il ne parvenait pas à comprendre. Par quel miracle ou quel cheminement ce testament se trouvait-il chez sa mère ? Il se souvint du repas qui avait suivi l'inhumation de François. A plusieurs reprises, le tonnelier s'était inquiété d'une lettre auprès de Mme Thyroux, mais elle l'avait assuré qu'elle n'était pas au courant. Cette histoire lui paraissait si invraisemblable qu'il se mit en devoir de trouver la faille et commença d'examiner chaque mot à la loupe.

Très vite, il se rendit compte que son intuition était la bonne. Son nom était bel et bien écrit de manière différente. En inclinant le papier sous l'un des rayons de soleil qui traversaient les vitres, il s'aperçut qu'à cet endroit la feuille avait été grattée avec soin et qu'on avait dû substituer son identité à celle de Guéret. Il referma le secrétaire, plaça la lettre dans sa poche et s'assit dans un fauteuil. La seule explication possible à cette supercherie résidait, sans aucun doute, dans l'immense désir de sa mère de le préserver de tout. Combien de fois déjà n'avait-elle pas redouté pour lui le jour où elle ne serait plus là ? En accumulant des rentes, en faisant mille tractations immobilières, elle n'avait qu'une idée en tête : mettre de l'argent de côté pour qu'il soit tranquille jusqu'à la fin de ses jours. En réalité, cette usurpation n'était destinée qu'à son bien. Affligé, plutôt qu'en colère, il décida d'aller demander conseil à Mathilde.

Quelques jours plus tard, il reprenait la route qui menait jusqu'à sa ferme.

Dès qu'elle eut fini de lire le papier, un rire insouciant s'échappa de ses lèvres.

Son épanouissement de femme, et bientôt de mère, lui donnait une beauté à la fois irrésistible et intouchable qui émouvait Lucien. Mais, face à ce qui aurait pu tourner au drame, sa réaction le décontenançait.

— Je parie que votre mère a un sens de l'humour que vous ne soupçonnez même pas !

Elle essayait de le détendre alors qu'il ne parvenait pas à partager sa gaieté.

— Mais que dois-je faire de cette lettre ? s'inquiéta-t-il.

Elle la replia et la posa à côté d'elle. Il n'était pas question de la rendre à Martial. Tel qu'elle le connaissait, il risquait d'aller chez Mme Thyroux et de provoquer un épouvantable scandale.

— Si nous mangions d'abord ? proposa-t-elle. Il est bientôt midi.

Elle réchauffa le petit salé qu'elle avait cuit la veille et lui apporta une bouteille de vin. Dans la cheminée, le feu entretenait une chaleur paisible qui rayonnait jusqu'à eux. Pour la première fois, elle parla de cet enfant qu'elle s'était choisi et qui allait bientôt naître.

— Et si rien ne va ici, confia-t-elle, je l'emmènerai dans un autre pays.

A son tour, il raconta sa vie et cette amitié qui l'avait lié à François. Mais le seul être qu'il évoqua plus longuement fut sa mère, dont il venait de prendre conscience à quel point elle l'étouffait. Il avait désormais envie d'autre chose et n'aspirait qu'à réaliser ses propres choix.

Quand ils achevèrent leur repas, le soleil du matin avait disparu. A la place, une énorme masse nuageuse assombrissait le ciel.

— Il va pleuvoir, constata Mathilde, nous n'allons pas pouvoir nous promener.

— Tant pis ! fit-il. Nous sommes bien, ici...

Elle commença de débarrasser couverts et assiettes. Bientôt, il ne resta plus que la lettre sur la table.

— Je sais ! s'exclama-t-elle soudain. Il faut la brûler !

Elle expliqua que son père avait dû oublier son

existence et que, une fois détruite, elle ne causerait plus de problèmes.

— De toute façon, renchérit-elle, la tonnellerie est loin de fonctionner comme avant. Encore un peu, et la question de l'héritage ne se posera peut-être même plus.

Il la laissa s'emparer de la lettre puis l'accompagna jusqu'à la cheminée. Avant de se pencher vers le feu, comme pour avoir son assentiment, elle le regarda une dernière fois. Alors, il s'accroupit à côté d'elle et prit sa main.

— Ce sera notre secret, murmura-t-il.

Les flammes commencèrent à dévorer la feuille.

— Mathilde, souffla-t-il tandis que le papier noircissait, je voudrais vous épouser.

Devant eux, la lettre n'était déjà plus qu'un tas de cendres qui achevait de se consumer.

— Vous méritez mieux, lâcha-t-elle en faisant taire son émotion.

Il marcha jusqu'à la fenêtre où ses yeux se perdirent au-dehors.

— Je veux vous épouser, reprit-il avec calme, et rien ne me fera changer d'avis.

Une pluie drue commençait à tomber.

— Vous m'écrirez votre réponse, fit-il encore, je l'attendrai tous les jours.

Dans un matin brumeux de fin novembre, le facteur remit à Jeanne une lettre en provenance de Brive. En l'absence de Martial, elle la déposa sur le vaisselier et fila ensuite au marché.

Maintenant, les parties de chasse de l'artisan n'étaient qu'un prétexte pour de longues randonnées. Au milieu des bois, seul face à lui-même, il lui arrivait de s'appuyer contre le tronc d'un arbre et de pleurer sur sa vie gâchée.

Ce matin-là, il était parti tôt avec Bouleau. D'après ses derniers calculs, si rien ne se passait d'ici la fin de l'année, il serait contraint de fermer l'atelier deux jours sur sept, ou même plus. Les uns après les autres, comme si son malheur engendrait la répulsion, les vignerons des alentours ne lui commandaient plus rien. Quelques rares exceptions persistaient dans leur fidélité ; c'est grâce à elles que Charroux travaillait encore. Depuis la visite du feuillardier, Martial s'efforçait de regarder le compagnon d'un autre œil, mais ce dernier fabriquait des fûts d'une telle perfection qu'il n'avait rien à lui reprocher.

Tandis qu'il arpentait un sentier tapissé de feuilles mortes, au détour d'un buisson, Bouleau se mit à grogner. Presque en même temps, devant lui, une silhouette d'homme se détacha sur l'écran sombre que formait une rangée d'arbres. Une casquette sur la tête, il ne portait ni fusil ni gibecière, mais tenait une scie à la main.

— Bonjour ! lança Martial en maîtrisant son chien.

L'homme répondit à son salut et fit mine de se détourner. A cet instant, une partie de son visage fut éclairée par un rayon de soleil qui déchirait les brumes. Stupéfait, l'artisan reconnut Louis, l'ancien ouvrier renvoyé voilà bientôt deux ans.

— Que fais-tu ici ? s'exclama-t-il.

L'autre le dévisageait, presque incrédule. Comme tout le monde, il avait entendu parler des déboires du tonnelier et il n'avait pas eu honte de s'en réjouir, mais jamais il n'aurait pu imaginer qu'il changeât à ce point.

— Je travaille, répondit-il en se reprenant.

— Feuillardier ?

— Non, scieur de long.

Martial savait qu'il avait exercé différents métiers. Pour ne pas le quitter trop vite, il échangea avec lui quelques propos anodins puis se renseigna sur ses enfants. Les mois passés semblaient avoir effacé les vieilles rancœurs. Pour un peu, l'artisan aurait presque été content de ces retrouvailles. Mais Louis ne ressentait pas le même détachement. Ce face-à-face inattendu réveillait en lui de mauvais souvenirs et ressuscitait sa haine encore intacte.

— Et Mathilde ? demanda-t-il en feignant l'ignorance.

— Bon, fit brusquement l'artisan, je te laisse, il faut que je rentre !

Il siffla Bouleau, qui s'était aventuré plus loin, et reprit sa marche. Mais Louis n'avait pas envie de le voir s'en tirer à si bon compte.

— Vous devriez être heureux, s'écria-t-il, puisque vous allez être de nouveau grand-père !

Martial se retourna, l'air goguenard.

— Ce n'est pas possible. Marie ne peut avoir d'autres enfants…

Avec toute l'hostilité que rien n'avait su apaiser, Louis le fixa.

— Je parle de celui que Mathilde va mettre au monde.

Comme foudroyé, le tonnelier restait sur place, cherchant à qui ou à quoi se raccrocher.

— Elle a du courage, souligna Louis, avec cette perfidie dont il se délectait. Elever seule un enfant, ce n'est pas facile de nos jours. Au revoir, acheva-t-il, ça m'a fait plaisir de vous revoir !

Et, en quelques enjambées, il se fondit à travers les arbres et les futaies.

L'après-midi touchait à sa fin quand Martial fit irruption dans l'auberge. De la boue maculait ses bottes et ses vêtements, comme s'il avait rampé à même le sol. Il paraissait sortir tout droit d'un combat avec un animal qui ne lui aurait laissé aucune chance. Tous les regards convergèrent vers lui. Sans les remarquer, il fonça sur le père Reynal, qui était dans le fond de la salle, et l'attrapa par le col de sa chemise.

— Tu savais que Mathilde était grosse ? Et tu ne m'as rien dit !

L'aubergiste voulut se dégager mais il tint bon.

— Pourquoi ? Pourquoi ? répétait-il.

— Arrête, Pérol ! essaya de protester Reynal.

Mais les mains de Martial s'agrippaient à lui en le secouant avec violence. Conscients du danger, des habitués volèrent au secours de l'aubergiste, dont le visage virait au cramoisi. A quatre, ils eurent tôt fait de ceinturer l'artisan. Après s'être assurés qu'il n'allait pas recommencer, ils le relâchèrent.

Sans un mot, ni un regard, Martial se dirigea vers la porte. Bouleau, qui l'attendait dehors, le suivit.

De retour chez lui, il ne toucha même pas au petit salé d'oie que Jeanne lui gardait au chaud et fut odieux, comme s'il ne la supportait plus d'être là, avec sa patience et son inlassable dévouement.

C'était plus fort que lui, l'image ternie de Mathilde balayait tout en renversant sa vie.

— Mais bon Dieu ! hurla-t-il. Vas-tu enfin ressembler à une femme ?

Il se mit à taper du poing sur la table en faisant un bruit à réveiller les morts.

— J'en ai assez de ta triste figure et de ta soumission. Jamais tu ne pourras égaler Julie, tu m'entends, jamais !

Blottie dans un coin de la pièce, Jeanne tentait de donner un sens à cet accès de folie. Chaque mot, chaque phrase entrait en elle comme une épine dans sa chair. Et plus elle se terrait, plus il l'injuriait, perdant tout contrôle ou toute retenue.

— Fous le camp ! acheva-t-il. Je ne veux plus te voir, ni toi ni personne. Vous m'avez tous trahi !

Comme elle hésitait, il se rua sur elle et la saisit par un bras avant de la jeter dehors. Puis, il s'enferma à double tour.

Toute la nuit, une seule question obséda le tonnelier : de qui était cet enfant ? Quel homme avait ainsi sali l'honneur des Pérol ? Il but des bouteilles de vin les unes après les autres, jusqu'à ce qu'il ne puisse plus tenir ses yeux ouverts. Passant de la colère la plus folle au chagrin le plus insensé, il échafaudait les pires vengeances contre le fautif. Tous ceux qu'il avait invités chez lui ou seulement côtoyés devenaient suspects.

Enfin, au petit matin, terrassé par les effets de l'alcool, il s'écroula sur la table, le front sur un bras replié, et marmonna « Charroux » avant de sombrer dans le sommeil.

Dès les premières lueurs du jour, Jeanne et un couple de voisins qui l'avait hébergée essayèrent de forcer la porte. En vain. Ils se préparaient à fracturer une vitre lorsque Martial apparut sur le seuil de la maison, l'air hébété. Il les regarda tour à tour, puis haussa les épaules et rentra. Après avoir remercié ses hôtes, Jeanne le suivit timidement. Mais l'artisan ne fit même pas attention à elle. Il s'empara d'un broc posé sur l'évier et se versa de l'eau sur la tête en se frottant les yeux.

Ses ablutions terminées, il s'ébroua avant de s'essuyer, puis se tourna vers elle.

— Il faudrait qu'Antoine épouse Mathilde, qu'en penses-tu ?

Sa question la désorienta. Elle ne s'attendait pas à un tel revirement en si peu de temps.

— Nous pourrions faire un beau mariage, non ?

Il s'obstinait, souriant malgré sa figure encore marquée par les ravages de sa courte nuit.

— A présent, finit-elle par dire pour ne pas le contrarier, ce serait mieux, en effet.

Le sourire de Martial s'accentua.

— Excuse-moi pour hier soir, je n'étais pas dans mon état normal.

Ainsi qu'il le faisait chaque matin, il rejoignit la cheminée pour décrocher son fusil. Au passage, il remarqua la lettre de Brive qui traînait toujours sur le vaisselier et l'empocha. Puis, son fusil à l'épaule, il sortit en sifflotant. En cette saison, le brouillard stagnait toujours par endroits. Il était difficile de se repérer mais la fraîcheur humide acheva de le stimuler. Aidé par sa parfaite connaissance des environs du bourg, il évita les voies trop fréquentées et se perdit sur des petits chemins où il était sûr de ne rencontrer personne. Enfin, lorsqu'il aperçut devant lui la route où s'engageaient quelques carrioles matinales, il s'abrita derrière des bosquets. Tapi là, il sortit la lettre qu'il avait emportée et la lut. Thyroux voulait avoir de ses nouvelles et s'excusait de son long silence. Il parlait aussi de son association avec Guéret qu'il espérait relancer. Enfin, en quelques lignes succinctes, comme si tout cela allait de soi, il lui annonçait que Mathilde avait accepté de l'épouser et que ce mariage aurait lieu après la naissance de l'enfant, qu'il se disait prêt à reconnaître.

Presque impassible, Martial rangea la lettre dans sa poche. Même surprenante, cette nouvelle ne l'affectait pas outre mesure. Il était ailleurs, encore habité par le rêve clair qu'il venait de faire et qu'il désirait accomplir comme une nécessaire rédemption. Tout son esprit était concentré là, et rien, ni personne, n'aurait pu l'en distraire.

Soudain, il entendit un bruit de pas et tendit l'oreille. De grosses chaussures à clous martelaient les pierres de la chaussée en venant vers lui. Il rentra la tête dans ses épaules et serra son fusil. Quand il le vit surgir d'une dernière nappe de brouillard, il patienta jusqu'au moment opportun, puis, d'un seul bond, il jaillit devant lui et lui barra la route. Pas un mot ne sortit de sa bouche mais son fusil braqué parlait pour lui. Après un sursaut, Charroux se domina. En posant sur le sol le sac volumineux qu'il portait, il essaya de plaisanter :

— Quel accueil ! J'allais justement vous dire au revoir. J'ai décidé de partir.

Le tonnelier ne broncha pas.

— Tant mieux ! fit-il. Tu ne laisseras pas de regrets.

Et, avant même de lui laisser le temps de répondre, il plaça le canon de son arme contre sa poitrine.

— Je n'ai qu'à appuyer et tu ne seras plus rien, Charroux, plus rien…

Le compagnon avala sa salive.

— Ce n'est pas mon vrai nom. Je m'appelle Cessac. Antoine Cessac.

Il profita de la mine interloquée de Martial pour le défier :

— Souvenez-vous des photos que vous m'aviez montrées, il y a quelques mois. Sur l'une d'elles, un ancien ouvrier me ressemblait… C'était Alphonse Cessac, mon père. Celui que vous avez renvoyé du jour au lendemain, comme les autres, selon votre bon plaisir…

— En effet, commenta Pérol qui récupérait son assurance, je me souviens bien de lui…

— J'avais dix ans quand je l'ai découvert pendu dans notre grange, un simple écriteau accroché sur sa poitrine : « Pour Martial Pérol ». Depuis ce jour, je me suis juré de le venger.

Le fusil vacilla légèrement. Une douleur subite envahissait Martial. Celle-là même qu'il s'était efforcé de faire taire pendant des années. Tout lui revenait avec une insupportable précision.

— Sais-tu pourquoi je l'ai chassé, alors que j'aurais pu le réduire à rien, de la même façon que je pourrais te détruire, ici ?

Seul un silence lui répondit.

— Un jour, poursuivit l'artisan à voix plus basse, je l'ai surpris avec ma femme. Ils étaient couchés dans l'herbe, derrière la tonnellerie. Ils riaient et s'embrassaient comme si je n'existais pas…

Sa bouche et son menton tremblèrent, le canon de son fusil s'abaissa vers le sol.

— Tu ne sauras jamais ce que c'est que d'aimer une femme. Va-t'en ! Avant que je ne te le fasse payer.

Médusé, le compagnon ramassa son sac, puis dévala une pente proche sans prendre garde aux nombreux taillis qui la couvraient.

Alors, Martial s'écarta de la route et, s'asseyant sur la terre mouillée, il prit sa tête entre ses mains et ne bougea plus.

Une pression sur son épaule ne le fit même pas réagir.

— Pérol ! entendit-il. C'est moi, Joseph. J'ai tout entendu. Depuis le début, je savais ce qu'il manœuvrait.

Le feuillardier se glissa à ses côtés. Un moment, il contempla le soleil qui émergeait des brumes en distillant sa clarté sur toute la vallée.

— Moi aussi, murmura-t-il, je sais ce que c'est que d'aimer une femme… Dans le fond, on est pareils tous les deux.

Le tonnelier releva la tête ; un faible sourire se dessina sur ses lèvres.

— Sauf que toi, reprit le feuillardier, tu as plus de

chance, parce que Mathilde a mis au monde un fils, cette nuit…

Comme si quelque chose d'irrépressible montait en lui, les prunelles de l'artisan s'allumèrent. Ses épaules se redressèrent. A présent, devant lui, la vallée dégagée s'étendait sous une lumière diaphane.

— Tantôt, fit-il, j'irai chercher Jules. Tu viendras aussi, à trois, on ne sera pas de trop pour fêter ça !

Tout à coup, impatient, il se pencha pour reprendre le fusil qu'il avait abandonné sur le sol.

— Il est temps de rentrer pour prévenir Jeanne.

— Et ton petit-fils, s'inquiéta Joseph, tu ne vas pas le voir ?

— Crois-tu que je vais lui infliger cette barbe et cet accoutrement ?

Ils se mirent à rire puis, comme deux vieux complices, remontèrent ensemble vers le bourg.